Obras da autora publicadas pela Editora Record

ABC do amor
Arte & alma
As cartas que escrevemos
No ritmo do amor
Sr. Daniels
Vergonha
Eleanor & Grey
Um amor desastroso

Série Elementos
O ar que ele respira
A chama dentro de nós
O silêncio das águas
A força que nos atrai

Série Bússola
Tempestades do Sul
Luzes do Leste
Ondas do Oeste
Estrelas do Norte

Com Kandi Steiner
Uma carta de amor escrita por mulheres sensíveis

Sr. Daniels

BRITTAINY CHERRY

Tradução de
ALDA LIMA

11ª edição

EDITORA RECORD
RIO DE JANEIRO • SÃO PAULO
2023

CIP-BRASIL. CATALOGAÇÃO NA PUBLICAÇÃO
SINDICATO NACIONAL DOS EDITORES DE LIVROS, RJ

C449s
11ª ed.

Cherry, Brittainy
    Sr. Daniels / Brittainy Cherry; tradução de Alda Lima. – 11ª ed. –
Rio de Janeiro: Record, 2023.

    Tradução de: Loving Mr. Daniels
    ISBN 978-65-5587-750-2

    1. Ficção americana. I. Lima, Alda. II. Título.

23-83687

CDD: 813
CDU: 82-31(73)

Meri Gleice Rodrigues de Souza - Biliotecária - CRB-7/6439

TÍTULO ORIGINAL:
LOVING MR. DANIELS

LOVING MR. DANIELS © Brittainy C. Cherry 2014

Esta obra foi negociada pela Bookcase Agência Literária.

As traduções de trechos das obras de Shakespeare ao longo do livro foram retiradas de *William Shakespeare – Obra Completa*, da Editora Nova Aguilar, 1988.

Tradução da cena extra: Maria Zampil

Texto revisado segundo o Acordo Ortográfico da Língua Portuguesa de 1990.

Todos os direitos reservados. Proibida a reprodução, no todo ou em parte, através de quaisquer meios. Os direitos morais da autora foram assegurados.

Direitos exclusivos de publicação em língua portuguesa somente para o Brasil adquiridos pela
EDITORA RECORD LTDA.
Rua Argentina, 171 – Rio de Janeiro, RJ – 20921-380 – Tel.: (21) 2585-2000, que se reserva a propriedade literária desta tradução.

Impresso no Brasil

ISBN 978-65-5587-750-2

Seja um leitor preferencial Record.
Cadastre-se em www.record.com.br e receba informações sobre nossos lançamentos e nossas promoções.

Atendimento e venda direta ao leitor:
sac@record.com.br

A todos os Tonys do mundo.

Eu os *vejo*.
Eu os *escuto*.
Eu os *sinto*.
Eu os *amo*.

E vocês não estão sozinhos.

Prólogo

Daniel

Vinte meses atrás

Não sei o que te dizer,
Não sei nem o que dizer.
Só sei que cuidar de você
Só aumenta o meu sofrer.
Romeo's Quest

Absorto em pensamentos negativos e irritações, estacionei o jipe perto do beco. Nunca tinha vindo a esta parte da cidade. Nem sabia que existia. O céu estava mergulhado na escuridão, o frio do inverno me deixava ainda mais irritado. Meus olhos se voltaram para o painel do carro.

Cinco e meia da manhã.

Eu prometera a mim mesmo que não viria quando ele chamasse novamente. Suas atitudes haviam criado uma enorme cratera em nossa relação, destruindo tudo o que fomos um dia. Mas eu sabia que não poderia cumprir a promessa de me manter afastado. Ele era meu irmão. Mesmo quando estragava tudo — o que acontecia com frequência —, ele ainda era meu irmão.

Pelo menos quinze minutos se passaram até eu ver Jace sair mancando do beco, pressionando um lado do corpo com a mão. Endireitei-me no banco e meus olhos encontraram os dele.

— Droga, Jace — murmurei, saltando do carro e batendo a porta. Eu me aproximei, e a luz de um poste iluminou seu rosto. Seu olho esquerdo estava inchado e fechado, seu lábio inferior tinha um corte profundo; e a camisa branca, manchada de sangue. — O que diabos aconteceu? — perguntei em um sussurro, ajudando-o a andar até o jipe.

Ele gemeu.

Tentou sorrir.

Gemeu de novo.

Bati a porta do carona e corri de volta para o banco do motorista.

— Eles me esfaquearam. — Jace passou os dedos no rosto, o que só espalhou ainda mais sangue. Ele sorriu, mas sua aparência evidenciava a gravidade da situação. — Disse para o Red que eu teria o dinheiro na próxima semana e ele mandou alguns homens para me cobrar. — Ele se encolheu de dor.

— Meu Deus, Jace — suspirei, descendo do meio-fio. Estava amanhecendo, mas de alguma forma parecia mais escuro que antes. — Achei que você tinha parado de vender.

Ele sentou-se mais ereto e seu único olho aberto me encarou.

— Eu parei, Danny. Eu juro. — Ele começou a chorar. — Eu juro por Deus, eu parei. — Ficou claro que ele não estava apenas vendendo, mas também usando de novo. *Merda.* — Eles iam me matar, Danny. Eu sei disso. Eles foram mandados para...

— *Cale a boca!* — gritei, apavorado com a possibilidade de meu irmão mais novo morrer. Fui assombrado por um arrepio e um medo sobrenatural do desconhecido. — Você não vai morrer, Jace. Apenas cale a porra da boca.

Ele chorava e gemia de dor, desesperado.

— Eu sinto muito... não queria arrastar você de novo para isso.

Olhei para ele e respirei fundo. Minha mão parou em suas costas.

— Está tudo bem — menti.

Eu havia me afastado de seus problemas. Eu me concentrei na minha música. Eu me concentrei nos estudos. Estava na faculdade, a um ano de fazer algo da minha vida. Porém, em vez de me preparar para o exame que faria em poucas horas, eu estaria fazendo curativos em Jace. Maravilha.

Ele mexia nos dedos, olhando para o chão.

— Não quero mais me envolver com essas coisas, Danny. E estava pensando. — Ele olhou para mim antes de desviar o olhar e baixá-lo de novo. — Talvez eu possa voltar para a banda.

— Jace.

— Eu sei, eu sei. Eu estraguei tudo...

— Ferrou tudo — corrigi.

— Tá. Mas, você sabe. A única vez que me senti feliz depois de Sarah... — Ele hesitou. Mexeu-se no banco, inquieto. Fiz uma careta. — A única vez que fiquei feliz desde aquele dia foi no palco com vocês.

Meu estômago embrulhou, e não fiz nenhum comentário sobre aquilo. Mudei de assunto:

— Precisamos ir a um hospital.

Seus olhos se arregalaram e ele balançou a cabeça em negativa.

— Não. Nada de hospital — recusou.

— Por quê?

Ele fez uma pausa e deu de ombros.

— A polícia poderia me pegar...

Ergui uma sobrancelha.

— A polícia está atrás de você, Jace?

Ele fez que sim com a cabeça.

Eu xinguei.

Então ele não estava apenas fugindo de pessoas nas ruas, mas também de quem prendia as pessoas nas ruas. Queria que isso fosse uma novidade.

— O que você fez? — perguntei, irritado.

— Isso não importa. — Lancei um olhar frio e ele suspirou. — Não foi culpa minha, Danny. Juro que não foi. Há algumas semanas Red queria que eu dirigisse um carro. Eu não sabia o que tinha dentro dele.

9

— Você transportou drogas?

— Eu não sabia! Juro por Deus que não sabia!

De que diabos ele estava falando? Pensou o quê? Que estava transportando doces de criança, porra?

Ele continuou:

— Os policiais alcançaram o veículo quando parei em um posto de gasolina para abastecer. Quando saí do posto, o carro estava cercado. Um policial viu que eu estava me afastando do carro e gritou para eu parar, mas não obedeci. Eu corri. Descobri que nossos anos de atletismo na escola valeram a pena. — Ele riu.

— Ah, isso é engraçado? Acha que é engraçado? — perguntei, meu sangue fervendo. — Porque estou me divertindo pra caramba aqui, Jace! — Ele abaixou a cabeça. Suspirei. — Para onde eu levo você?

— Para a casa da mamãe e do papai — respondeu ele.

— Você está brincando, não está? Mamãe não vê você há um ano e a casa dela é o primeiro lugar aonde quer ir? Todo ensanguentado? Está tentando matar a coitada? E você sabe que a saúde do papai está fraca...

— Por favor, Danny — resmungou ele.

— Mamãe caminha nas docas neste horário... — eu disse.

Ele fungou e passou os dedos debaixo do nariz.

— Vou esperar no galpão e me limpar. — Ele fez uma pausa e virou-se para a janela do lado do carona. — Vou ficar sóbrio — sussurrou Jace.

Como se eu nunca tivesse ouvido isso antes.

≈

Levamos vinte minutos para chegar à casa dos nossos pais. Eles moravam em frente a um lago a poucos quilômetros de Edgewood, Wisconsin. Papai tinha prometido a nossa mãe uma casa no lago um dia, e fazia só alguns anos que ele conseguira comprar este imóvel. Era uma casa que precisava de reparos, mas era a casa deles.

Estacionei o carro atrás do galpão. O barco do meu pai estava lá dentro, esperando o inverno passar. Jace suspirou e me agradeceu pela carona. Entramos no galpão, a luz da manhã brilhava pelas janelas.

Entrei no barco, pegando algumas toalhas no convés inferior. Quando voltei, vi Jace sentado olhando para seu corte.

— Não é muito profundo — observou, pressionando-o com a palma da mão. Peguei um canivete, rasguei uma das toalhas e a pressionei em seu ferimento. Jace olhou para a lâmina e fechou os olhos. — Papai te deu a faca dele?

Olhei para o metal na minha mão e fechei o canivete, pondo-o de volta no bolso.

— Peguei emprestada.

— Papai não me deixava nem tocar nessa coisa.

Meus olhos se voltaram para o corte dele.

— Fico imaginando por quê.

Antes que ele pudesse fazer qualquer comentário ouvimos um grito vindo das docas.

— Que diabos... — murmurei, antes de correr para fora com Jace mancando em meu encalço. — Mãe! — gritei, vendo-a ser puxada por um desconhecido de moletom vermelho com uma arma apontada para suas costas.

— Como nos encontraram? — murmurou Jace para si mesmo.

Olhei para meu irmão, confuso.

— Você sabe quem ele é?! — perguntei, revoltado.

E puto.

E assustado.

Principalmente assustado.

O estranho levantou a cabeça para nos olhar, e eu podia jurar que ele sorriu.

Ele sorriu e disparou a arma.

E correu assim que mamãe caiu.

A voz de Jace ecoou pelo céu. Sons graves, cheios de raiva e medo, enquanto ele corria até nossa mãe. Mas eu cheguei antes.

— Mãe, mãe. Está tudo bem. — Virei para meu irmão e lhe dei um empurrão com força. — Ligue para a emergência.

Ele ficou de pé ao nosso lado, e lágrimas escorriam pelo rosto sujo de sangue.

— Danny, ela não vai... Ela não vai... — Suas palavras eram hesitantes, e o odiei por pensar exatamente o que eu estava pensando.

Enfiei a mão no bolso, tirei meu celular e coloquei-o em suas mãos.

— Ligue! — ordenei, segurando minha mãe em meus braços.

Olhei para cima em direção à casa e vi o rosto do meu pai no instante em que ele se deu conta do que tinha acontecido. No momento em que ele percebeu que tinha, de fato, escutado um tiro e que sua mulher estava, de verdade, imóvel. Seu corpo havia sido bastante prejudicado por problemas de saúde, mas mesmo assim ele corria em nossa direção.

— Alô. A mamãe... *Ela levou um tiro!* — Só de ouvir as palavras saindo da boca de Jace minhas lágrimas começaram a rolar.

Meus dedos correram pelo cabelo da minha mãe, e abracei seu corpo enquanto papai corria até nós.

— Não... não... não... — murmurou ele, caindo no chão.

Agarrei-a com mais força. Agarrei-me aos dois. Ela me olhou com seus olhos azuis, implorando por respostas para perguntas desconhecidas.

— Está tudo bem. Está tudo bem — sussurrei no ouvido de minha mãe.

Eu estava mentindo para ela, e para mim mesmo. Sabia que ela não ia resistir. Algo dentro de mim dizia que era tarde demais e não havia esperança. No entanto, eu não conseguia parar de dizer aquilo, e não conseguia parar de pensar naquilo. E não conseguia parar de chorar.

Está tudo bem.

Capítulo 1

Ashlyn

Hoje

A morte não é assustadora, não é uma maldição.
Eu só queria que tivesse sido eu sua primeira aquisição.
Romeo's Quest

Sentei-me no último banco. Odiava velórios, mas, pensando bem, acho que seria estranho se gostasse deles. Fiquei me perguntando se havia pessoas que amavam esse tipo de cerimônia. Pessoas que compareciam apenas para absorver toda a tristeza como uma forma doentia de diversão.

Eu estou bem.

Sempre que passavam por mim, reagiam com hesitação, pensando que estavam, na verdade, olhando para Gabby.

— Eu não sou ela — sussurrava para eles, que franziam o cenho e continuavam a andar. — Não sou ela — murmurei para mim mesma, me ajeitando no banco de madeira.

Eu vivia doente quando era mais nova, indo e voltando do hospital entre os 4 e os 6 anos. Acho que havia um buraco no meu coração. Depois de muitas cirurgias e muitas orações, passei a ter uma vida normal. Mamãe pensou que eu ia morrer naquela época, e não pude deixar de achar que tinha ficado decepcionada por Gabby ter morrido agora, não eu.

Ela começou a beber de novo depois que descobriu que Gabby estava doente. Tinha feito de tudo para esconder, mas uma vez fui ver como estava em seu quarto. Ela chorava e tremia em sua cama. Quando deitei ao lado dela para abraçá-la, senti o bafo de uísque.

Minha mãe nunca tinha sido boa com situações difíceis, e o álcool sempre foi sua forma de lidar com seus problemas. As temporadas que Gabby e eu passamos com nosso avô durante suas idas à clínica de reabilitação não tinham ajudado muito. Após a última, ela prometeu que ia parar de beber para sempre.

Mamãe se sentou na primeira fila com seu namorado, Jeremy — a única pessoa capaz de garantir que ela se vestiria todos os dias. Nós não tínhamos nos falado muito desde que Gabby ficou toda egoísta e resolveu morrer. Ela sempre gostou mais da minha irmã. Não era segredo. Gabby gostava das coisas de que minha mãe gostava, como maquiagem e reality shows. Estavam sempre rindo juntas e se divertiam muito, enquanto eu ficava sentada no sofá da sala lendo meus livros.

Eu sabia que os pais sempre diziam que não tinham preferência por um dos filhos, mas como poderiam não ter? Às vezes, eles têm um filho tão parecido com eles mesmos, que poderiam jurar que Deus lhes fizera à sua imagem e semelhança. Isso é o que Gabby tinha sido para mamãe. Mas, às vezes, eles tinham um filho que lia o dicionário para se divertir, porque "palavras são legais".

Adivinha quem era essa?

Ela me amava o suficiente, mas com certeza não gostava tanto assim de mim. Por mim, tudo bem, porque gostava dela o suficiente por nós duas.

Jeremy era um homem decente, e eu me perguntava se ele seria capaz de trazer de volta a mãe que eu tinha antes de Gabby ficar doente. A mãe que costumava sorrir. A mãe que conseguia olhar para mim. A mãe que me amava, mas que não gostava tanto assim de mim. Eu sentia mesmo falta daquela mãe.

Roendo as unhas pintadas de preto, suspirei. O padre falava de Gabby como se a tivesse conhecido. Ele não a conheceu. Nós nunca tínhamos ido à igreja, por isso o fato de estarmos ali agora parecia um pouco dramático. Minha mãe sempre disse que a Igreja estava dentro de nós e que poderíamos encontrar Deus em qualquer coisa, então não havia nenhuma razão para irmos lá todos os domingos. Na minha opinião, isso era apenas sua maneira de dizer: "Eu prefiro dormir até mais tarde aos domingos."

Não dava para ficar dentro daquela igreja por um segundo a mais. Para um lugar de oração e fé, o ambiente propagava uma forte sensação de asfixia.

Virei a cabeça para as portas da igreja na hora em que meus ouvidos foram invadidos por mais um cântico de louvor. *Ai, meu Deus! Quantos louvores existem?* Levantando-me do banco, andei até o lado de fora, sentindo o calor do verão aquecer minha pele. Estava mais quente do que nos anos anteriores. Alguns pingos de suor começaram a rolar da minha testa antes mesmo de eu chegar aos degraus. Puxando o vestido preto que havia sido obrigada a usar, tentei não bambear sobre a altura pouco familiar de meus saltos.

Algumas pessoas provavelmente pensariam que era estranho eu estar usando o vestido que minha irmã morta havia escolhido. Mas essa era Gabby. Ela sempre foi um pouco mórbida, falando de sua morte antes mesmo de isso ser uma possibilidade, antes mesmo de ficar doente, desejando que eu estivesse o mais bonita possível em seu funeral. O vestido estava um pouco apertado na cintura, mas não reclamei. Quem lá ia dar a mínima para as minhas reclamações?

Sentada no degrau mais alto da igreja, me apoiei nos cotovelos, colocando-os de maneira que eu sentia uma ligeira dor pela pressão que faziam contra o cimento. Funerais eram chatos. Observei uma formiga caminhar pelo degrau mais alto, parecendo tonta e confusa, andando sem rumo.

— Bem, parece que você e eu temos muito em comum, Sra. Formiga.

Protegi meus olhos do sol e olhei para o céu azul. Céu azul idiota, transbordando felicidade. Mesmo cobrindo os olhos, o sol ardia em mim, aquecendo-me com remorso e culpa.

Fiquei de cabeça baixa enquanto estudava os degraus de cimento, circulando a ponta dos meus saltos. Não tinha certeza disso, mas estava começando a achar que a solidão era uma doença. Uma doença infecciosa, nojenta, que demorava a entrar em seu corpo e então te dominava, mesmo que você tentasse combatê-la ao máximo.

— Estou interrompendo? — perguntou uma voz atrás de mim. *A voz de Bentley.*

Virando-me, eu o vi ali de pé com uma espécie de baú do tesouro nas mãos. Ele sorriu para mim, mas seus olhos pareciam tristes. Dei um tapinha no espaço vazio do degrau ao meu lado e ele foi rápido em aceitar meu convite tácito. Gabby havia escolhido sua roupa também. Um blazer azul que cobria sua camisa de malha surrada e rasgada dos Beatles. As pessoas lá dentro estavam provavelmente olhando torto para a roupa que ele escolhera, mas Bentley não ligava para o que os outros pensavam. Ele só se preocupava com uma menina e seus desejos e necessidades.

— Como você está? — perguntei, pousando minha mão em seu joelho.

Seus olhos azuis encontraram os meus verdes, e ele riu primeiro. No entanto, nós dois sabíamos que era uma risada de sofrimento. Meus lábios se curvaram para baixo. Pobre rapaz. Não demorou muito para que ele colocasse aquela caixa ao seu lado e seus ombros curvassem para a frente. Ele cobriu o rosto com as mãos e se encolheu como uma bola nos degraus. Eu quase podia sentir seu coração se partindo em mil pedaços. Só tinha visto Bentley chorar uma vez, e foi quando ele conseguiu os ingressos para ver Paul McCartney. Estas eram lágrimas muito diferentes.

Vê-lo desmoronar me fez sentir tão impotente, que tudo que eu queria era absorver toda a sua dor e mandá-la para o espaço, de modo que ele nunca tivesse que se sentir assim de novo.

— Sinto muito, Bentley — falei baixinho, colocando o braço no ombro dele.

Ele continuou chorando por mais alguns instantes antes de enxugar os olhos.

— Sou um idiota por desabar assim na sua frente. A última coisa de que você precisa é ver alguém caindo aos pedaços. Foi mal, Ashlyn — suspirou ele. Bentley era o cara mais legal que já conheci. Era uma pena que caras legais se machucassem assim, porque todo mundo sabia que seus corações seriam sempre os mais prejudicados.

— Nunca peça desculpas para mim. — Cruzando os dedos, descansei meu queixo nas mãos.

Ele inclinou a cabeça na minha direção e me cutucou no ombro.

— Como *você* está? — perguntou, dando-me aquele mesmo olhar de carinho que sempre dava.

Minha irmã teria ficado ainda mais apaixonada por ele pela forma como se preocupou comigo. No mundo que vinha depois deste aqui, eu tinha certeza de que ela estava com um sorriso no rosto, divertindo-se com o rapper 2Pac e a mãe do Nemo.

Um sorriso se abriu em meus lábios lentamente, e a simples lembrança de que eu não era a única que estava sofrendo me veio à mente. Bentley tinha sido tudo para Gabby, mas Gabby era *o universo* de Bentley. Ele era dois anos mais velho que nós, e nos conhecemos no ensino médio. Gabby estava no segundo ano, e eu no primeiro, pois tinha ficado um ano sem estudar, por causa da minha doença.

Em algumas semanas, Bentley começaria seu segundo ano de faculdade, voltando para o norte para estudar medicina, o que era irônico, uma vez que a dor de seu coração não poderia ser curada por nenhum medicamento.

— Estou bem, Bent. — Era mentira, e ele sabia que era mentira, mas tudo bem. Ele não ia me questionar sobre isso. — Viu Henry lá dentro? — perguntei, virando por um instante para olhar as portas da igreja.

— Vi, sim. Conversamos um pouco. Você falou com ele?

— Não. Também não falei com minha mãe. Há dias não falo com ela. — O tremor em minha voz foi percebido por Bentley, e ele passou o braço pela minha cintura, me puxando mais perto para um abraço consolador.

— Ela só está de luto. Não é por mal. Tenho certeza.

Passei meus dedos pelos degraus de cimento, sentindo a textura áspera na minha pele lisa.

— Acho que ela gostaria que tivesse sido eu — confessei baixinho. Uma lágrima caiu pelo meu rosto, e virei para Bentley, que parecia estar sofrendo bastante com minhas palavras. — Acho que ela não consegue nem olhar para mim, porque, bem... sou a irmã gêmea má que continuou viva.

— Não — falou com autoridade. — Ashlyn, não há um pingo de maldade em você.

— Como você sabe?

— Bem... — Ele endireitou-se e abriu um sorriso bobo. — Sou médico. Em formação, pelo menos. — Não pude deixar de rir com seu comentário. — E, só para você saber, durante a última conversa que Gabby e eu tivemos, ela não parava de repetir como estava feliz por não ser você no lugar dela.

Mordi meu lábio inferior, tentando conter as lágrimas que estavam prestes a rolar.

— Obrigada, Bentley.

— Disponha, amiga. — Ele me abraçou uma última vez antes de nos separarmos. — O que me leva ao próximo assunto. — Ele pegou a caixa ao seu lado e a colocou no meu colo. — É de Gabby. Ela me pediu para dar essa caixa a você depois do funeral. Não sei o que tem dentro. Ela não quis me contar. Só me disse que era para você.

Olhei para a caixa de madeira, passando os dedos nela. O que poderia haver ali dentro? O que poderia deixá-la tão pesada?

Bentley se levantou dos degraus e colocou as mãos nos bolsos. Escutei seus passos enquanto ele se aproximava das portas da igreja e abria uma delas, fazendo o murmúrio de choro que vinha lá de dentro parecer muito mais danoso. Não levantei o olhar, mas sabia que ele ainda estava ali.

Ele pigarreou e esperou alguns instantes antes de falar.

— Eu ia pedir Gabby em casamento, sabe?

A caixa de madeira no meu colo pesou em minhas coxas, e senti o sol de verão perfurando meu rosto, cuspindo sua luz na minha pele. Sem olhar para ele, assenti.

— Eu sei.

Uma expiração profunda saiu de seus lábios quando ele se virou para entrar de novo na igreja. Fiquei sentada ali por mais algum tempo, em silêncio, pedindo que o sol me derretesse sobre os degraus. Pessoas vagavam por ali, mas ninguém parava para olhar. Estavam ocupados demais vivendo suas vidas para notar que a minha tinha de alguma forma chegado a um impasse.

A porta da igreja voltou a abrir, só que desta vez foi Henry quem veio sentar-se ao meu lado. Ele não falou muito, mas se sentou longe o suficiente para que eu não me sentisse muito desconfortável. Mexendo no bolso de seu terno, ele tirou um maço de cigarros e acendeu um.

Uma nuvem de fumaça saiu de seus lábios, e assisti aos padrões hipnóticos que ela fazia no ar antes de se dissipar.

— Você não acha que é um pouco macabro fumar na escadaria de uma igreja?

Henry bateu algumas cinzas da ponta do cigarro antes de responder.

— Considerando que o mundo acaba de enterrar uma das minhas filhas, acho que posso fumar um cigarro nessas escadas e dizer: "Foda-se, mundo." Pelo menos hoje.

Eu dei uma risada, repleta de sarcasmo.

— Parece um pouco ousado da sua parte nos chamar de filhas depois de dezoito anos só de telefonemas de aniversário e cartões de Natal. — Era a primeira vez depois de muito tempo que Henry viajava de Wisconsin até aqui.

Ele não quis que sua missão na vida fosse ganhar uma caneca de Melhor Pai do Mundo, e aprendi a lidar com isso. Mas, ele vir aqui, logo hoje, e desempenhar o papel de pai de luto parecia um pouco dramático, até mesmo para o cara fumando um cigarro.

Henry respirou fundo, sem falar nada. Ficamos sentados e observamos as pessoas por um bom tempo, o suficiente para que eu me sentisse mal pela maneira como havia falado com ele.

— Foi mal — murmurei, olhando para ele. — Não quis dizer isso. — Eu não tinha nem certeza de que aquilo o deixara chateado comigo. Acho que às vezes era mais fácil ser cruel do que ficar magoada.

Em pouco tempo, Henry revelou o verdadeiro motivo por ter se juntado a mim ali fora.

— Falei com sua mãe. Está sendo bem difícil para ela. — Sem comentários de minha parte. É claro que ela estava passando por um momento difícil! Sua filha favorita estava morta! Ele continuou: — Concordamos que seria melhor se você fosse morar comigo. Começar e terminar seu último ano do ensino médio em Wisconsin.

Desta vez, ri de verdade.

— Ah, tá, Henry. — Pelo menos ele ainda tinha senso de humor. Um senso de humor estranho, mas ainda assim engraçado. Ao me virar para ele, vi o olhar de tristeza enchendo seus olhos verdes; o mesmo tom de verde dos meus. E de Gabby. Meu estômago doeu. Meus olhos ficaram marejados. — Você está falando sério? Ela não me quer mais aqui?

— Não é isso... — Ele hesitou, sem querer me ofender.

Mas *era* isso. Ela não me queria mais. Por que mais ia querer me mandar para a terra das vacas, do queijo e da cerveja? Eu sabia que estávamos passando por um momento difícil, mas é pelo que toda família passa após uma morte. Elas passam por momentos difíceis. Pisam em ovos. Gritam quando precisam e choram enquanto gritam. Elas desmoronam. Juntas!

As dores de estômago das últimas semanas estavam de volta, e eu me odiava por sentir que ia desmaiar. *Não na frente de Henry. Não desmaie na frente dele.*

Levantei-me do degrau, a caixa de madeira debaixo do braço esquerdo. Espanando a parte de trás do meu vestido com a mão direita, me virei para a igreja.

— Está tudo bem — menti. Por minha mente passava um turbilhão de pensamentos desesperados sobre o que estava por vir. — Além do mais... quem precisa ser querida, afinal?

≈

Havia se passado uma semana desde o enterro, e minha mãe tinha ficado com Jeremy a maior parte do tempo. Para ser sincera, não foi exatamente como eu tinha imaginado que seriam as últimas semanas do verão — chorando sozinha dentro de casa todas as horas do meu dia. Eu era oficialmente patética.

A boa notícia, eu não tinha chorado nos últimos dez minutos. O que era uma grande vitória.

Depois de percorrer o corredor, parei e encostei no batente da porta do que costumava ser nosso quarto. E lá estava, descansando na minha penteadeira: sua pequena caixa de maravilhas. Toda a vida de Gabby, ou pelo menos o que ela sonhara que um dia seria, estava ali dentro, eu simplesmente sabia. Podia ser instinto, coisa de gêmeos, mas eu sabia.

Era uma caixa pequena, simples, de madeira, e eu tinha sido instruída a abri-la na noite do funeral, mas, até agora, só tinha olhado para ela em minha penteadeira.

Levantei a caixa e encontrei a chave colada no fundo. Desprendendo a chave, fui até a cama do lado direito do quarto, olhando para a outra, do lado esquerdo. Meu corpo despencou no colchão duro, e coloquei a chave na fechadura.

Abri o baú do tesouro sem pressa. Soltei naquele pequeno espaço a respiração que estava segurando, e algumas lágrimas caíram dos meus olhos. Rapidamente, enxuguei o rosto mais uma vez e dei um suspiro profundo.

Dois segundos. Eu não tinha chorado nos últimos dois segundos. Então era uma pequena vitória.

Dentro da caixa havia uma quantidade absurda de envelopes. E, por cima deles, uma tonelada de velhas palhetas de violão de Gabby. Ela tocava muito bem e sempre tentava me ensinar a tocar aquele maldito violão dela, mas tudo o que fiz foi machucar os dedos e perder tempo, quando poderia ter ficado trabalhando no meu livro inacabado.

Eu me senti imediatamente mal por não ter me esforçado mais para aprender a tocar, porque Gabby tinha dedicado seu tempo para me ajudar a escrever meu livro, que eu sabia que nunca seria concluído agora.

No canto da caixa havia um anel; o anel de compromisso que Bentley lhe dera. Passei-o entre meus dedos por um tempo antes de colocá-lo de volta na caixa. Esperava que ele estivesse bem. Ele era o mais próximo de um irmão que eu tinha, e desejei que pudesse voltar a ser ele mesmo, o cara divertido que sempre foi.

O restante eram cartas; uma tonelada de cartas. Havia pelo menos quarenta envelopes lá dentro, cada um numerado e marcado com palavras, cada um selado com um coração. O que estava no topo dizia: "Leia esse primeiro." Colocando a caixa sobre o colchão, peguei o envelope e, lentamente, rasguei a aba superior.

Irmãzinha,

Cobri meus lábios com os dedos ao ver a carta de Gabby. Fiquei dividida, pois queria chorar por ver sua letra e rir ao pensar nela me chamando de "irmãzinha". Tinha chegado ao mundo quinze minutos antes de mim, e nunca me deixava esquecer aquilo, sempre me chamando de "irmã mais nova" ou "criança". Continuei lendo, desejando poder ver o conteúdo de todos os envelopes na caixa, querendo sentir sua conexão comigo naquele momento.

Vou começar dizendo que eu te amo. Você é o meu primeiro e meu melhor amor. Sim, eu entendo que essas cartas podem parecer um pouco mórbidas, mas Carpe Diem, certo? Pedi a Bentley que mandasse você abrir a caixa na noite do funeral, portanto, sei que você provavelmente já esperou um ou dois dias.

— Ou sete — murmurei, e não pude deixar de sorrir enquanto lia a linha seguinte.

Ou sete. Mas senti que tínhamos deixado tanta coisa inacabada. Tanto que não fomos capazes de fazer... Desculpe por não poder estar na sua formatura. Desculpe por não poder ficar bêbada com você quando fizer 21 anos. Desculpe por não poder ir a sua primeira noite de autógrafos. Estou tão, tão triste por não poder estar lá para abraçá-la após seu próximo fim de namoro, nem ser sua dama de honra em seu casamento exagerado.

Mas preciso que você faça uma coisa para mim, Ash. Preciso que pare de se culpar. Agora mesmo! Pare com isso! Preciso que em algum momento comece a seguir em frente. Eu sou a pessoa que morreu, não você. Entendeu? Então, na página seguinte está sua lista de coisas a fazer antes de morrer. Sim, fiz sua lista de coisas a fazer antes de morrer, porque sabia que você nunca faria isso. Para cada item cumprido há uma carta que você deve abrir, como se eu estivesse bem ali do seu lado.

Então, comece a ler a lista. NUNCA abra uma carta até ter concluído a tarefa. E, pelo amor de Deus, tome um banho, escove o cabelo, e coloque um pouco de maquiagem. Você está horrível. Parecendo o resultado do cruzamento entre o Diabo e o Garibaldo de Vila Sésamo.

Sinto muito por todas as lágrimas, e sinto muito que esteja se sentindo tão perdida e sozinha. Mas confie em mim...

Você está indo muito bem, garota.

Gabrielle

Mudei para o segundo pedaço de papel e olhei para a minha "lista de coisas a fazer antes de morrer". Não fiquei surpresa com a precisão da lista quanto às coisas que pretendíamos fazer juntas, sobre as quais costumávamos conversar. Pular de paraquedas, ler a obra completa de Shakespeare, se apaixonar, publicar um livro e ter uma sessão de autógrafos impressionante com cupcakes, ter filhos gêmeos, namorar o cara errado, ser aceita na Universidade do Sul da Califórnia. Essas eram apenas algumas das coisas que sonhei fazer. Mas alguns itens da lista eram um pouco mais Gabby do que eu.

Perdoe Henry, chore porque está feliz e sorria porque está triste, fique bêbada e dance em um bar, devolva a Bentley o anel de compromisso, cuide da mamãe, recrie a cena infame de *Titanic*.

A porta do apartamento se abriu devagar, e vi minha mãe em pé na sala de estar, andando para lá e para cá. Coloquei as cartas de volta na caixa e a fechei. Saindo do quarto, parei diante dela, e ela olhou para mim por um longo tempo. As lágrimas encheram seus olhos, e ela abriu a boca como se quisesse me dizer alguma coisa, mas nada saiu. Seus ombros subiram e desceram, deixando nada além de silêncio.

Ela parecia tão acabada, desgastada, despedaçada.

— Estou indo para a casa do Henry amanhã — comecei, transferindo o peso de um pé para o outro no chão acarpetado. Por um breve momento, mamãe começou a tremer. Pensei em retirar o que disse e ficar naquele apartamento. Mas antes que eu pudesse começar, ela falou:

— Isso é bom, Ashlyn. Quer que Jeremy leve você até a estação de trem?

Fiz que não com a cabeça. Meu coração batia forte no peito enquanto meus dedos formavam punhos cerrados.

— Não. Eu dou um jeito. E, só para você saber, não vou voltar. — Minha voz falhou, mas contive as lágrimas. — Nunca. Eu te odeio por me abandonar quando mais precisei de você. E nunca vou te perdoar.

Ela olhou para o chão, com uma postura ainda mais curvada. Então, olhou para mim mais uma vez antes de voltar para a porta.

— Faça uma boa viagem.

E, com isso, ela me deixou ali, mais uma vez, sozinha.

Capítulo 2
Ashlyn

Lembre sempre do nosso primeiro olhar,
E seu coração vai saber que sou o bastante.
Romeo's Quest

O dia seguinte chegou rápido. Estava do lado de fora da estação de trem, sentada na minha mala. Nunca havia andado de trem antes de hoje, e foi uma experiência e tanto.

Três coisas que aprendi sobre trens: primeira, às vezes estranhos sentam ao seu lado e roncam e babam, mas você precisa agir como se isso fosse normal; segunda, uma lata de refrigerante vai custar mais do que um rebanho de vacas; terceira, os fiscais do trem se parecem exatamente com o cara do filme *Expresso Polar* — tirando aquela coisa toda de animação por computador.

Trens sempre pareceram mais legais nos filmes e nos livros, mas na verdade eram apenas carros que corriam sobre trilhos. O que fazia sentido, considerando que chamavam as partes do trem de "carros" que se deslocavam juntos. Bem, quase todas as partes. A da frente era chamada de locomotiva e as outras, de vagão.

Um sorriso surgiu nos meus lábios quando pensei na palavra vagão. Diga cinco vezes sem rir.

Vagão.

Vagão.
Vagão.
Vagão.
Gabby.

Ah, não. Eu estava rindo e chorando ao mesmo tempo. Todos os caminhos me levavam à minha irmã. As pessoas que passavam por mim deviam pensar que eu era louca por estar rindo sozinha. Para desencorajar aqueles olhares estranhos, peguei um livro da minha bolsa e o abri. As pessoas são tão críticas às vezes.

Botei minha bolsa de volta no ombro e suspirei. Eu odiava bolsas, mas Gabby as amava. Ela amava se arrumar e ficar bonita. E era muito boa nisso também. Eu? Nem tanto, mas ela dizia que eu era bonita, então isso contava para alguma coisa.

Sabe qual é a melhor coisa das bolsas? Elas podem transportar livros. Eu estava lendo *Hamlet* pela quinta vez em três semanas. Na noite passada, tinha parado na parte em que Hamlet escreveu a Ofélia dizendo-lhe para duvidar de tudo o que via, exceto de seu amor. Mas a menina boba ainda assim resolveu se matar mais adiante na história. A maldição de estar em uma tragédia de Shakespeare.

Enquanto estava lendo, de rabo de olho vi um homem puxando sua bagagem e saindo da estação. Ele apoiou a mala na parede. Era estranho chamá-lo de homem, porque não era tão velho. Mas era velho demais para ser chamado de menino. Era preciso haver uma palavra para os anos intermediários. Talvez henino? Momem? Henino-momem?

Este henino-momem também tinha estado no meu carro — carro sendo nosso vagão —, e o notei de imediato. Como não poderia? Não era sempre que via alguém bonito, mas ele era top de linha. Seus cabelos eram longos — até demais. Pelo menos foi o que pensei antes de ele passar os dedos pelos fios castanho-escuros e eles caírem de volta perfeitamente.

Ruborizei na hora.

Na viagem a Wisconsin, ele sentou dois bancos atrás de mim. Quando fui ao banheiro, notei que ele estava tamborilando os dedos nas coxas em um padrão rítmico, e sua cabeça balançava para a frente e para trás. Talvez fosse músico. Gabby estava sempre batendo o pé e balançando a cabeça.

Definitivamente era músico.

Ele me viu observando, e quando ergueu o olhar para encarar meus olhos, abriu um largo sorriso. O que fez eu me sentir muito pequena. Então desviei meu olhar para o tapete azul-marinho manchado de café e segui caminho. Seus olhos eram intensamente azuis e cheios de interesse. Por um segundo, pensei que fossem um portal para um mundo diferente.

Lindos.

De tirar o fôlego.

Brilhantes.

Olhos azuis.

Suspirei.

Talvez fossem mesmo um portal para um mundo melhor.

Nota informativa: as pessoas nunca deveriam usar banheiros de trem. Eles são bem nojentos. Acabei pisando em um chiclete.

Quando saí do banheiro, meu coração se apertou no peito, porque eu sabia que teria de passar pelo Sr. Belos Olhos novamente. Mantive o olhar baixo até chegar a meu assento. Suspirei, e depois minha cabeça involuntariamente se virou para ele. O quê?! Malditos olhos por quererem olhar de novo na sua direção. Ele sorriu novamente e balançou a cabeça para mim. Eu não retribuí o sorriso porque estava muito nervosa. Os olhos azuis desconhecidos me deixavam bizarramente nervosa.

Foi a última vez que o vi. Bem, até *agora*.

Agora, eu estava do lado de fora da estação de trem. Ele estava do lado de fora da estação de trem. *Nós* estávamos do lado de fora da estação de trem. E passei os olhos por ele por um momento. Palpitações. Fortes palpitações.

Tentando parecer calma, virei a cabeça na direção dele para fazer parecer que estava olhando além do Sr. Belos Olhos, para ver se Henry chegava. Na realidade, estava apenas tentando dar mais uma espiada no henino-momem encostado na parede da estação de trem.

Minha respiração se acelerou. Ele me viu. Deslocando meus pés pela calçada, cantarolei sozinha, tentando parecer calma mas não conseguindo. Segurei meu livro na frente do rosto.

— "Duvida que as estrelas sejam chamas; Duvida que mover-se possa o sol; Duvida que verdade seja o falso; Mas deste meu amor nunca duvides" — citou ele.

Baixei o livro. Olhei para o Sr. Belos Olhos confusa.

— Sai daqui.

Seu sorriso desapareceu e uma expressão de desculpas invadiu seu rosto.

— Ai, foi mal. É que eu vi que você estava lendo...
— *Hamlet*.

Um dedo roçou seu lábio superior, e ele se aproximou. Palpitação. Palpitação. Coração. Coração.

— É... *Hamlet*. Foi mal, não quis interromper você — desculpou-se, sua voz era muito doce. Fiquei pensando que era como o mel soaria se tivesse uma voz. Eu realmente não precisava de um pedido de desculpas. Estava feliz por descobrir que havia outras pessoas no mundo que citavam William.

— Não. Você não me interrompeu. Eu... eu não quis dizer "sai daqui" de um jeito "vai embora". Eu quis dizer isso mais na forma de: "Putz grila, não acredito! Você sabe Shakespeare de cor?!" Foi mais esse estilo de "sai daqui".

— Você acabou de dizer "putz grila"?

Senti um nó na garganta. Sentei-me mais ereta.

— Não.

— Humm, acho que você disse.

Ele sorriu de novo e, pela primeira vez, notei como o tempo estava quente. Fazia trinta graus ali fora. Minhas mãos suavam. Meus *dedos dos pés* estavam pegajosos. Havia até algumas gotas de suor escorrendo da minha testa.

Vi sua boca se abrir e abri a minha ao mesmo tempo. Então fechei rapidamente, querendo ouvir sua voz mais do que a minha.

— Está visitando ou veio para ficar? — perguntou ele.

Eu pisquei.

— Hã?

Ele riu e assentiu uma vez.

— Você está visitando a cidade ou vai ficar por um tempo?

— Ah — respondi, olhando para ele por tempo demais sem dizer nada. *Responde! Responde!* — Estou me mudando. Para cá. Estou me mudando para cá. Sou nova na cidade.

Ele ergueu uma sobrancelha, interessado na informação.

— Ah, é? Bem. — Ele puxou a alça da mala com a mão direita, chegando mais para perto de mim. Um sorriso estampou seu rosto, e ele me estendeu a mão esquerda. — Bem-vinda a Edgewood, Wisconsin.

Olhei para sua mão e, em seguida, para seu rosto. Apertei meu livro contra o peito num abraço. Não podia tocá-lo com as palmas das mãos suadas.

— Obrigada.

Ele suspirou de leve, mas seu sorriso se manteve.

— Tudo bem, então. Foi um prazer conhecer você. — Recolhendo a mão, ele começou a se afastar em direção ao táxi parado junto ao meio-fio.

Pigarreei, sentindo meu coração bater contra as páginas de Hamlet e Ofélia, e minha cabeça começou a girar. Meus pés exigiram que eu me levantasse, então saltei da minha mala, derrubando-a.

— Você é músico?! — gritei para o henino-momem, que já estava desaparecendo na plataforma. Ele olhou para trás, para mim.

— Como você sabe?

Mostrei meus dedos e os bati no meu livro no mesmo padrão rítmico que ele batera no trem.

— Só fiquei curiosa.

Ele estreitou os olhos.

— Eu te conheço?

Franzi o nariz e balancei a cabeça negativamente. Fiquei me perguntando se ele notou o suor escorrendo da minha testa. Esperava que não.

Lentamente, ele mordeu o lábio inferior. Vi seus ombros subirem e descerem com o pequeno suspiro que ele deu.

— Quantos anos você tem?

— Dezenove.

Ele balançou a cabeça e passou a mão pelo cabelo.

— Ótimo. Precisa ter 18 anos para entrar. Eles vão carimbar sua mão e pedir sua identidade de novo no bar, mas você pode curtir um som. Só não tente comprar bebida alcoólica. Só maiores de 21 podem beber. — Inclinei a cabeça, olhando para ele. Ele riu. *Ah, que lindo esse som.* — Bar do Joe, sábado à noite.

— O que é o Bar do Joe? — perguntei a mim mesma em voz alta. Eu não tinha certeza se estava falando com ele, comigo mesma, ou com aquelas malditas borboletas que despedaçavam meu estômago.

— Um... bar? — Sua voz subiu uma oitava antes de ele rir. — Vou tocar com a minha banda às dez. Você devia ir. Acho que vai gostar. — Ele começou a abrir possivelmente o sorriso mais gentil do mundo. Era tão gentil que me fez tossir nervosamente e engasgar com o ar.

Ele levantou a mão para mim e sorriu quando se despediu. Então fechou a porta do táxi e seguiu seu caminho.

— Tchau — sussurrei, vendo o carro partir. Não desviei o olhar até que ele virou a esquina do estacionamento e ficou muito, muito distante. Baixei os olhos para o livro apertado nas minhas mãos e sorri. Começaria do zero novamente.

Gabby teria adorado esse momento estranho e perturbador.

Eu tinha certeza.

Capítulo 3

Ashlyn

Não vou olhar para trás,
Não vou chorar.
Não vou nem querer saber por quê.
Romeo's Quest

O motor da caminhonete amarela enferrujada de 1998 de Henry rugiu como se fosse explodir quando ele parou na estação de trem. O lugar estava lotado de famílias viajando, pessoas se abraçando, chorando e rindo. Pessoas mergulhando na arte da conexão humana.

Tudo aquilo me deixava desconfortável.

Fiquei sentada em cima da minha mala com a caixa de madeira de Gabby no colo. Passando os dedos pelo cabelo, esperava evitar as mesmas conexões que o resto do mundo parecia buscar.

Eu estava derretendo dentro do vestido preto, que batia na altura das coxas, e o ar da noite quente de Wisconsin subia indesejavelmente por minhas pernas. Eu estava morrendo de calor mesmo tarde da noite, e não tinha pensado que teria de esperar mais de uma hora para Henry me pegar. Devia ter imaginado. Às vezes me perguntava se um dia eu ia aprender.

Esperei Henry se aproximar do meio-fio. Seu pneu dianteiro esmagou uma garrafa de água vazia. Vi como a garrafa de plástico tremeu sob a pressão da roda e como a tampa saiu voando pela calçada, caindo no meu pé. Levantando-me da mala floral *vintage* que mamãe tinha me dado no meu aniversário de 16 anos, apertei o botão e puxei a alça para cima, levando a mala até a caminhonete.

Céus, o carro precisava ser tão barulhento?

Henry saltou do carro e foi até a frente me cumprimentar. Metade de sua camisa verde-floresta estava enfiada na calça jeans, presa por um cinto. Seu sapato esquerdo estava desamarrado, e eu podia sentir o leve cheiro de tabaco na barba, mas, no geral, ele parecia bem.

Por uma fração de segundo, ele considerou a possibilidade de me abraçar e experimentar a mesma sensação que as pessoas a nossa volta estavam experimentando, mas mudou de ideia depois de notar que eu estava revezando o peso entre um calcanhar e o outro.

Uma pequena risada escapou de seus lábios.

— Quem anda de vestido e salto alto em um trem?

— Eles eram os favoritos de Gabby.

Ficamos em silêncio total, e a crescente onda de lembranças começou a encher minha mente. Henry provavelmente estava lembrando também. Diferentes lembranças da mesma garota extraordinária.

— Isso é tudo que você tem? — perguntou, apontando para minha vida, que estava dentro da mala. Não respondi. Que pergunta estúpida. Claro que era tudo. — Deixe-me pegar isso... — Ele se adiantou para apanhá-la e eu hesitei.

— Pode deixar que eu levo.

Ele suspirou, passando a mão pela barba grisalha. Parecia mais velho do que deveria, mas eu imaginava que arrependimento e culpa provocassem esses danos às pessoas.

— Tudo bem.

Joguei a mala na caçamba da caminhonete e fui até o lado do carona para entrar. Sem conseguir abrir a porta, revirei os olhos. Eu não deveria ter ficado surpresa por aquela porcaria estar quebrada. Henry era especialista em quebrar e ferrar coisas.

— Foi mal, filha. Essa porta não está funcionando bem. Pode subir pelo meu lado.

Revirei os olhos de novo e entrei pelo lado do motorista, tentando não mostrar a calcinha para os carros que passavam.

Seguimos em silêncio, e imaginei que seriam assim meus próximos meses. Silêncios constrangedores. Interações estranhas. Encontros desconfortáveis. Henry podia ser o cara que tinha o nome na minha certidão de nascimento, mas quando o assunto era ser meu pai, ele não era conhecido por sua capacidade de participar.

— Foi mal pelo calor. A porcaria do ar-condicionado quebrou semana passada. Eu não esperava que fosse ficar tão quente aqui. Você sabia que deve chegar perto dos quarenta graus ainda esta semana? Maldito aquecimento global — constatou Henry. Não respondi, então acho que ele tomou isso como um convite para continuar falando. Não foi um convite de espécie alguma. Eu realmente desejava que ele não tentasse puxar conversa fiada. Eu odiava conversa fiada. — Gabby disse que você estava escrevendo um livro, hein? Consegui colocar você na aula de inglês avançado com um ótimo professor. Sei que as pessoas dizem que nós contratamos o melhor dos melhores, mas, para ser honesto, às vezes aparecem algumas maçãs podres por aí. — Ele riu de si mesmo.

Henry é o vice-diretor na Edgewood High School, que em breve será minha escola depois que estes últimos dias de férias de verão chegarem ao fim. Os últimos 180 dias da minha vida escolar seriam gastos com meu pai biológico rondando pelos corredores. Perfeito.

— Tanto faz, Henry.

Vi que ele se encolheu quando o chamei pelo nome, mas como deveria chamá-lo? "Pai" parecia muito pessoal, e "papai" parecia carinhoso demais. Então seria Henry. Abri um pouco minha janela, me sentindo esgotada por essa nova vida que enchia minha mente.

Henry olhou para mim e pigarreou.

— Sua mãe disse que você teve ataques de pânico.

Revirei os olhos como um sinal de angústia adolescente. A verdade é que eu comecei a ter ataques de pânico quando descobri que Gabby estava doente. Mas não havia necessidade de Henry saber disso.

Ele mudou de assunto... de novo.

— Nós estamos muito felizes por você vir morar com a gente — disse.

Eu me virei para ele e meus olhos encontraram os seus, então ele olhou de novo para a pista. Fiquei imóvel como uma lápide, querendo respostas.

— *Nós* quem?

— Rebecca...

— Rebecca? Quem é Rebecca?

— ... e os filhos dela — murmurou ele, limpando a garganta de uma forma desagradável.

Encolhi os ombros e meus olhos se arregalaram.

— Há quanto tempo eles moram com você?

— Há um tempo. — Sua voz era melíflua, torcendo para que eu não me aprofundasse no assunto.

Eu não ligava para o que ele queria. Além disso, sabia que sempre que sua voz ficava suave daquele jeito era fato que estava mentindo.

— Eles já moravam com você antes de você ligar no nosso aniversário este ano? Com três dias de atraso? — Seu silêncio respondeu à minha pergunta. — E no ano passado? Será que eles já moravam com você quando se esqueceu completamente de ligar no nosso aniversário?

Henry respondeu com uma expressão frustrada:

— *Merda*, Ashlyn. Que diferença isso faz agora? Isso é passado.

— É, e agora parece ser meu presente. — Recostei-me no banco, olhando para a frente.

— Só alguns meses... — sussurrou ele. — Eu só moro com eles há alguns meses. — Depois de uns bons minutos de silêncio, ele tentou conversar de novo. — Então, de que tipo de coisas você gosta agora?

Cansada da longa viagem de trem e do meu atual estado de vida, suspirei, descascando uma pequena lasca do esmalte preto da unha que ainda restava do funeral de Gabby.

— Henry, nós não temos que fazer isso. Não precisamos tentar recuperar o tempo perdido. Afinal, ele está perdido, não é mesmo?

Ele não falou muito mais depois disso.

Havia um fio solto no meu casaco. Puxei o fio e sorri. Gabby tinha me dito para não fazer isso com o fio, e como aquilo iria arruinar completamente todo o casaco. Em um segundo, uma onda comovente de dor tomou conta de mim. Fechei os olhos e inspirei profundamente o ar quente.

Fazia quase três semanas que tinha perdido Gabby, e não houve um dia em que não tivesse chorado. Chorava tanto que ficava surpresa de ainda haver lágrimas para chorar.

As pessoas sempre diziam que, com o tempo, tudo vai ficando mais fácil quando se perde alguém. Diziam que, com o tempo, ia melhorar. Mas eu não conseguia entender como isso poderia acontecer. A cada dia, tudo só se tornava mais difícil. O mundo só ficava mais escuro. A dor apenas se aprofundava.

Inclinei a cabeça em direção à janela do carona, e quando abri os olhos, limpei a única lágrima que estava umedecendo minha bochecha direita. Meu lábio inferior tremeu de tristeza contida. Não queria chorar na frente de Henry, nem de ninguém. Preferia chorar sozinha na escuridão.

Desejei que Gabby ainda estivesse viva.

E desejei que eu não me sentisse tão morta.

≈

A caminhonete de Henry parou sobre o cascalho de sua casa — minha residência temporária. Fui rápida em notar os outros dois carros na garagem, um belo Nissan Altima preto e um Ford Focus azul que parecia ser mais velho.

A casa era enorme em comparação com o apartamento de dois quartos onde morei a vida inteira. Os arbustos da frente estavam perfeitamente aparados e uma bandeira americana tremulava com a brisa leve.

Sem brincadeira, a casa tinha uma cerca branca. *Uma cerca branca!*

Havia três janelas no segundo andar, e em uma delas vi um garoto com fones de ouvido olhando pela fresta das cortinas. Quando nossos olhos se encontraram, ele desapareceu depressa.

Ah, meu Deus! Henry *realmente* morava com outras pessoas. Quando ele saiu da caminhonete, deslizei até o banco do motorista e saí. Antes que eu pudesse desamassar meu casaco, uma mulher — Rebecca, presumi — estava de pé na minha frente. Me abraçando.

Por que diabos essa estranha estava me tocando?

— Ah, Ashlyn! Estamos tão felizes por você estar aqui! — Ela me abraçou enquanto meus braços permaneciam colados ao meu corpo. — Deus foi bom em trazê-la para nós. Isto foi providência divina, sei que foi.

Pisquei uma vez e me afastei um passo dela.

— Deus matou minha irmã para que eu pudesse ficar com a família do meu pai ausente?

Um silêncio doloroso se instaurou, até Henry dar uma gargalhada sem graça que fez Rebecca rir nervosamente.

— Aqui, querida. Deixe-me pegar suas malas. — Ela seguiu até a caçamba da caminhonete e Henry foi atrás dela. Eles começaram a falar baixinho como se eu não estivesse a cinco centímetros de distância. — Onde está a bagagem dela, Henry? — sussurrou Rebecca.

— Isso é tudo que ela tem.

— Uma mala? É isso? Senhor, mal posso imaginar como era sua vida em Chicago. Nós vamos ter que comprar algumas coisas para ela.

Eu escutei, mas não reagi às suas palavras. Estranhos. Isso é tudo o que aquelas pessoas eram para mim. O fato de eles quererem julgar e tentar descobrir como era minha vida com minha mãe e Gabby só tornava sua ignorância muito mais evidente.

Henry se aproximou de mim, com minha mala na mão, e Rebecca o seguiu de perto.

— Vamos lá, Ashlyn. Vou lhe mostrar a casa.

Entrando no hall, fiquei chocada quando vi um retrato enorme de sua adorável familiazinha emoldurado e pendurado na parede. Havia nele uma garota morena que era a cara da Rebecca, com os mesmos olhos azuis de corça e tudo.

Ela parecia ter a minha idade, só que muito mais recatada, pelo menos era o que se via pelo colete de lã e pela saia abaixo dos joelhos. Ao lado de Henry estava o menino que eu tinha visto olhando pela janela. Ele tinha um sorriso forçado e um olhar estranhamente confuso.

Henry percebeu que eu estava observando a foto, e vi um nó se formar na sua garganta. Sua boca se abriu, mas ele fechou-a rapidamente quando nenhuma palavra lhe veio à mente.

— Você tem uma família linda, Henry — comentei secamente, ao passar para a sala de estar.

A menina morena da fotografia estava sentada numa poltrona grande e felpuda lendo um livro. Ela se levantou quando nos ouviu entrar e abriu um grande e caloroso sorriso.

— Oi. Você deve ser Ashlyn. Sou Hailey. Ouvimos falar muito de você. — Ela parecia sincera em suas boas-vindas, mas eu sabia que não conseguiria retribuir o sorriso.

— É? Gostaria de poder dizer o mesmo.

Ela não se abalou com meu comentário rude e continuou sorrindo.

Rebecca foi para trás de mim e colocou as mãos nos meus ombros. Realmente gostaria que ela parasse de me tocar.

— Hailey, pode levar Ashlyn até o quarto de vocês?

— Vamos dividir um quarto? — perguntei, odiando a ideia, porque precisava urgentemente do meu próprio espaço.

— Vamos. Espero que você não se incomode. Não se preocupe. Não sou bagunceira. — Hailey sorriu e pegou minha mala das mãos de Henry. Estendi a mão para ela, dizendo que eu poderia levar, mas ela recusou. — Está tudo bem. Confie em mim. Nós provavelmente vamos nos odiar em breve, por isso podemos muito bem ser gentis por enquanto — brincou.

O quarto dela era cor-de-rosa. Tipo, *muito* cor-de-rosa. Quatro paredes cor-de-rosa, edredons cor-de-rosa, cortinas cor-de-rosa. Havia uma estante com troféus e medalhas de todos os tipos. Montaria, futebol, soletração. Estava claro que Hailey e eu tínhamos diferentes estilos de vida.

Dá para acreditar? Uma estante sem um único livro?

— Esvaziei as duas gavetas de cima para você e o lado direito do armário também. — Hailey pulou em sua cama, que era em frente à minha. Sentei-me também, passando minhas mãos sobre o que parecia ser um cobertor feito à mão. — Então, papai disse que você é de Chicago — comentou.

Eu me encolhi com sua escolha de palavras.

— Você chama Henry de *papai*?

Ela reagiu da mesma forma que eu.

— Você chama papai de *Henry*?

Isso tudo estava começando a me irritar. Pensei em perguntar há quanto tempo ela morava com Henry, há quanto tempo o chamava de pai, mas não queria saber as respostas.

Depois de pegar minha mala, puxei-a para o meu colchão e cruzei as pernas. Abrindo o zíper, suspirei quando o cheiro do perfume favorito de Gabby flutuou dali de dentro.

Enquanto vasculhava a mala, peguei todos os vestidos de que minha irmã mais gostava e suas roupas confortáveis favoritas. Sua coleção de CDs veio em seguida, e olhei para os títulos das músicas preferidas dela, que tocávamos na sala de estar nas manhãs de domingo, enquanto comíamos cereal com marshmallow.

— Vocês duas eram muito chegadas? — perguntou Hailey. Em seguida, revirou os olhos para sua própria pergunta. — Foi uma pergunta idiota. Foi mal. Quero dizer... sinto muito pela sua perda.

Olhei para as fotos de Hailey na parede e vi mais fotos de família e também de seus amigos — bem, uma amiga — e um cara com os braços em sua cintura.

— Esse é Theo, meu namorado. Bem, mais ou menos. Estamos aproveitando o restante das férias de verão para meditar e descobrir o que nós queremos de nosso relacionamento. Então, quando as aulas começarem, vamos ver se nossos espíritos ainda estão na mesma vibração.

O olhar vazio que disparei para ela a fez rir.

— Theo estuda budismo, e aprendi um pouco sobre o assunto. Uma de nossas interações mais poderosas consistia em fazer ioga juntos, liberando toda a energia negativa de nossos corpos.

Minha mãe foi muito fã de ioga por um único fim de semana. Ela não deu continuidade à prática, mas disse que se sentiu mais ela mesma durante esse tempo. Eu não sabia o que dizer para Hailey, porque ela era meio estranha. Não estranha como eu, mas estranha de seu jeito próprio.

Eu estava convencida de que todo mundo tinha alguma estranheza. E o mais legal, pelo menos esperava que sim, era a ideia de que havia alguém por aí tão peculiar quanto você. A ideia de encontrar seu outro esquisito me atraía muito.

Eu ainda estava procurando isso.

— Ele quer que eu faça sexo com ele — disparou Hailey, e pude sentir meu rosto corar. *Ah, meu Deus!* — Eu estou esperando. É por isso que estamos dando um tempo.

Eu não sabia o que dizer diante de um comentário tão pessoal, e eu nem sabia o sobrenome dela. Será que todas as pessoas em Edgewood, Wisconsin, eram diretas como Hailey? Será que as meninas simplesmente falavam de seus encontros sexuais e coisas assim como se não fosse algo íntimo?

Caí na minha cama. No teto havia um mural pintado de um céu com nuvens e pássaros. Hailey deitou-se na cama dela e também olhou para cima.

— Theo me ajudou com isso. Ele disse que é bom para equilibrar minha energia e trazer paz a meu espaço pessoal.

— Hailey, sem ofensa... mas você é muito estranha para alguém tão bonita.

— Eu sei, mas acho que é de onde tiro minha força.

Dei razão a ela. Ser bonita e esnobe era tão clichê, mas ser uma bonita esquisita? Aí estava algo digno de nota.

O cara que estava espiando pela janela mais cedo entrou no quarto e virou a cabeça diretamente para Hailey.

— Posso usar seu carro?

— O que você vai fazer? — perguntou Hailey para... seu irmão mais novo? Ele parecia mais jovem. Mas não muito.

— Sair.

Ela pegou a escova em sua mesa de cabeceira e começou a passá-la pelas longas madeixas.

— Ryan, você já conheceu a Ashlyn?

Ryan me lançou um olhar tão maçante que eu teria me sentido ofendida se não estivesse lhe devolvendo a mesma expressão entediada. Ele suspirou profundamente, voltando-se para a irmã.

— As chaves, Hails.

— Papai deixou você sair?

Ryan tirou uma caixa de papelão do bolso da calça jeans, abriu-a e tirou um cigarro invisível, que ele acendeu invisivelmente. Ótimo. Eu estava morando com malucos.

— Ele não é nosso pai, Hailey. Meu Deus! Ele é pai *dela*. — A mão de Ryan apontou para mim.

— Poderia ter me enganado — murmurei, tirando o resto das coisas da minha mala.

Ryan se virou para mim, desta vez com uma expressão de prazer nos lábios. Ele piscou e seu olhar se voltou para Hailey.

— Isso é um sim ou um não?

— Não.

— Você está acabando com a minha vida! — Ele andou até ela e deixou-se cair na cama.

— Vê se cresce, Ryan. — Hailey continuou escovando os cabelos e olhou para mim. — Não ligue para ele. Ryan está nessa estranha fase "eu odeio o mundo" e "fico chapado" da adolescência.

Bem, pelo menos eu podia me identificar com alguém desta casa. Exceto pela parte chapada.

— Não dê ouvidos a ela. Ela está nessa estranha fase "eu amo o mundo" e "sou hippie" da adolescência. — Ryan sorriu. — Sou Ryan Turner.

— Ashlyn.

— Nome legal.

— Minha mãe gostava dos nomes Gabrielle, Ashley e Lynn e não conseguia escolher. Assim, Gabby se tornou Gabrielle e eu me tornei Ashlyn. — Olhei para os dois sentados perto de mim e estreitei os olhos. — Quem é o mais velho?

— Eu. — Hailey sorriu.

Ryan revirou os olhos.

— Pela idade emocional, talvez. Pela idade biológica? Eu tenho a coroa.

— Sou a caçula. Ele é o mais velho. Somos "gêmeos irlandeses". Nove meses de diferença. — Hailey riu, empurrando seu "irmãozinho emotivo" pelo ombro.

— Por que você não tem carro, Ryan?

— Porque minha mãe me odeia.

— Ela não te odeia — argumentou Hailey.

Ele lançou à irmã um olhar sarcástico, e Hailey franziu a testa como se Ryan estivesse dizendo a verdade. Ele deu de ombros.

— Você não vai mesmo me deixar usar seu carro?

— Não.

— Mas... eu não vejo... — Ryan parou e olhou para mim —... você-sabe-quem há dias.

Arqueei uma sobrancelha.

— Quem é "você-sabe-quem"?

Ryan e Hailey trocaram olhares, tendo uma conversa completa e profunda só com os olhos e alguns gestos. Observei os gêmeos irlandeses interagindo um com o outro e senti como se estivesse assistindo a um filme de Charlie Chaplin. Foi uma lembrança de como Gabby e eu costumávamos nos comunicar sem palavras, apenas com olhares. Imaginei se Ryan e Hailey sabiam a sorte que tinham por serem tão chegados. Também me perguntei se sabiam como aquilo era uma maldição.

Ryan jogou as mãos para o alto, frustrado com a irmã, e se levantou.

— Vou dormir — disse, ignorando minha pergunta. — Foi um prazer conhecer você, Ashlyn.

— O prazer foi meu. — E ele se foi.

Lancei a Hailey um olhar confuso.

Ela deu de ombros.

— Ele é muito seletivo quanto às pessoas com quem compartilha detalhes. — Ela fez uma pausa. — Tem muita coisa acontecendo na vida dele.

— É legal saber que sua família não é tão perfeita quanto no retrato — admiti, desfazendo meu coque bagunçado para transformá-lo num coque bagunçado no alto da cabeça.

— Nenhuma família é perfeita.

Abri a boca e parei quando Henry colocou a cabeça para dentro do quarto. Sincronia perfeita.

— Vocês estão bem, crianças?

Hailey assentiu.

— Sim. Só estamos nos preparando para dormir.

Ele sorriu e virou para mim.

— Tem pizza na geladeira se estiver com fome, Ashlyn. E se precisar de mais alguma coisa...

— Não vou precisar — decretei rapidamente para fazê-lo sair.

As rugas na sua testa se aprofundaram quando ele passou as mãos nas sobrancelhas.

— Está bem. Boa noite.

Ele saiu do quarto, e Hailey deu um assovio.

— Vocês dois são os porta-vozes das interações constrangedoras.

— É estranho o fato de ele ser o vice-diretor da escola? Quer dizer, eu quase não o vi durante toda a minha vida, e agora não só estamos morando juntos como ele também vai estar na escola comigo. Isso é praticamente 24 horas por dia com ele. É tipo overdose de Henry.

— Você vai ver que ele não é tão ruim quanto você pensa quando começar a conhecê-lo. É só dar uma chance para ele.

Quando eu começar a conhecê-lo?

Uma estranha estava me dando conselhos sobre meu pai biológico. O que havia de errado nessa cena?

Capítulo 4

Daniel

Não achei que seria difícil te afastar.
Mas você é tudo em que consigo pensar.
Romeo's Quest

Fui até a casa do lago com meu colega de banda, Randy, no banco do carona. Eu tinha me mudado para lá depois que me formei na faculdade, em maio, para cuidar do meu pai. Tinha sido um ano difícil, desde a morte da minha mãe, e foi ficando mais difícil conforme o tempo passava e papai perdia a batalha contra a insuficiência hepática.

— Tem certeza de que está tudo bem eu ficar aqui? — perguntou Randy, tirando sua mala e seu violão do carro.

Sorri para ele e dei de ombros. Randy era meu melhor amigo. Eu tinha namorado a irmã dele, Sarah, por mais de três anos, quando éramos mais jovens. Provavelmente ainda estaria com ela hoje se o acidente não tivesse acontecido.

Eu tinha ficado de pegar meu irmão, Jace, em uma festa, mas estava trabalhando. Mandei uma mensagem para Randy, para ver se ele poderia buscar Jace, mas ele não respondeu. Então liguei para Sarah e ela disse que o faria, e no caminho de casa um motorista bêbado bateu nos dois pela lateral. Ela morreu na hora.

Eu me culpava por ter pedido a ela que buscasse Jace.

Jace se culpava por ter ido àquela festa.

Randy se culpava por ter perdido sua irmãzinha.

Nós três havíamos lidado com a perda de Sarah de maneiras diferentes. Eu mergulhei em minha música e meus estudos. Jace começou a usar e vender drogas, tentando não se lembrar do que tinha acontecido naquele carro. Ele a viu morrer, mas nunca falou disso. E Randy...

Ele tinha basicamente se tornado um louco que experimentava de tudo pelo menos uma vez. Eu nunca sabia onde ele estava com a cabeça ou em que tipos de coisas estranhas ele se metia quando não estávamos às voltas com a banda. Parecia estar flutuando, absorvendo informações aleatórias aonde quer que fosse. Randy nunca culpou Jace nem a mim pelo que aconteceu com sua irmã. Ele nunca teve raiva nem desejo de vingança.

Pensei de novo em sua pergunta, se estava tudo bem ele ficar comigo. Como poderia não estar?

— Não seja bobo. Você precisava de um lugar para ficar... — Olhei para a casa. — E eu tenho um lugar para você ficar.

— Obrigado, cara. Isso significa muito para mim. Acho que só preciso de alguns meses até resolver algumas coisas. — Ele parou e olhou para trás, para mim. — Você está bem, Dan?

Abri um sorriso forçado e assenti.

— Tenho algumas cervejas na geladeira, se quiser. Vou dar uma corrida em volta do lago. Os outros devem chegar daqui a pouco para ensaiar.

— Danny, estou preocupado com você. Todos nós estamos. — A preocupação era evidente em seu tom de voz, encharcada de pesar pela minha vida.

— Por quê? — perguntei, esticando meu braço para me alongar antes da corrida.

Ele olhou para mim como se eu tivesse três cabeças.

— Seu pai morreu semana passada e você está agindo como se nada tivesse acontecido.

— Randy, as pessoas morrem. Nós dois sabemos disso.

Randy tinha perdido a mãe há muito tempo, e seu pai nunca tinha sido presente em suas vidas. Tudo o que ele tinha era Sarah, até o dia do acidente. Então, se alguém sabia como era a morte, éramos nós dois.

— Tá, é só que... Depois da sua mãe e das coisas com Jace... — Suas palavras foram sumindo. — Só quero que você saiba que estamos aqui. Se precisar de nós. Sei que andei meio avoado depois da morte de Sarah. Antes de minha mãe morrer, ela me pediu para cuidar dela e eu não consegui. Isso me perturbou. Ainda perturba às vezes. — Ele fez uma pausa e mudou de posição. — Então... se quiser conversar, estou aqui.

Havia dois tipos de luto. Aquele em que a pessoa abria seu coração para o mundo, sem deixar de dar valor às coisas, e vivia cada dia como se fosse o último. E aquele em que a pessoa se fechava e vivia em seu próprio mundo, incapaz de se conectar com os outros.

Eu definitivamente não tinha escolhido a primeira opção.

Engoli em seco.

— Você devia praticar mais a música "Ever Gone". Pareceu um pouco fora do tom quando tocamos na última vez. — Olhei para o meu relógio. — Volto daqui a pouco.

Disparei em direção ao galpão dos barcos em uma corrida lenta, mas não demorei muito para pegar velocidade.

≈

Depois de minhas corridas, eu sempre acabava de volta no mesmo lugar, no cais, olhando para o local onde o pior momento da minha vida acontecera. Esfreguei meus braços tantas vezes, que fiquei surpreso por minha pele não ficar esfolada. Dobrei os joelhos, me abaixei e fiquei olhando fixamente para o gramado.

Eu queria conseguir esquecer.

Eu queria conseguir esquecer.

Eu queria conseguir esquecer, porra!

Mas, em vez disso, fechei os olhos, respirei fundo, e me lembrei.

≈

    Chegamos ao hospital, mas minha mãe havia perdido a vida antes mesmo de entrar na ambulância. Jace estava enfaixado, tinha levado alguns pontos no olho, mas estava vivo. Se me perguntassem eu diria que era sacanagem. Ele tinha acabado de fazer com que nossa mãe fosse assassinada, e tudo o que ganhou foram alguns pontos.

    Jace se sentou na sala de espera enquanto papai conversava com alguns policiais. Ele não tinha parado de chorar nem por um momento. Nunca na minha vida vi meu pai chorar, nem mesmo quando ele descobriu sobre seu problema de saúde.

    Fui até Jace e ele se levantou. Nós não dissemos nada. Minha garganta estava seca, áspera. Ele me puxou para um abraço.

    — Vou descobrir quem fez isso, Danny. Juro por Deus, eles não vão se safar dessa.

    Eu o abracei bem forte e balancei a cabeça.

    — Eu sei, Jace.

    — A culpa é minha. Mas prometo a você, vou fazer justiça.

    Com as mãos na cabeça do meu irmão mais novo, apoiei minha testa na dele.

    — Sinto muito, Jace... — murmurei, antes que ele se afastasse de mim, parecendo confuso.

    — O quê? — perguntou, antes de se virar e ver os policiais marchando em sua direção.

    Um deles pegou suas mãos e o algemou. Escutei o oficial ler seus direitos. Tudo se tornou um borrão quando o levaram por tráfico de drogas — com provas, que haviam coletado comigo antes. Jace me olhou confuso, mas depois percebeu o que estava acontecendo, e gritou:

    — Você me dedurou?! Nossa mãe morreu, Danny! Mamãe está morta! — gritou, com o rosto vermelho. — Sou seu irmão! — Sua voz estava falhando, mas seus gritos ainda eram claros. — Você é um merda! Mamãe está morta e você está me mandando para a cadeia!

    Sua voz ecoou pelos corredores.

    Sua voz ecoou em minha alma.

≈

 Lembranças eram assustadoras, a maneira como podiam acabar com a gente com nossos próprios pensamentos.

 Eu pisquei e me afastei do local onde mamãe morreu. O sol quente queimava minha pele. Seguindo para a beira do cais, tirei meu tênis e minhas meias. Mergulhei meus pés na água fria e deitei na doca de madeira, que rangeu com meu peso.

 Eu pretendia ajeitar a doca em breve. Planejava ajeitar a casa toda, na verdade. Só não sabia como papai e mamãe gostariam que aquilo fosse feito.

 Eu não tinha permitido que meu cérebro processasse a morte do meu pai — ainda estava um pouco em estado de choque pela da minha mãe. Não importa o que aconteça, não importa quantas vezes você lide com ela, a morte não fica mais fácil.

 Não havia ninguém com quem eu pudesse realmente conversar sobre o assunto. Meus amigos não entenderiam, mesmo que eu tentasse explicar. Além disso, não queria fazer com que se sentissem mal como eu me sentia todo dia.

 Mas houve um momento em que vi alguém que poderia entender, e deu para perceber isso só pelo seu olhar. Seus olhos eram surreais, assombrados, até. Olhos verdes e poderosos que pareciam tão tristes. Sofridos. Lindos.

 Meus olhos se fecharam, e a vi: a garota da estação de trem. Meus músculos se contraíram por causa da corrida, e eu respirei fundo, tentando me lembrar de tudo. Ela sabia como era estar como eu — perdido, sozinho. Tinha visto isso cada vez que ela piscara os olhos e seus cílios espessos e compridos baixaram.

 Eu deveria ter perguntado seu nome. Deveria ter me sentado na minha mala, ao lado dela. Ela sorriu quando citei Shakespeare, mas ainda havia tristeza nas curvas de seus lábios. Ela sofria de algum tipo de dor, e eu vi que aquilo a consumia — da mesma forma que minha tristeza estava acabando comigo. E nada nem ninguém poderia impedir que isso acontecesse.

Uma parte de mim não queria que aquilo acabasse. Uma parte de mim achava que eu merecia o sofrimento. Mas juro que não conseguia acreditar que aquela menina merecesse estar tão triste. No fundo eu esperava que algum dia alguém pudesse fazê-la sorrir sem aquelas curvas de tristeza nos lábios.

Eu torcia para que um dia ela fosse ficar bem.

Capítulo 5

Ashlyn

Me toque quando estiver longe.
Me deixe quando estiver perto.
Me ame com meus pedaços dilacerados.
Romeo's Quest

Nos dias que se seguiram, fiz de tudo para ficar na minha. Não falei muito, mas permiti que minha mente continuasse correndo naquela maldita esteira na minha cabeça. Acontece que a família de Henry gostava de se reunir para jantar todas as noites, e achei legal que eles me convidassem para comer também.

Mas eu sabia que não me encaixava naquela mesa de quatro lugares. Rebecca pegou uma cadeira dobrável do sótão para eu sentar. Havia um pedaço de metal no assento que espetava minha coxa esquerda, mas não reclamei.

Ela havia feito muita comida. O suficiente para alimentar um exército. Quando nos sentamos, eu me preparei para atacar meu prato e Rebecca levantou uma das mãos.

— Querida, nós oramos antes de comer. — Ela abriu um sorriso gentil, mas dava para ver um pouco de decepção por isso nem ter passado pela minha cabeça. — Henry, pode ser você de novo?

Eu ri e bufei baixinho:

— Fala sério. — Todos os olhos se voltaram para mim. Olhei para Henry, confusa. — Vocês rezam?

— Você não? — perguntou Rebecca.

Senti-me uma pecadora com essa simples pergunta.

A resposta era não.

A estranheza da situação me pegou de jeito e cheguei a uma importante conclusão. Eu não sabia nada sobre Henry, e esta família parecia saber tudo.

Eu sabia que era bobagem, mas uma parte de mim estava muito triste com isso. Por que sempre queremos ser amados pela pessoa que mais nos ignora?

Henry fez uma oração enquanto todos fecharam os olhos e juntaram as mãos. Bem, quase todos. Eu só fiquei ali sentada e olhei para todos eles durante esse tempo. Ryan também não fechou os olhos em nenhum momento.

— Amém — murmuraram juntos, e em seguida abriram os olhos. E então atacaram os bifes.

Hailey não tinha bife no prato. Ela nunca comia nenhum tipo de carne na hora do jantar. No outro dia, ela me disse que matar e comer animais inofensivos era um ato terrível. Falou que era contra a ordem natural das coisas, que as pessoas não deveriam comer carne. Por isso parou.

Acho que ela nunca deve ter aprendido o fato de que leões jamais hesitam em comer uma gazela quando estão com fome.

— Ah, Ryan e Hailey... não se esqueçam. Vocês vão dar aula de estudo bíblico de manhã. — Ela pode não ter notado, mas percebi que seus dois filhos reviraram os olhos.

Amanhã seria domingo, o que significava que hoje era sábado. Tinha quase me esquecido do meu convite para o Bar do Joe, para ouvir o Sr. Belos Olhos tocar. E, por "quase", quis dizer que eu não tinha parado de pensar no assunto desde que o vi. Estava especialmente animada para descobrir o nome dele, pois só o chamava de Sr. Belos Olhos.

— Acho que vou subir e me arrumar para sair.

Henry ergueu uma sobrancelha.

— Sair para onde?

Lancei a ele um olhar tipo é-sério-que-você-se-preocupa-com-meu-paradeiro-agora?, e ele suspirou. Então dei um suspiro tipo é-sério-que-ele-não-se-preocupa-com-meu-paradeiro?

— Fiz uma chave para você. Está pendurada na entrada — disse Henry quando me levantei da mesa.

Bem, foi muito gentil da parte dele.

≈

Quando já estava pronta para sair, abri a caixa de madeira e tirei minha lista de coisas a fazer antes de morrer, avaliando todas as opções. Sabia que precisava de uma carta de Gabby. Só tinha que encontrar uma maneira fácil de abrir uma delas sem desobedecer às suas regras.

O relógio da cômoda marcava nove e meia da noite. Hailey entrou no quarto e sorriu para mim.

— Chegou há poucos dias e já está tentando ir embora? — Ela riu.

— Não... não é isso. É só que...

— Muitas mudanças? — perguntou, concluindo meu pensamento antes que eu mesma pudesse terminar de pensar.

Fiz que sim com a cabeça e não pude deixar de sorrir quando ela se levantou e me jogou suas chaves.

— Vá com o meu carro. É o Ford Focus. Não vou perguntar para onde está indo porque sou uma péssima mentirosa. E se eu tivesse que dedurar você, me sentiria mal.

— Obrigada. — Peguei alguns CDs da minha coleção para ouvir no carro e me preparei para sair sem dar de cara com Rebecca nem Henry.

— De nada. E, Ashlyn? — Sua voz se elevou quando ela pegou o pote de hidratante para o rosto e começou a aplicá-lo na pele. — Não é tão ruim aqui.

— É. É só que sinto falta de *lá*. Até mais tarde.

≈

No carro de Hailey, botei a música para tocar no volume máximo do CD player. Olhei para o banco do carona, e, por uma fração de segundo, pude jurar que vi Gabby sentada ali cantando junto comigo. Ao longo das últimas semanas, não tinha sido incomum eu me sentar e conversar como se ela realmente estivesse lá, tentando imaginar o que ela diria, como iria me consolar.

— Mamãe ainda não ligou. Dane-se... Não importa. Você acredita que Hailey chama Henry de papai? — murmurei para minha irmã invisível. — Eu não sou ciumenta nem nada. É só que... é estranho. — Olhei para o banco vazio e mordi meu lábio inferior.

Ela não respondeu.

Porque quando as pessoas morrem, levam suas vozes com elas. Fiquei me perguntando se elas sabiam que quem fica daria tudo para ouvir suas vozes uma última vez.

Enquanto dirigia pela rua principal, vi um monte de fumantes parados do lado de fora de um bar. *Bar do Joe*. Estacionei o carro no meio-fio, e saltei.

Em uma lousa apoiada perto da porta li: "Música ao vivo. Shots pela metade do preço. Dois dólares a cerveja". Havia balões azuis e roxos amarrados no quadro. Observei um dos fumantes brincar com seus amigos e soltar um dos balões, liberando-o na brisa quente. Ele flutuou para cima e foi se afastando, deixando o vento guiar sua trajetória.

Franzi os lábios e soltei um pouco de ar na direção do objeto voador. Às vezes eu queria que fosse assim tão fácil. Simplesmente se levantar e voar, voar para longe. Olhando para a minha lista, li o que eu estava esperando realizar naquela noite.

Nº 14. Dançar em um bar.

Eu poderia fazer isso, mesmo não querendo, se significasse poder abrir uma carta da minha irmã.

O segurança olhou para mim, verificou minha identidade, e carimbou um grande símbolo preto e feio na minha mão, um sinal instantâneo de que eu era menor de 21 anos e não estava autorizada a tomar nem uma gota de álcool. Já esperava aquilo. O Sr. Belos Olhos já tinha me avisado.

Só não esperava sentir tantas emoções quando entrei. Muitas lembranças me invadiram no momento em que coloquei o pé dentro do bar. A banda estava passando o som no palco, e engasguei com as lágrimas que lutavam para cair. *De onde veio isso? Por que estou com vontade de chorar?*

— Vou fazer isso. — Gabby sorriu, olhando para o palco quando passamos pelo bar. — *Quando eu melhorar, a primeira coisa que vou fazer é tocar neste bar.*

Revirei os olhos, rindo da minha irmã.

— *Assim que você melhorar, o primeiro item da sua lista é cantar em um bar dessa categoria?*

— *Fazer o quê? Gosto de viver intensamente.*

Em menos de um segundo, eu estava de novo do lado de fora do bar. Seguindo pela lateral do prédio, senti minhas mãos suando e meus olhos lacrimejando. Todas aquelas mudanças na minha vida mexiam demais comigo. Todas as coisas antigas que haviam sido tiradas de mim. Não conseguia respirar. Não conseguia nem dar mais um passo. Eu me curvei, chorando.

O ar enchia meus pulmões, mas eu não conseguia expirar rápido o suficiente, então acabava soluçando com as lágrimas. Estava certa de que seria apenas uma questão de tempo até que meu corpo desabasse no cimento quente. Meus joelhos começaram a provar que minha previsão de desmaio estava certa, mas, antes que eu pudesse cair, ouvi uma voz da esquina.

— Ei, você está bem? — Uma voz forte e masculina sussurrou enquanto se aproximava de mim.

Estremeci por dentro quando ouvi seus passos. Vi suas mãos se estendendo para mim e dei um salto de susto, sem querer que ele me tocasse. Ele deve ter notado minha reação e recuou.

— Foi mal — ele se desculpou, e eu dobrei mais meus joelhos, aproximando-me do chão.

Quando encarei seu rosto, tudo congelou. O mundo ficou em silêncio, e eu estava olhando para os olhos azuis que faziam os oceanos mais cristalinos do planeta parecerem sem graça.

Lindos.
De tirar o fôlego.
Brilhantes.
Olhos azuis.

Era o Sr. Belos Olhos, e não pude evitar um pequeno suspiro.

— Não vou tocar em você — prometeu ele. — Não vou te machucar. — Havia algo tão sincero em suas palavras que quase acreditei nele. Ele fez questão de manter uma boa distância, mas ao mesmo tempo parecia estar bem perto. Gostei de como pareceu próximo. — Shhh... — Seus sussurros gentis me trouxeram o conforto de que precisava.

Eu podia sentir o cheiro de seu perfume e de sua espuma de barbear a distância, o que agradava os meus sentidos, me fazendo querer respirar mais fundo. Passei a mão na boca. Quando me acalmei um pouco, voltei a ficar de pé.

Meus olhos baixaram para o chão e o observei quando ele se levantou também. E me senti uma idiota.

— Você está bem? — questionou ele, mas a forma como a pergunta saíra de sua boca fez parecer mais uma afirmação.

Eu fiz que sim com a cabeça, mas ainda sentia as lágrimas rolando pelo meu rosto.

— Estou bem.

Ele franziu a testa e botou a mão nos bolsos.

— Foi mal. Não tenho lenço de papel nem nada.

As lágrimas caíram com mais força, provavelmente de vergonha.

Seus dedos alcançaram o bolso de trás, de onde tirou sua carteira. Ele a abriu e pegou um canivete, e eu dei um passo para trás. Ele viu minha reação e um forte sentimento de culpa tomou conta daqueles olhos azuis.

— Não vou machucar você, lembra?

Sua voz saiu trêmula, com uma ternura que quase me fez querer olhar fundo em seus olhos, imaginando que poderia ver a eternidade. Este estranho me fazia sentir a eternidade, algo que nunca soube que podia ser sentido. *Quem é você?*

Ele pegou o canivete e rasgou a manga de sua camisa de malha branca. Então guardou a lâmina na carteira, que voltou para o bolso do jeans. A manga ficou em suas mãos até que ele a estendeu para mim. Olhei para ele, confusa, me perguntando o que estava fazendo.

— Para as lágrimas — explicou. Olhei para ele por um longo tempo, e ele suspirou. Segurou a ponta da manga com o polegar e o indicador e esticou o braço para mim. — Não vou tocar em você.

Peguei a manga dele cautelosamente, enxuguei minhas lágrimas e o ouvi suspirar de alívio.

Ouvimos as respirações um do outro, e ele não se mexeu até que minha respiração voltou ao normal.

— Está tudo bem... — repetiu ele ao deslizar as mãos para os bolsos da calça jeans. Eu *quase* podia ver seus músculos debaixo da camisa. *Quase* podia abraçar sua alma, que, parafraseando Shakespeare, ele carregava nas mangas da camisa naquela noite.

Bem... numa das mangas, pelo menos.

— Estou bem... — respondi, ainda sentindo as pernas bambas. Sentia tanta falta de Gabby que doía ficar de pé. Doía chorar. Doía estar viva. Esforcei-me para não chorar mais, porém, quando ele me olhou e inclinou a cabeça para a esquerda, estreitando os olhos, senti uma onda de emoção me invadindo de novo.

— Mas tudo bem se não estiver — sussurrou ele.

Chorei aos soluços em sua manga por alguns bons minutos depois disso, entregando-me à tristeza. Ele não se mexeu. Não se cansou do meu colapso emocional. Apenas ficou lá, e por alguma razão senti um abraço que ele não me deu.

Então me recompus.

Eu estava bem. Por enquanto, pelo menos. Dei de ombros e assoei o nariz na manga da camisa dele, fazendo um som muito pouco atraente. Ele deu uma risadinha. E eu me senti uma boba.

— Tenho que voltar... — disse ele, parecendo se sentir culpado por ter que sair, mas eu sabia que era realmente o momento perfeito para ele desaparecer. — Vejo você lá dentro? — perguntou.

Ele ainda queria me ver lá dentro? *Depois disso?!*

Um aceno de cabeça foi tudo o que pude lhe dar, e um aceno de cabeça era tudo de que ele precisava. Sem hesitar, dobrou a esquina e desapareceu de novo dentro do bar, sem olhar para trás. Meus olhos o seguiram, em silêncio, agradecendo-lhe por ter sido a parede remota de que precisei para me apoiar.

≈

Depois de alguns minutos me recompondo, entrei de novo no bar, abri caminho até o balcão, e pedi água com limão. A música ao vivo já tinha começado, e pelos sons enchendo meus ouvidos, Sr. Belos Olhos tinha razão. Eu *ia* gostar dali.

Olhando para o balcão, vi seus CDs. Peguei um e me virei para o barman.

— Quanto é?

— Dez dólares.

Joguei o dinheiro no balcão e agradeci ao barman pela bebida e pelo CD. Parecia estranho, estar em um bar tendo menos de 21 anos de idade. Uma leve sensação de rebeldia tomava conta de mim, mesmo com a mão carimbada.

Virei na direção do palco para assistir à apresentação da banda, já me apaixonando por sua vibração. Todos os integrantes pareciam à vontade, em sua zona de conforto.

Meus olhos congelaram no vocalista — meu abraço remoto. Lá, como um pássaro liberto, ele cantava sentado em um banquinho. Cantava como se nunca fosse cantar de novo, com emoção em cada nota, sentimento em cada pausa. As luzes piscavam acima dele, e ele fechou os olhos, segurando o microfone perto dos lábios. Seus olhos se abriram de novo e brilhavam como as estrelas, cheios de delicadeza e amor.

Ele estava lindo lá em cima. Não de um jeito apoteótico, mas num estilo sereno e intimista. Estava simples com sua camisa branca, úmida de suor e sem uma das mangas. Usava uma calça jeans escura e uma corrente pendia de seu cinto e se prendia à carteira guardada no bolso de trás. Seus braços não tinham tatuagens, mas o modo como segurava o microfone, com tanta firmeza, exibia seu físico.

E aqueles lábios. *Ah, aqueles lábios.* Minhas bochechas coraram quando olhei para sua boca.

A música quase parou completamente, para logo depois explodir como uma abertura de comportas de uma represa. Quanto mais alta ficava, mais vigorosa sua voz se tornava. Ele vivia as palavras que cantava, ele adotava as rimas que a banda criara como se fossem seus próprios filhos, e ele me inspirava. Sua voz era leve como a garoa, mas eu sabia que poderia criar uma tempestade se ele quisesse.

Ele agarrou o microfone com suas mãos grandes e embalou-o como se fosse sua amante, e, quando olhou para a plateia, encontrou meu olhar. Não o desviei, eu não podia. Ele tinha me hipnotizado, eu estava em transe. No fundo, eu me sentia cem por cento bem por estar presa em seus olhos.

Serei seu melhor amigo, se me disser quem é.
Serei seu sol quando a chuva você não mais quiser.

Ele esboçou um sorriso enquanto cantava. Aquilo me fez sorrir. Quando foi a última vez que eu havia sorrido? Ele meneou a cabeça para mim, e, quando cantou as palavras finais da música, senti como se estivesse fazendo um show só pra mim.

*Você pode ir embora e tenho certeza
de que vou sobreviver.
Mas saiba que hoje, em meus sonhos,
hoje eu vou te ver...*

Meus olhos se afastaram dos dele, desviando-se para o chão. A tonalidade rosada em meu rosto me causou um enorme constrangimento. Mantive os olhos abaixados durante as músicas que vieram depois, e, sem jeito, bati o pé acompanhando o ritmo.

Pude ouvir o sorriso em sua voz quando ele agradeceu ao público após a sexta música.

— Vamos fazer uma pausa de quinze minutos. Obrigado por terem vindo aqui hoje, e não se esqueçam de que temos CDs à venda no balcão do bar. Deem uma olhada, peguem mais uma bebida, e fiquem por aqui para o próximo set. Somos a Romeo's Quest e é muito bom mesmo ver essa gente linda e maneira aqui hoje.

Romeo's Quest. Como eles chegaram a esse nome? Quem tinha ensinado os integrantes da banda a tocar? Como foi que o baterista fez meu coração sorrir com suas habilidades?

E quem era o vocalista?

Eu sorri para o CD em minhas mãos e caminhei até uma mesa afastada no canto de trás. Na seção de agradecimentos do CD, dizia que seu nome era Daniel Daniels, e não pude deixar de sorrir ainda mais com aquilo.

— Ai, meu Deus... Não me diga que você realmente comprou um desses CDs de merda? — Levantei a cabeça e vi Daniel olhando para mim, e tudo que pude fazer foi encará-lo. Ele se sentou no banco do outro lado da mesa, de frente para mim, com uma cerveja na mão. Como em um sonho, ele sorriu, e eu parei de respirar.

De repente me senti intimidada por uma estranha e vibrante timidez, e passei os dedos na minha orelha esquerda.

— Seu nome é Daniel Daniels?

Ele sorriu com tanta facilidade quanto o sol brilhava e cruzou os braços.

— Meu pai queria me chamar de Jack, mas minha mãe sempre achou que ele tinha problemas com a bebida e por isso queria que seu filho se chamasse Jack Daniels. Na hora de escolher meu nome, bem... Minha mãe tinha mania de dobrar as coisas.

— Mania de dobrar as coisas?

Ele deu uma risadinha, esfregando o queixo com a palma da mão.

— Mania de dobrar as coisas é quando você tem uma coisa que adora, então sai e compra outra igual, para o caso de a primeira quebrar ou algo assim. Quando ela se casou com meu pai, estava animadíssima com a ideia de usar o sobrenome dele. Então acho que foi natural ela dobrar o sobrenome que tanto amava.

Fiquei imóvel como uma pedra enquanto observava seus lábios formarem as palavras, e a curiosidade abalava todo o meu ser. Queria saber mais. Mais sobre a mania de dobrar as coisas. Mais sobre seus pais. Mais sobre ele. Queria saber tudo sobre o estranho que tocava a música que teve o poder de me fazer sentir bem por alguns momentos.

Eu queria saber mais sobre o estranho cujas letras de suas músicas tinham me envolvido e me afastado da tristeza. Sua conversa misteriosa me atraiu, e sua natureza amistosa me manteve ali, concentrada nele.

— Foi mal por sua camisa — falei, olhando para a manga que faltava.

— É só uma camisa de malha. — Ele sorriu.

No entanto, eu sabia que era muito mais do que isso.

O silêncio voltou. Meus olhos baixaram para meu copo, e fiquei encarando o limão por um bom tempo. Quando ergui o olhar de novo, ele ainda estava sorrindo, e vasculhei meu cérebro em busca de algo para dizer, algo que não me fizesse parecer uma garota de 19 anos sentada em um bar.

— De onde você tirou o nome da sua banda? — questionei.

— Shakespeare. A busca de Romeu para encontrar o amor.

— Essa peça tem um fim muito trágico.

— É, mas, sei lá. Tem alguma coisa nas tragédias de Shakespeare. A gente sabe como vai acabar, mas a aventura faz valer a pena. E esta história é complicada, mas não tanto quanto as outras. Romeu ama Julieta, e ela o ama. A vida é o que atrapalha. Gosto de pensar que a busca fez o fim valer a pena.

— Isso é deprimente. — Eu ri. Meu Deus... Quando foi a última vez que eu *dei uma risada*? Não ria há tanto tempo que não pareceu natural. Mas foi uma sensação boa. E emocionante. E livre.

— Sou músico. Deprimente é meu sobrenome. — Ele recostou na cadeira acolchoada, acomodando-se confortavelmente. Suas palavras, quase num sussurro, jorravam de sua boca. — Falando em nomes... Qual é o seu?

Eu queria impressioná-lo por algum motivo. Deslizando minha mão carimbada sob a palma da outra, sorri. Queria afastar de sua mente todas as suspeitas de que ele estava diante de uma garota sentada em um bar com um carimbo indicando ter certa idade.

Pigarreando, me preparei para pagar mico.

— *Por um nome não sei como dizer-te quem eu seja. Meu nome, cara santa, me é odioso...* — Quando estiver em dúvida sobre o que dizer, opte por Shakespeare. Ele sempre tinha uma ou duas coisas boas para dizer.

— *Por ser teu inimigo; se o tivesse diante de mim, escrito, o rasgaria* — disse ele, completando minha citação. E em um segundo fui cativada por este belo estranho. Ele sorriu. — *Meu Deus*. Estaria mentindo se dissesse que não é muito sexy escutar uma mulher linda citando Shakespeare.

— Eu amo Shakespeare — falei, de repente animada com o fato. — *Otelo* foi o primeiro que li, na quinta série. — Daniel pareceu um pouco chocado com a minha declaração. — O quê? O que foi?

Ele passou as mãos pelo cabelo e se inclinou para a frente.

— Nada. Só que... Não é todo dia que me sento em um bar e converso sobre Shakes. Minha coleção em casa é bem impressionante, mas não me rende muitos encontros românticos.

— É. Nem para mim. A maioria das pessoas acha estranha essa minha paixão por Shakespeare. Minha irmã era a única que realmente entendia, ninguém mais. Ela o chamava de meu "ouro".

— Seu ouro?

— Todo mundo tem um ouro. Pode ser qualquer coisa, uma música, um livro, um animal de estimação, uma pessoa. Qualquer coisa que te faça tão feliz que seu coração explode de alegria. Parece que você está sob o efeito de drogas, mas é melhor porque é uma onda natural. Shakespeare é meu ouro.

— Gosto do seu jeito de pensar.

Minhas bochechas ruborizaram com esse comentário. Será que ele estava flertando comigo? Porque se tinha um momento em que eu gostaria que uma pessoa flertasse comigo, era enquanto falávamos sobre livros. Não havia nada mais sexy do que um henino-momem inteligente, especialmente quando ele era capaz de fazer meu coração dar piruetas.

— Sua música me fez sorrir — confessei, tomando minha água.
— Não sorria tanto assim há muito tempo.

Daniel colocou os braços sobre a mesa e entrelaçou os dedos. Estudou o meu rosto sem falar nada. O sorriso que ele abriu devagar preencheu o silêncio como um discurso perfeito. Seus olhos invadiram minha alma antes que ele os desviasse e levantasse o copo para mais um gole de cerveja.

— Isso é uma pena, de verdade.

— Por quê?

— Porque quando o mundo concede a uma pessoa um sorriso como o seu, deveria ser a única atividade que esses lábios teriam de fazer.

Minhas bochechas coraram e passei as mãos pelo cabelo. Falar de meus lábios me fez pensar nos lábios dele, o que me fez pensar em coisas nas quais não deveria estar pensando. Hora de mudar de assunto.

— Então, todas as suas músicas têm a ver com as peças de Shakespeare ou eu só estava sendo muito nerd ao interpretar as letras? — perguntei.

Daniel inclinou a cabeça para o lado e sua boca se abriu. Um olhar de espanto tomou conta de seu rosto. Gostei daquele olhar. A verdade era que eu gostava de todos os seus olhares.

— Você é mesmo de verdade? A maioria das pessoas não percebe, mas, sim. Todas as canções são baseadas de alguma forma nas obras de Shakes.

— Isso é tão nerd e tão sexy ao mesmo tempo. Não tenho certeza de como lidar com tudo isso.

— Fazer o quê? Sou um nerd-conquistador.

Eu ri e tomei mais um gole da minha água.

— Então, teve *Romeu e Julieta*, é claro. Em seguida... — Fiz uma pausa, tentando recitar a ordem exata das músicas. — *Hamlet*, *Ricardo III*, *A tempestade*, *Sonho de uma noite de verão* e *Otelo*?

Daniel pôs as mãos no coração e suas costas bateram na cadeira em que estava sentado.

— Casa comigo — brincou. Eu estava meio que considerando isso também. Os lábios de Daniel se separaram, e jurei ter suspirado apenas com aquela visão. — Então me diga, menina sem nome. O que você faz da vida?

— O que eu faço ou o que quero fazer? Acho que são duas coisas diferentes. Atualmente sou uma estudante na esperança de um dia virar escritora.

— Não! Sério? — Ele parecia realmente interessado.

— Sério, sério. Tipo, *duplamente* sério.

Ele riu e eu suspirei ao ouvir o som de sua risada. A forma como o seu sorriso se expandia me fez pensar que ele estava realmente encantado pelo meu charme.

— Bem, então faça isso. Vire escritora.

Foi a minha vez de rir.

— Tá. Porque é fácil assim.

Ele balançou a cabeça para trás e para a frente. De repente ficou sério, com um olhar triste. Segurou seu copo de cerveja no alto.

— Eu não disse que seria fácil. Só disse para ir em frente. Além do mais, as melhores coisas da vida não são fáceis. Elas são difíceis, são cruas e dolorosas. Isso torna a chegada ao destino final muito mais interessante.

— Sim, é só que... — Minha voz sumiu, mas Daniel ainda parecia engajado na conversa, sem demonstrar tédio pelos meus pensamentos. — Eu tinha uma coautora.

— Tinha? — questionou ele.

— Tinha, e não consigo imaginar terminar o livro sem ela.

Quando fechei minha boca, comecei a ranger os dentes, tentando lutar contra as lágrimas.

Daniel percebeu a emoção, e sua mão se moveu sobre a mesa, encontrando a minha. Seu toque me eletrificou, enviando ondas de calor pelos meus dedos.

— Sinto muito pela sua perda.

Cinco palavras. Cinco palavras de um desconhecido e um simples toque me trouxeram uma sensação de vida que eu nunca havia experimentado antes. A naturalidade com que ele se aproximou foi muito bem-vinda naquela noite.

— Obrigada.

Ele não segurou minha mão por muito tempo, mas senti falta do seu toque quando recuou.

— Talvez o segredo seja começar a escrever outra coisa.

— Talvez. Mas não posso dizer que estou pronta para abandonar o livro atual.

Ele pôs a mão para trás e esfregou a nuca, rindo.

— Então vou calar a boca. — Ele também era bem charmoso. — Foi mal eu ter me aproximado de você lá fora daquele jeito. É só que... Quando te vi entrar no bar pela primeira vez, você parecia...

— O quê? — perguntei, querendo muito saber.

Ele franziu o cenho.

— Como se tudo o que você amasse tivesse sido incendiado bem na sua frente, e você tivesse que assistir a tudo virar cinzas. E a única coisa que eu quis naquele momento foi abraçar você.

Fiquei olhando para ele fixamente. Ele devia estar me achando meio esquisita, mas não sabia mais o que fazer. Pigarreando, assenti uma vez. Mantive o olhar nele, incapaz de desviar.

Daniel sorriu e se virou para ver um dos integrantes de sua banda andando até a nossa mesa. *Nossa* mesa? Que pensamento interessante.

O rapaz deu um tapinha nos ombros de Daniel e sorriu para mim. Ele tinha cabelos loiros desgrenhados, que encostavam nas sobrancelhas, e os mais doces olhos castanhos que já vi. Um símbolo de paz pendurado no pescoço, e uma camisa verde-floresta de mangas compridas que estava desabotoada sobre a sua camiseta branca.

— Espero que este idiota não esteja te incomodando — brincou.

— Pelo contrário. — Eu sorri.

Ele estendeu a mão para mim e eu o cumprimentei.

— Randy Donavon. Violão.

— Muito prazer. Você estava incrível lá em cima.

Daniel suspirou profundamente.

— Não o deixe mais convencido.

Randy deu um passo para trás e colocou as mãos no peito.

— Convencido? Eu?! De jeito nenhum. Sou super-humilde. — Ele juntou as mãos em forma de oração e se inclinou para mim. — Obrigado, linda.

Eu ri de suas palavras — e de Daniel, que estava revirando os olhos.

— Odiaria roubar Danny de você, mas temos que começar o próximo set... — Randy sorriu e bateu de leve nas costas de Daniel. — Linda — disse, pegando minha mão, e a beijou —, foi maravilhoso conhecer você.

— Adorei conhecer você também, Randy.

Ele cutucou o braço de Daniel.

— Ela é uma gata — cochichou, antes de marchar de volta para o palco.

Minhas bochechas ruborizaram.

Daniel riu de seu amigo.

— Não ligue para o Randy. Ele é um tanto... peculiar.

— Eu gosto de gente peculiar — falei.

Ele se levantou da cadeira e sorriu para mim.

— Você é intrigante. Gosto disso.

— Você sabe do que mais gostei em você? — perguntei, me ajeitando na cadeira. Ele me fazia sentir como se não houvesse nada mais perfeito no mundo do que a mesa no canto de trás do Bar do Joe.

— O quê?

— Tudo. — Quando eu disse aquela palavra, o rosto dele se iluminou e aquilo me aqueceu das pontas dos dedos dos pés até o último fio de cabelo. — Manda ver lá em cima — completei, acenando a cabeça em direção ao palco.

— Você vai ficar por aqui? — perguntou ele, com um tom de voz esperançoso. Como um estudante convidando uma menina para ouvir a sua banda de garagem pela primeira vez.

— Vou.

— Promete? — Ele enfiou as mãos nos bolsos da calça jeans, e balançou o corpo para trás e para a frente.

Passei os dedos na minha sobrancelha e senti como se minhas bochechas fossem quebrar de tantos sorrisos que eu estava distribuindo essa noite.

— Prometo, prometo.

Capítulo 6

Ashlyn

Cinco minutos atrás eu estava sozinho.
Cinco minutos atrás eu andava só.
Cinco minutos depois revelei meu segredo mais profundo
E quando você se virou, sussurrei: "Não saia do meu mundo."
Romeo's Quest

O show continuou, e eu não consegui tirar os olhos de Daniel durante toda a noite. Dava para perceber que ele amava o que fazia, e só de ver isso eu já ficava feliz por ele. Quando a última música terminou, fiquei de pé com o restante do público, e aplaudi com total admiração. Ele foi maravilhoso. Toda a banda estava em êxtase. Gabby os teria amado.

Quando Daniel olhou para mim, sorri e disse "obrigada", e ele estreitou os olhos parecendo confuso, o que decidi ignorar. Saí do bar, sabendo que já estava fora de casa há mais tempo do que Hailey tinha pensado que eu ficaria, e que provavelmente estaria tendo um ataque achando que eu tinha roubado o carro dela.

O vento quente alvoroçou meus cabelos. Colocando uma das mãos no bolso, peguei as chaves de Hailey, pronta para voltar ao lugar que eu ainda tinha que conseguir chamar de casa.

— Sem nome! — Ouvi o grito atrás de mim, e me virei para ver um vocalista, que parecia estar exausto, correndo em minha direção. — O que foi isso? Dá mole e foge? Está dando o fora sem dar tchau?

Abri a boca e dei de ombros:

— Eu disse obrigada.

Ele botou as mãos nos bolsos. Dava para ver que a leve brisa em seus braços nus provavelmente o fazia se sentir bem depois de ter estado sob as luzes quentes no palco. Ele se aproximou de mim, e meu corpo ficou tenso.

— Eu pensei... — Ele fez uma pausa e sorriu. Imaginei que estivesse rindo de si mesmo, pois eu não tinha feito nada engraçado. — Deixa pra lá. Foi um prazer conhecer você. — Ele estendeu sua mão esquerda para mim e eu a apertei.

— Foi um prazer conhecer você também. Volte lá para dentro e tome uma bebida para comemorar. Você estava incrível lá em cima. — Eu ri.

Ele não sorria com os lábios, mas seus olhos brilhavam de interesse.

— Foi sua irmã? Quem você perdeu?

Eu estiquei o corpo, surpresa com suas palavras.

— Como você descobriu?

Com nossas mãos ainda unidas, ele deu um passo mais para perto.

— Quando você contou a história sobre o seu ouro, falou dela no passado.

— Ah. — Isso foi tudo que consegui dizer. Eu não sabia o que mais poderia ser dito, e só de pensar em Gabby, de pé naquela calçada, já sentia de novo a aproximação de ondas de lágrimas.

— Ferida recente?

— Ainda fresca e muito feia.

— Minha mãe morreu há um ano. E sexta-feira passada perdi meu pai, de insuficiência hepática. — Ele se aproximou mais um centímetro.

Fiquei boquiaberta.

— Você *acabou* de perder seu pai e está tocando em um bar?

— Eu sou meio doido — sussurrou ele, batendo um dedo na cabeça. Sabia bem como era aquilo. — Ele era professor de inglês. A banda foi ideia dele, na verdade, uma banda inspirada em Shakespeare. Só meu pai para pensar nisso. — Ele fez uma pausa. — As pessoas dizem que com o tempo vai ficar mais fácil, mas...

— Só fica mais difícil — completei, entendendo totalmente e me aproximando dele.

— E a história vai ficando velha para todo mundo ao seu redor. As pessoas se cansam de ouvir você. Ficam oprimidas por sua tristeza. Então, você age como se não doesse mais. Só assim você consegue que elas parem de se preocupar. Só assim você não vai mais incomodar ninguém com seu sofrimento.

— Quer ouvir algo que parece loucura? — Me senti um pouco louca em falar com um estranho sobre a perda de alguém da família, mas a verdade é que ele era a primeira pessoa que parecia entender o que eu estava passando. — No caminho até aqui, eu podia jurar que minha irmã gêmea estava sentada ao meu lado no carro.

Vi seu olhar encher-se de desespero. As palavras "irmã gêmea" provavelmente tinham sido registradas em sua mente, provocando aquela expressão de dor. Eu me senti mal por tê-lo feito se sentir mal. Uma pessoa como ele devia sempre se sentir bem.

— Está tudo bem — sussurrei. — Eu estou bem.

Ele transferiu o peso do corpo de um pé para o outro.

— Às vezes juro que posso sentir o cheiro da fumaça do charuto favorito do meu pai.

Silenciamos nossos pensamentos por um momento e nós dois olhamos para nossas mãos, que ainda estavam presas em nosso cumprimento de "boa-noite". Então ouvi um riso nervoso. Não tinha certeza se era meu ou dele.

Dei um passo para trás. Olhando em seus olhos azuis, pisquei rapidamente, para não perder muito de seu olhar.

— Ashlyn — falei, revelando meu nome.

Ele cambaleou alguns passos para trás com um largo sorriso.

— *Ashlyn* — cantou. — E quando pensei que não poderia ficar mais deslumbrante, você me vem com um nome desse.

Pus as mãos nos bolsos e olhei para o céu escuro. Tudo parecia tão simples. Um bar com uma música que tocou minha alma. Um menino que sabia o que era perder parte de sua alegria de viver. Uma leve brisa refrescando todo o meu ser.

— Se existe um Deus, e eu não tenho certeza se existe, você acha que esta noite seria um tipo de pedido de desculpas por tirar de nós as pessoas que amamos?

Ele expirou e passou os dedos nos lábios.

— Eu não sei. Mas acho que é um bom começo.

Ficamos em silêncio novamente. Nunca achei que o silêncio pudesse ser tão aconchegante. Ele não conseguia parar de sorrir, nem eu. Eles eram intensos, sorrisos bobos, mas naturais.

Ele deu um passo para trás.

— Esta noite foi realmente muito estranha.

— Concordo.

— Tudo bem, então. Vou parar de encher seu saco e deixar você ir embora.

— Tá, tudo bem. É que... — Minha voz foi sumindo, e ele estreitou os olhos para mim, esperando eu terminar. — Não estou pronta para ir ainda. Porque sei que quando eu for embora, tudo isso vai acabar. Toda a magia desta noite que desligou minha mente por algumas horas vai sumir e vou ser a Ashlyn triste de novo.

— Você está me pedindo para fazer de conta um pouco mais? — perguntou ele.

Eu assenti com olhos esperançosos, rezando para que ele não pensasse que eu era maluca.

Ele levantou minha mão na sua e me cutucou no ombro.

— Vamos dar uma volta — convidou.

≈

Demos várias voltas no quarteirão. Não sei por que, mas começamos a compartilhar histórias sobre nossas vidas. Na terceira volta, Daniel me contou de seu pai, como nunca tinham sido muito próximos até sua mãe morrer. Então eles se aproximaram muito, e ele lamentou os anos que havia perdido por causa desse distanciamento. Ele parou na esquina da rua Humboldt com a avenida James e respirou fundo. Olhando para o céu, ele entrelaçou os dedos em sua nuca e fechou os olhos. Não falei nada, porque o pesar de sua linguagem corporal estava dizendo tudo o que precisava ser dito.

Fiquei sabendo que ele tinha um irmão, mas quando perguntei sobre ele, Daniel ficou tenso.

— Nós não nos falamos. — As palavras saíram mais frias do que qualquer coisa que eu tinha ouvido dele antes. Não perguntei mais nada sobre o assunto.

Na quarta volta, nós rimos de como estávamos excessivamente cansados e de como não conseguíamos dormir de verdade. Na sexta volta eu chorei. Começou com algumas lágrimas, mas logo se transformou em um verdadeiro chafariz, e Daniel não me pediu que explicasse. Ele me abraçou e me puxou para seu peito, e murmúrios suaves saíam de seus lábios.

Tentei dizer a ele que eu ficaria bem, mas ele me censurou. Disse que estava tudo bem *não* estar tudo bem. Explicou que era bom se sentir despedaçado às vezes, não sentir nada além de dor. Ficamos na sexta volta por mais tempo, ele sussurrando em meus cabelos que algum dia, de alguma forma, a dor seria eclipsada pela alegria.

Pouco depois, contei a ele sobre a lista que Gabby havia criado para mim, e ele pediu para lê-la. Abrindo minha bolsa, peguei a folha de papel dobrada e entreguei a ele. Ele segurou-a com cuidado, desdobrando-a lentamente. Vi seus olhos viajarem da esquerda para a direita, enquanto ele descia pela lista.

— Fazer bambolê em uma loja de departamentos? — perguntou, erguendo uma sobrancelha.

Eu ri, confirmando com a cabeça.

— Cantar uma música de Michael Jackson em um bar de karaokê, fazendo os passos de dança?

— Dá para acreditar? Essa era mais o estilo de Gabby do que o meu — respondi.

Ele sorriu antes de dobrar a folha de novo e devolvê-la para mim. Então me perguntou quantos itens eu tinha realizado até agora, fazendo-me suspirar.

— Nenhum, ainda. Era para eu dançar no bar hoje à noite... mas, como você testemunhou, tive um pequeno colapso nervoso.

— Então você ainda não leu nenhuma carta da sua irmã?

— Ainda não. Eu meio que quero abrir todas elas logo, mas...

Ele riu e começou a dar voltas no quarteirão de novo.

— Mas você não quer ser *dessas*.

— Dessas? — questionei, parada de pé, olhando para ele.

— Você sabe. Do tipo que desobedece à irmã gêmea morta.

Eu sorri. Sabia que era esquisito, e alguns condenariam o que ele tinha dito, mas sorri porque, caramba... tinha sido engraçado. Eu sentia falta de momentos engraçados na minha vida.

— Você está certo. Eu não ousaria ser dessas.

— Além disso... — Ele se virou e mordeu o lábio inferior. Aproximou-se de mim e de brincadeira me cutucou no ombro. — Você está prestes a completar uma das tarefas na lista. — Quando ele disse isso, meu nariz se mexeu e minhas sobrancelhas arquearam.

Ele riu da minha reação. Quando seu rosto ficou mais perto do meu, soltei o ar pela boca, roçando meus lábios nos dele. A sensação foi de que nossas bocas ficaram uma eternidade a milímetros de distância, mas foi só por alguns segundos.

Seus lábios não só pareciam macios e beijáveis, também pareciam habilidosos. Como se pudessem beijar alguém mesmo que estivessem do outro lado do mundo, e fazer essa pessoa derreter. Não demorou muito para eu constatar quão talentosos aqueles lábios eram.

Nossas bocas se conectaram de uma forma que eu nunca tinha experimentado. Era preciso criar um novo adjetivo para esse tipo de beijo. Terapêutico. Pungente. Desconsolado. Bem-aventurado. Todos esses sentimentos lindamente diversos, tudo de uma vez. A enorme quantidade de emoções que atravessava meu corpo eletrificava a energia que viajava do meu para o dele.

Eu sabia que nunca mais ia querer beijar outro homem do jeito que o beijei. Eu nunca soube que beijar poderia ser tão simples e tão complexo. Ele fez todo o trabalho, explorando meus lábios com os seus.

Ele me puxou para a lateral do Bar do Joe e minhas costas tocaram a parede de pedra. Ele chegou mais perto, e senti sua língua separar meus lábios, encontrando minha língua pronta para se tornar bem íntima da dele.

Quando ele me abraçou com mais força, minha perna se levantou para envolver seus quadris. Um pequeno gemido saiu de minha boca quando suas mãos fortes apertaram minha bunda e me levantaram ainda mais alto, fazendo meu desejo egoísta de colocar minhas pernas em volta dele se tornar uma necessidade desesperada, a fim de lutar contra a gravidade.

Como uma estrela errante, meu corpo caiu nas profundezas do desejo, e comecei a implorar aos céus para que isso não fosse uma fantasia causada pela depressão — mas que, se fosse, eu esperava nunca mais voltar para a realidade.

Ele afastou sua boca da minha, deixando-me de olhos fechados e coração aberto. Eu podia sentir seu coração batendo por baixo da camisa, e ele colocou a mão sobre o meu. Palavras não eram necessárias, porque sentíamos tudo dentro de nós.

Uma última vez, seus lábios encontraram os meus, quase sem tocá-los, como uma cerimônia de encerramento. Quando abri os olhos, encontrei o seu olhar, e ele sorriu para mim quando começou a explicar.

— Número 23.

Ele me baixou de volta para o chão lentamente. Olhei para a lista ainda em minha mão e rapidamente corri o olhar para o número 23.

Nº 23. Beijar um estranho.

Raios me partam. Beijei um estranho.

Meus olhos se levantaram da lista para encontrar Daniel sorrindo para mim. Ele deu três passos largos para trás e fez uma reverência.

— De nada — brincou.

Não pude conter minha alegria, e era inútil tentar. Girando com os braços abertos, deixei o ar da noite açoitar meu corpo. Vou poder abrir uma carta! Tive vontade de chorar, mas eu sabia que seriam lágrimas de felicidade.

Corri na direção de Daniel, e ele foi tomado de surpresa quando me joguei em seus braços para um abraço muito, muito apertado. Ele não vacilou e me levantou no ar, me girando algumas vezes, me abraçando também.

— Você não sabe o que isso significa para mim — sussurrei, querendo poder beijá-lo mais e mais.

Ele se afastou um pouco e me olhou, sorrindo.

— Vou deixá-la ir para casa para que você possa ler sua carta.

Ele me pôs no chão e nós caminhamos para a entrada do Bar do Joe. Daniel afagou meus ombros por um momento. Seus lábios se aproximaram dos meus, e, quando tocaram o canto da minha boca, senti uma onda de calor subir por meu corpo.

— Boa noite, Ashlyn — disse, tocando levemente a ponta dos meus dedos antes de dar um passo para trás, arrancando outro sorriso meu.

— Boa noite, Daniel Daniels. — Meu coração estava se perdendo em um mundo de desejo, e permiti que ele viajasse para aquele território desconhecido. Peguei minha bolsa e tirei dela o CD. — Ah, e só para você saber... vou levar você para a cama hoje à noite.

— Sou um cara de sorte. — Ele piscou para mim, e senti meu mundo estremecer. Passando as mãos pelos cabelos, ele abriu um largo sorriso. — Acho que agora é quando trocamos telefones. — Ele estendeu seu celular para mim e fiz o mesmo com o meu. Depois de digitar meu número, desfizemos a troca.

— Não devo ligar primeiro porque não quero parecer desesperada. — Eu sorri.

— E eu não vou ligar primeiro porque quero que você pense que eu talvez possa estar falando com outras meninas.

Ah, as coisas que ele me faz sentir. Eu não me sentia assim há tanto tempo.

— Bem, obviamente, não há outras meninas. Você já se olhou no espelho? Você é medonho.

— Ah, é?

— É. Garotas não gostam de sorrisos encantadores, braços musculosos, nem de barrigas saradas... — Ele rapidamente pegou as minhas mãos e passou-as pelo seu abdômen. Suspirei, sentindo um desejo ardente ao tocar seu corpo. — Barriga de tanquinho. — Meu rosto corou mais, mas torci para que ele não percebesse.

— Então do que é que as meninas gostam? — Ele cruzou os braços.

— Você sabe, das coisas normais. Um pouco de pelo no nariz. Alguns queixos duplos para beijar. Um mamilo a mais ou três. O de sempre.

Ele riu, e eu queria me aconchegar nele para sentir a propagação daquele riso através de seu corpo.

— Vou ver o que posso fazer. Não quero ser... Que palavra que você usou?

— Medonho.

— Certo. Eu odiaria ser medonho aos seus olhos.

Houve uma última rodada de sorrisos antes de ele se virar e eu começar a caminhar em outra direção.

— Ei, Ashlyn! — Ele gritou, e eu me virei. Esperei por seu comentário, com uma expressão de curiosidade no rosto. — Gostaria de ter outra noite muito estranha comigo um dia desses? Tipo, talvez terça-feira à noite?

Sim! Sim! Por tudo que é mais sagrado, sim!

— Sabe de uma coisa? Acho que consigo encaixar você na minha agenda.

— Você conhece a biblioteca na Harts Road?

Não. Eu não conhecia. Mas procuraria na internet assim que chegasse em casa e descobriria onde ficava.

— Vou descobrir.

— Legal. Apareça lá pelas seis horas.

— Encontro marcado. — Percebi minhas palavras e fiz uma pausa, batendo a mão na lateral do corpo. Minhas bochechas coraram e botei as mãos na cintura. — Quer dizer, é um... é... estarei lá. A gente se vê.

Ele riu e se virou.

— Beleza. É um encontro, encontro.

Ele falou em dobro.

E eu estava oficialmente encantada.

≈

Entrei no quarto e encontrei Hailey estirada no chão, deitada em seu tapete de ioga. A música que tocava tinha os sons de uma floresta tropical.

Ela inspirava profundamente e expirava pela boca entreaberta. Só de ver aquela cena estranha, um pequeno sorriso surgiu em meus lábios.

— É... Hailey? — sussurrei, fechando a porta.

— Shh! — murmurou, batendo no tapete de ioga vazio ao lado dela.

Tomei isso como um convite e aceitei. Tirando meus saltos e jogando meu casaco e minha bolsa na cama, deitei-me no tapete de ioga.

— Feche os olhos — instruiu Hailey, os olhos já fechados. Ergui uma sobrancelha e olhei para ela como se fosse uma maluca, e ela deu um leve sorriso. — Não me venha com esse olhar de você-é-totalmente-louca. Apenas feche os malditos olhos.

Fechei-os e respirei fundo. O quarto estava frio, e meus braços se arrepiaram. Olhei para Hailey e observei-a ainda inspirando fundo e exalando com alívio.

— Você sente a diferença depois de alguns segundos deitada reconectando-se ao mundo? Toda essa energia negativa saindo pela ponta dos dedos das mãos e dos pés? — perguntou Hailey antes de voltar para o seu mantra.

— Humm, não? — falei, confusa. Só sentia que estava deitada num tapete de ioga em um quarto escuro, ouvindo os trovões e a selva de um CD.

O mantra de Hailey parou e ela olhou para mim, apoiando-se nos cotovelos.

— Humpf. Eu também não. Vou te contar, já tentei essa coisa de meditação por um bom tempo, mas eu simplesmente não *consigo*.

Eu ri e me sentei no tapete, cruzando as pernas.

— Então por que você faz isso?

— Theo... — Ela me lembrou de seu namorado antes de se deitar novamente, colocando as mãos atrás da cabeça. — Como foi sua noite?

Meus lábios se curvaram num sorriso. Hailey notou.

— Você conheceu um menino! — Ela sussurrou.

Eu me virei para ela, chocada.

— Como...?

— Ashlyn, você saiu de casa chateada e voltou sorrindo e corada. Você definitivamente conheceu um menino.

Ela estava errada; ele não era um menino. Deitei-me de novo no tapete de ioga, olhando para as nuvens pintadas no teto, ouvindo o chilrear dos pássaros e os macacos do CD.

— Tive uma noite muito boa.

Conversamos por mais algum tempo antes de minha nova colega de quarto ficar cada vez mais sonolenta. Depois de um tempo deitada no tapete, ouvi Hailey roncar baixinho. Eu me levantei, peguei um cobertor e coloquei-o sobre ela.

Por volta das duas da manhã, meu celular se iluminou. Sorri quando vi o nome de Daniel.

Daniel: Ele é britânico. É viciado em sacudir sua enorme varinha. Ele tem uma coleção maravilhosa de suéteres.

Eu: Isso é algum tipo de quiz sobre livros na madrugada?

Palpitações cardíacas e borboletas no estômago de volta com força total.

Daniel: Dã.

Eu: Bem, você tem de fazer melhor que isso. Harry Potter. Minha vez. Ele fugiu de casa para escapar de uma maldição. Ele se casou. Ele tem problemas relacionados à mãe. Pode haver uma pequena chance de a mãe de seu bebê também ser... a mãe dele.

Daniel: Você acabou de jogar um *Édipo Rei* na minha cara? Pista: Ela tem um problema com roedores. Sua obsessão com o baile de três dias é estranha. Suas meias-irmãs cortaram seus calcanhares.

Eu: *Cinderela*, a versão dos irmãos Grimm. Isso está muito fácil. Achei que não ia me ligar primeiro!

Daniel: Achei que o baile de três dias ia te pegar. A maioria das pessoas não sabe desse detalhe. E isso não é ligar. Isso é mandar mensagem. Minha namorada está dormindo ao meu lado. Ela pode desconfiar se me ouvir falando. Você é linda.

Ele me fez rir de e xingar ao mesmo tempo. Um verdadeiro talento.

Eu: Em uma escala de 1 a 10, a charada do baile foi um 1,5. Chata. Não finja que o Sr. Medonho tem uma namorada. Não me bajule com elogios — suas charadas ainda são péssimas.

Daniel: Você é linda.

Eu: Você é dramático.

Daniel: Você é linda, Ashlyn. Eu não estou falando só da sua aparência. Estou falando da sua inteligência, suas lágrimas, seu desolamento. Eu acho isso lindo.

Cada vez que ele respondia, sentia meu rosto corar. Ele não estava brincando; não estava tentando agir como se tivesse coisa melhor para fazer às duas da manhã. Respondeu de imediato, cada mensagem mostrando imenso carinho em suas palavras simples.

Eu: Pare com isso...

Daniel: Você é tão feia que dói. Você me lembra a sujeira na sola dos meus sapatos. Se eu pudesse, cobriria você de areia. Por que é tão repulsiva?

Eu: Que romântico — você está indo pelo caminho certo.

Daniel: Boa noite, Ash.

Suspirei quando segurei meu celular junto ao peito.
Boa noite, Daniel Daniels.
Virei-me para a minha caixa de madeira e usei a luz do meu celular para garimpar os envelopes até encontrar o número 23. Sentando de volta no meu tapete, abri a carta lentamente.

≈

N° 23. Beijar um estranho

Ash,

Ai, meu Deus. Minha irmã é uma vagabunda! Sério? Você beijou um ESTRANHO?! Posso dizer que, no fundo, estou orgulhosa de você? E se essa calhou de ser uma das primeiras cartas que você abriu, significa que provavelmente está pirando porque sente muito minha falta. Essa é minha garota! Então me diga, foi ruim? Ele tinha mau hálito? Foi beijo de língua? Ai, meu Deus, há tanta coisa que quero saber. Você gostou? Ele te fez estremecer? Contanto que você não esteja beijando Billy, estou feliz. Acho que esse item em sua lista de coisas a fazer antes de morrer foi principalmente para te mostrar que você deve correr riscos. Beije o cara errado na hora certa. Beije o cara certo na hora errada. Basta viver cada dia como se não houvesse restrições. Há tanta coisa que eu gostaria de ter feito, mas eu sempre pensava demais. Tipo, eu deveria ter usado bolinhas com xadrez. Ou experimentado sushi. Ou perdido minha virgindade com Bentley na festa da praia no ano passado, quando senti vontade.

Continue mergulhando.

Você está indo muito bem, garota.

Gab

Capítulo 7

Ashlyn

> *Um, me dá seu telefone?*
> *Dois, me dá seu sorriso?*
> *Três, encontra comigo?*
> *Quatro, fica um pouco mais?*
> Romeo's Quest

Acordei no chão, com a luz do sol entrando pela janela e inundando o tapete. Olhei para baixo e vi que o cobertor que eu tinha colocado em Hailey agora estava sobre mim. Ela estava em pé na frente de seu espelho de corpo inteiro, jogando os cabelos de um lado para o outro.

Esfreguei os olhos sonolentos e levantei, bocejando na palma da minha mão.

— Obrigada pelo cobertor.

— Idem. — Ela sorriu, virando para mim. — Essa coisa de dividir quarto está dando certo. Não está?

Dei de ombros enquanto caía na minha cama. Não havia muito tempo que eu estava aqui, então tudo ainda era muito novo para mim.

Ela não deu muita bola para a minha resposta e se juntou a mim na beira da cama.

— Ótimo! Então, aqui vai... Theo vai dar uma festa daqui a algumas semanas, quando os pais dele forem para Bora Bora, e preciso que você vá comigo.

Ergui uma sobrancelha e dei uma risada.

— Não, obrigada.

Hailey fez beicinho e cruzou os braços.

— Vamos. Por favor?! Minha mãe não vai me deixar ir se eu não for com amigos. Minha melhor amiga Lia não gosta do Theo, sei lá por que motivo, e levando em conta que meu único outro amigo é meu irmão, que também detesta meu namorado, mamãe é muito contra a minha saída. Preciso de uma garota para ir comigo... preciso de *você*. E mamãe vai adorar a ideia, pois vai pensar que estamos nos aproximando. O que estaremos fazendo de verdade! — Ela juntou as mãos e começou a implorar. — Por favor, Ashlyn?! Por favor?!

— Eu não sou muito de festa.

— Isso é bom! É totalmente aceitável. Mas... — Ela sorriu e fechou os olhos. — Talvez você consiga eliminar mais alguma tarefa de sua lista de coisas a fazer antes de morrer!

Meu queixo caiu e endireitei meus ombros.

— Como você sabe sobre a lista?

— Você fala dormindo. — Ela abriu um dos olhos para mim, encolhendo-se ante a ideia de que eu poderia estar chateada com ela. Eu ainda estava pensando se estava. — Além disso, você deixou sua carta em cima da cama.

Saltando da minha cama, meu coração batendo acelerado no peito, cruzei os braços.

— Você leu minha carta?! Mexeu nas minhas coisas?!

Hailey foi rápida em se levantar e arregalar os olhos com medo.

— Não! Ela estava aberta lá. E eu sou... Sim, li a carta. Sou uma péssima colega de quarto. Preciso compensar isso para você, convidando-a para uma festa!

Olhei para ela por mais tempo, sem piscar, com um olhar de choque.

— Não posso fazer isso agora.

Indo em direção à porta para me afastar da minha nova "colega de quarto", fui impedida quando Hailey pulou na frente da porta.

— Tudo bem! Foi mal. Foi errado ler suas coisas e juro nunca mais fazer isso. — Ela estendeu o dedo mindinho para mim, e olhei para ela, sem entender o seu gesto. Sua mão lentamente caiu para os lados e ela suspirou. — Não tenho muitos amigos. E estou *prestes* a perder meu primeiro namorado. Não sou como você, tá? Não tenho esses peitos e esses atributos físicos que fazem qualquer menino suspirar. Theo é minha única chance. E se não tiver esse sábado para dar a Theo minha flor, ele vai me deixar. E então vou ter este maldito jardim *lá embaixo* para o resto da minha vida! — disse ela, os olhos cheios de lágrimas.

Eu não pude deixar de sorrir.

— Sua *flor*? — perguntei, olhando para a cara de drama superexagerada de Hailey. A parte assustadora é que ela parecia estar falando muito sério. — Pensei que você não estava preparada para perder sua... rosa... orquídea... planta carnívora.

Ela sorriu e botou as mãos nos quadris.

— Ah, você acha engraçado? Bem, fico feliz. Estou *tão* feliz por você achar minha vida imperfeita divertida.

— É um pouco divertida.

Ela revirou os olhos e se jogou na própria cama.

— Eu vou morrer virgem.

Meu coração acelerou, pensando na carta de Gabby e como ela queria perder a virgindade com Bentley, mas não o fez. Mordi o lábio inferior e franzi o cenho.

— Está bem, eu vou.

Ela se animou e olhou para mim.

— Você vai?!

— Só se você prometer nunca mais mexer nas minhas coisas.

— Eu prometo! — gritou ela, saltando da cama.

— E temos que encontrar uma forma de eliminar mais um item da minha lista. — Peguei minha bolsa e tirei dela a lista. Hailey foi rápida em arrebatá-la da minha mão e correr os olhos pelo papel.

— Sua irmã fez isso? Uau! Ela parece ser incrível.

— Ela era.

Hailey fez uma pausa e olhou para mim com aquela expressão de tristeza que eu tinha aprendido a odiar. Então voltou para a lista e pigarreou.

— O número 12. Dê a quem precisa.

Eu ri, revirando os olhos.

— Duvido que ajudar uma menina a perder a virgindade seja o que ela tinha em mente.

Ela fez beicinho e voltou para a lista.

— O número 16? — Ela passou a folha de papel para mim e sorri.

Nº 16. Ir a uma festa na casa de alguém.

— Bem... acho que nós vamos a uma festa em breve. — Ajeitei os ombros e bocejei. — Mas, por enquanto, preciso que me empreste sua pasta de dentes. Estou sem.

— Emprestar? Por favor, não devolva. — Hailey sorriu e me disse que ficava no armário de remédios do banheiro. — E não se esqueça de se apressar. Mamãe detesta se atrasar para o estudo bíblico.

≈

Ir à igreja no domingo, com apenas algumas horas de sono, parecia ainda mais insuportável. Hailey e Ryan também tinham de estar lá supercedo para dar aula de estudo bíblico. Rebecca disse que seria uma verdadeira bênção se eu aparecesse, mas o que ela realmente quis dizer foi: "Você vai à igreja." Uma coisa que aprendi sobre Rebecca foi que ela fazia exigências com um sorriso, levando você a achar que eram pedidos.

Às vezes eu observava Henry interagir com ela e me perguntava como eles tinham se tornado um casal. Pareciam tão diferentes um do outro que chegava a ser estranho. Até flagrei Henry fumando dentro do carro para Rebecca não ver.

Mas, então, às vezes eu entendia. A maneira como ele olhava para ela quando ela não estava olhando. O brilho em seus olhos. O jeito que ela segurava a mão dele, como se fosse a sua.

O celular dele tocou pouco antes de entrarmos na igreja, e Rebecca arqueou uma sobrancelha.

— Quem está ligando para você tão cedo?

Os olhos de Henry voltaram-se para seu celular e ele fez uma careta.

— Já estou indo.

Rebecca segurou a porta da igreja para nós e lembrou a seus filhos:

— Lembre-se, Hailey, uma oração antes e uma oração depois para as crianças mais jovens. Elas precisam aprender.

— Tudo bem — disse Hailey, revirando os olhos.

— E, Ryan, com as crianças mais velhas... Não precisa mais se preocupar com aquele Avery interrompendo. Ele foi tirado da classe.

— Por quê? — perguntou Ryan, com interesse.

Rebecca fez uma careta de desgosto.

— Vamos apenas dizer que ele fez algumas coisas preocupantes. Sua família frequenta outra igreja agora.

Ryan arqueou uma sobrancelha, mas não pediu mais explicações.

— E coloque a camisa para dentro da calça. Você parece desleixado. Lembre-se, Deus está vendo.

Quando sua mãe se virou e entrou, Ryan puxou a caixa de cigarros falsos. Observei esse hábito estranho e virei para Hailey.

— O que ele está fazendo? — sussurrei, andando com ela em direção à classe à qual daria aula. Ela olhou para seu irmão por um instante e encolheu os ombros.

—É sua maneira de lidar com a situação.

— Com que situação?

Hailey deve ter lido minha mente, porque abriu um pequeno sorriso para mim.

— Você não é a única que tem problemas com o pai, Ashlyn.

Capítulo 8

Ashlyn

Há duas coisas que você precisa ver assim.
Uma está em você e a outra em mim.
Romeo's Quest

Segunda-feira foi o primeiro dia de aula do último ano. Hailey me levou para a escola com Ryan, e Henry prometeu fazer o possível para não cruzar meu caminho. Quando paramos no estacionamento, Ryan saltou do carro e jogou a mochila no ombro.

Saí, com minha mochila nas costas, e abraçada a um livro. O plano era sempre andar abraçada a um livro. Assim talvez os caras não olhassem para mim do jeito que olhavam na minha outra escola.

Era muito mais fácil me sentir à vontade comigo mesma quando eu tinha uma irmã gêmea idêntica sempre ao meu lado. Agora eu só sentia solidão.

— Como estão seus horários de aula, Chicago? — Ryan me cutucou de lado com um sorriso. Imaginei que fosse meu novo apelido dado por ele. Entreguei o papel a Ryan, que o desdobrou, correndo os olhos de um lado para o outro. — Ih, você pegou química com a Srta. Gain no primeiro tempo. Cruel.

Hailey franziu a testa.

— Srta. Suada. A sala de aula dela cheira a bunda de cavalo.

— E ela nos avalia como se fôssemos alunos de Harvard. — Ryan revirou os olhos. — Vou ter sorte se passar para uma faculdade comunitária. — Parecia que ele estava dizendo aquilo mais para si mesmo, então preferi não comentar. — Pelo menos tem o terceiro tempo com nosso favorito. Inglês avançado com o Sr. D. Fácil de Tirar A. — Por que ele acharia que não tinha chance de passar para uma boa faculdade, se estava fazendo inglês avançado?

— Isso é porque ele é novo. Professores novos são sempre fáceis de dar A. — Hailey sorriu antes de correr até o seu armário.

Ryan devolveu minha grade de horários e saiu correndo para a aula. Respirei fundo e olhei para o prédio da escola. Diversas pessoas circulavam como se soubessem exatamente aonde estavam indo. Exatamente qual era o próximo passo.

Andei devagar, procurando, explorando, e na esperança de sair com o mínimo de dano possível. A primeira aula se arrastou, e meus novos companheiros de lar não tinham mentido. A sala da Srta. Gain tinha mesmo cheiro de bunda de cavalo.

— Bom dia, pessoal. Bem-vindos à química. Fico feliz em ver que todos parecem estar à vontade em seus lugares. Que pena. Lugares marcados a partir de agora. Os nomes que falarei a seguir serão seus parceiros pelo resto do semestre. Então, depois que mudarem de lugar, convido vocês a ficarem à vontade de novo.

Um alvoroço de resmungos tomou conta da sala, mas eu não estava nem aí. Não conhecia ninguém mesmo, então pouco importava ao lado de quem ela me mandaria sentar.

— Ashlyn Jennings ao lado de Jake Kenn, na mesa cinco.

Peguei meus livros, aproximei-me da nova mesa, e vi um garoto se sentar na cadeira do lado. Ele me deu um sorriso amigável, mas notei quando seus olhos viajaram para o meu peito.

Os olhos dos meninos sempre paravam no meu peito.

— Oi. Ashley, certo? — Jake estendeu a mão para mim e sorriu.

— *Ashlyn* — corrigi. Ele era um cara bonito, meio forte, ou tão forte quanto meninos do ensino médio podem ser. Cabelos loiros, olhos castanhos.

— Bem, legal te conhecer, *Ashlyn*. — Ele deu ênfase ao meu nome, o que me arrancou um sorriso.

— Igualmente.

— Então você é a aluna nova de quem todos estão falando? A filha do diretor?

Todo mundo estava falando de mim? Aquela ideia me causou um frio na barriga, mas dei de ombros.

— A filha do *vice*-diretor. Todo mundo está falando de mim? É a primeira aula do primeiro dia.

— Você vai ver logo... As pessoas falam muito aqui. É só o que fazem. — Ele balançou a cabeça, seus olhos examinando meu corpo mais uma vez. — Você não se parece em nada com o Sr. Jennings.

— Vou tomar isso como um elogio. — Sorri timidamente e afastei minha cadeira um pouco mais dele.

Ele percebeu meu movimento e deu uma risadinha antes de se virar para a professora.

— Pode acreditar. É um elogio.

A aula prosseguiu e, mais tarde, Jake me perguntou se eu precisava de ajuda para encontrar a sala da minha próxima aula, ao que eu disse não, com um sorriso. A hora seguinte passou como a anterior: devagar.

Andando pelo corredor, me senti presa. Meus olhos dispararam para o relógio na parede. O tique-taque alto lembrava a nós, alunos, que precisávamos nos apressar ou corríamos o risco de piscar e ficar para trás em nossas vidas. Mais seis horas. Mais seis longas e terríveis horas antes de poder escapar da prisão daquele prédio.

Enquanto caminhava, vi Henry em pé no corredor me dando um meio-sorriso. Suspirei e virei para o outro lado, dando um encontrão numa pessoa. Meus livros e agenda voaram e revirei os olhos.

— Olhe por onde está indo com seus melões.

Olhei para cima a tempo de ver que conseguira trombar com um cara com uma jaqueta com a inicial da escola. Um jogador de futebol, e, julgando pela forma como seus seguidores se reuniam em volta dele, tive certeza de que era o líder da equipe. Olhei para eles e notei Jake em pé no meio. Abri um sorriso cabreiro.

Ele deu de ombros com um sorriso de desculpas e saiu. *Obrigada pela ajuda, parceiro de química*. Alguns dos caras permaneceram perto de mim quando comecei a apanhar meus livros do chão.

— Não são melões. São melancias. Gosto das minhas melancias *grandes* e *suculentas* — disse um menino aos risos quando passou por mim, zombando do tamanho dos meus peitos.

Depois de apanhar os livros, segurei-os ainda mais apertados contra o peito. Eu não consegui nem levantar a cabeça para encarar os *bullies*.

Uma das desvantagens de usar os vestidos da Gabby era o jeito como eles exibiam meu corpo. Mas, por alguma razão, tinha que usá-los.

— Para que ler quando se tem peitos assim? Posso te ensinar várias coisas — disse o líder do grupo.

Um dos outros o chamou de Brad. Senti seus olhos correndo por todo o meu corpo e me afastei dele, o que me fez esbarrar em outro. Será que eles não tinham mais o que fazer no primeiro dia de aula? Tipo, ir para a sala de aula, por exemplo?

— Só uma provinha — murmurou um dos caras aproximando-se do meu ouvido e esfregando as mãos nos meus ombros, até que o som áspero da voz de um professor encheu nossos ouvidos.

— Tudo bem, tudo bem. Já chega. Vão para a aula. — A voz invadiu meus ouvidos enquanto minha cabeça ainda estava abaixada. Observei os pés dos idiotas correndo para longe. A mão do professor se estendeu para mim e eu me encolhi.

Eu precisava urgentemente de um banho. Violada. As palavras e os toques dos meninos tinham me violado e me fizeram sentir como se eu tivesse acabado de ser toda tocada da forma mais nojenta. Queria rastejar de volta para Chicago, onde pelo menos sabia quem eram os agressores. Queria ir para casa.

— Você deixou cair isso — disse a voz, me entregando o papel com meu horário. Quando levantei a cabeça, o papel que estava em suas mãos flutuou para o chão e ele arregalou os olhos. — Ashlyn.

Lindos.

De tirar o fôlego.

Brilhantes.

Olhos azuis.

A princípio, uma estranha sensação de alívio tomou conta de mim ao saber que foi ele quem dispersou aqueles idiotas. Mas, então, assimilei os fatos. Ele havia *dispersado* os idiotas *com autoridade*.

— O que você está fazendo aqui, Daniel? — Ele parecia tão... adulto. Tão diferente de quando o tinha visto no Bar do Joe.

Sua calça cáqui estava presa por um cinto marrom que combinava com os sapatos. A camisa azul-clara de botão cobria seu corpo tonificado, e o cabelo não estava desgrenhado, e sim arrumado, penteado para trás.

— *Não* — sussurrou ele. Seus lábios franziram. Vi como ele olhou para os corredores e esfregou a nuca. — Não me chame assim, Ashlyn — sussurrou.

A porta de um armário bateu perto de nós e eu pulei de susto. Tudo se retorceu dentro de mim, e lutei contra as lágrimas que começavam a se formar.

Como era possível?

Daniel pigarreou e pegou meu horário do chão. Desta vez, ele o estudou, seus olhos cada vez mais preocupados.

— Você é uma aluna. — Sua mão formou um punho e ele o bateu repetidas vezes na boca. — Você é *minha* aluna.

Meus olhos se arregalaram de confusão e horror. Principalmente horror. O sinal tocou alto, o barulho invadindo rapidamente os corredores.

— E está atrasada.

Ele colocou o horário nas minhas mãos. Olhei para cima e vi Ryan correr em nossa direção. Ele sorriu.

— Estou aqui, estou aqui. Não dê um ataque, Sr. D. Minha aula de educação física é do outro lado dessa merda de prédio. — Ele fez uma pausa. — Quero dizer, droga de prédio.

Ele passou por mim e por Daniel enquanto nós dois continuávamos paralisados no tempo e no espaço. Ryan virou-se, me deu um sorriso largo e cheio de dentes, e acenou com a cabeça em minha direção.

— Você vem, Ashlyn?

Meus lábios se comprimiram quando olhei para Daniel, quer dizer, Sr. Daniels. Entrei na sala de aula e suspirei quando ouvi a porta bater. Ryan sorriu para mim e apontou para a mesa na frente dele, e murmurei um "obrigada".

Quando ergui o olhar, vi um Daniel desarticulado tentando organizar os pensamentos. Ele encarou a turma e pude jurar que olhou cada aluno nos olhos, menos eu. Não houve *um* momento em que nossos olhares se encontraram. Tudo de que eu precisava era um olhar que me dissesse que estava tudo bem, que poderíamos dar um jeito nesta situação estranha.

Nem um olhar.

Fiquei nauseada.

Ele continuou dando a aula, pegou uma caneta de quadro branco e escreveu nele tudo o que abordaria no semestre. Minicontos. *A Odisseia. Macbeth.* Eu não me importava. O ar estava pesado e poluído, um clima de confusão. Eu não conseguia respirar.

— Bom, então para amanhã eu quero um texto de uma a duas páginas respondendo a três perguntas. Três perguntas que praticamente guiam todo o nosso semestre. Nós vamos voltar muito a elas, então pensem bem no que vão responder.

A turma toda resmungou. Pisquei para poder ler as palavras de Daniel. Ele havia escrito três perguntas no quadro, que me deixaram ainda mais enjoada.

1. Quem é você hoje?
2. Onde você se vê em cinco anos?
3. O que quer ser quando crescer?

Meus pés queriam correr, e eu não sabia como impedir que a vontade de fugir tomasse conta de mim. Levantei da minha mesa e fiquei parada. A voz de Daniel congelou no meio da frase e todos os olhares se voltaram para mim.

Daniel arqueou uma sobrancelha e tampou a caneta. Ele me lançou um olhar perplexo.

— Sim, Ashlyn?

— Eu... — Eu o quê? Não conseguia pensar. Não conseguia respirar. Não conseguia parar de querer que ele me abraçasse. *Eu o quê?!* — Eu... eu preciso ir ao banheiro.

O sinal tocou, e pude ouvir as risadinhas pela sala de aula por causa da minha súbita explosão da cadeira. Daniel me deu um sorriso tenso e acenou com a cabeça em direção à porta.

— Tudo bem, pessoal. Por hoje é só.

Meus olhos se fecharam e ouvi todos se deslocando ao meu redor. Só eu para dizer que preciso ir ao banheiro na frente de toda a classe momentos antes do término da aula. Passei a mão no rosto enquanto suspirava pesadamente.

Ryan me deu um tapinha de brincadeira nas costas e sorriu.

— Está rolando um papo de que estão chamando seus peitos de melancias.

Meu queixo caiu.

— Como assim?! Aconteceu agora mesmo antes da aula!

Ele segurou o celular me mostrando uma foto minha e do meu peito.

— A tecnologia é a mais nova queridinha dos *bullies*. Talvez você não deva usar esses vestidos sensuais, que mostram seus peitos e suas pernas.

Franzi a testa para minha foto. Que vergonha.

— Os vestidos eram de Gabby.

Ryan fez uma careta. Ele empurrou meu ombro.

— Vamos lá... Não deixe que eles te chateiem. Além disso, seus peitos são lindos. — Ele me deu outro sorriso gentil e jogou a mochila sobre o ombro. — Só se passa a fazer parte de verdade do colégio Edgewood depois que alguém rotula você como algo que você não é.

— Como você foi rotulado?

— Mulherengo que faz sexo demais — respondeu ele.

— E você não é assim?

— Bem, não. Não exatamente. — Ele fez uma pausa. — Não existe isso de sexo demais.

Ele era bem bonito. Estava com uma camiseta cinza e jeans escuros que lhe caíam muito bem. Sapatos pretos e o cordão de cruz arrematavam o visual simples-mas-sexy. Não fiquei surpresa com o fato de as meninas se sentirem atraídas por ele.

Ryan enfiou a mão no bolso e tirou dele sua caixa de papelão. Qual era o problema com esse cara?

— A gente almoça na mesa do canto ao lado dos troféus de tênis. Bem na frente das senhoras que servem a comida.

— Querem que eu me sente com vocês? — Eu já tinha planejado passar o meu primeiro almoço no banheiro chorando.

Ele estreitou os olhos.

— Não. É que eu gosto de sair por aí informando às pessoas onde almoço. — Sarcástico. Fofo. — É claro que você vai comer com a gente. Nunca leve o bolo de carne do refeitório para a mesa; ele faz Hailey se coçar e provavelmente vai lhe causar diarreia. E — completou, estendendo a mão para o meu rabo de cavalo e tirando o elástico —, como seu cabelo é bem comprido, se estiver solto, vai chamar menos atenção para suas melancias. Vejo você na hora do almoço.

— Tá. Até já.

— Ah, e Ashlyn? — Ryan sorriu alegremente. — Continue usando os vestidos até não querer mais, certo?

Com isso, ele desapareceu pelo corredor rumo a sua próxima aula. Olhei para Daniel, que estava sentado à sua mesa, fingindo que não tinha escutado minha conversa com Ryan.

O último aluno desapareceu da sala. Botei minha mochila nas costas e segurei meus livros. Em pé em frente à sua mesa, abri um sorriso patético.

— Então acho que isso significa que amanhã à noite está cancelado?

Cada curva de seu rosto parecia expressar uma bela e severa intensidade. Por um momento, não poderia dizer se ele estava chateado comigo ou com nossa situação. Talvez um pouco dos dois.

Ele respondeu com uma voz desanimada.

— Isso não é engraçado, Ashlyn.

Não. Não era.

— Você disse que tinha 19 anos. — Ele falou tão baixo que quase não ouvi.

— Eu tenho! *Eu tenho!* — exclamei duas vezes, elevando a voz. Não sabia se para lembrar a ele ou a mim da veracidade do fato. Encolhi os ombros. — Eu fiquei doente... — Fiz uma pausa. — Minha mãe me tirou da escola por um ano. — Senti como se estivesse pedindo desculpas por ser eu. Por ter nascido no ano em que nasci. Por entrar para a escola no ano em que entrei. Nenhum aluno apareceu na sala de aula, então percebi que devia ser o intervalo dele. — Quantos anos você tem, afinal?

— O bastante para ser consciente — murmurou ele, esfregando a nuca.

Minha garganta secou, e tossi de leve.

— Mas jovem o suficiente para não se importar?

Ele soltou um rosnado gutural.

— Não. — Ele bateu com o punho na mesa, irritado. — Só idade suficiente para ser consciente. — Ele fez uma pausa, suas sobrancelhas franziram. — Eu tenho 22.

Ouvir sua idade não me assustou. Nem um pouco. Se a situação e o momento fossem diferentes, poderíamos ter dado a esse lance entre nós uma chance de verdade. Três anos não são empecilho para muitos relacionamentos. O problema não era nossa idade, mas a ocupação dele.

As lágrimas estavam na superfície dos meus olhos, mas me recusei a libertá-las. Baixei a voz para um sussurro:

— Não acha que deveríamos conversar... sobre isso?

Seus olhos se suavizaram um pouco e ele inclinou a cabeça em direção à porta.

— Se quiser que eu fale com aqueles caras que estão incomodando você, eu falo.

Inclinando a cabeça para ele, bufei, irritada com a oferta. Se eu não podia chorar na frente dele, ia ficar com raiva na frente dele.

— Você vai falar com eles? — Minha cabeça parecia encoberta por uma nuvem de raiva. — Ah! Você vai falar com *eles*. Por favor, *Sr. Daniels*. Por favor, fale com eles. É exatamente disso que preciso para tornar a minha vida cem por cento melhor. — Atirei meus livros sobre a mesa e o encarei. — Porque a minha irmã está morta. Minha mãe não me quer. Meu pai é o vice-diretor da escola e já tem sua própria família. Sou um zero à esquerda. Os caras já estão zombando do meu corpo. E para completar? Meu professor de inglês me beijou há alguns dias e não consegue nem olhar para mim agora. Vá em frente! Converse com eles. Isso vai deixar tudo perfeito.

Vi seu rosto ficar tenso e ele esfregou a nuca mais uma vez.

— Ashlyn... — sussurrou ele, cheio de cuidado em seu tom de voz. Então ergueu um olhar preocupado. — Peraí, Henry é seu pai?

Meu coração se partiu ao ver que aquela era a maior preocupação dele no momento.

— De tudo que eu falei... foi isso que você guardou?

Ele franziu o cenho.

— Você precisa ir para a próxima aula.

Não saí de imediato, mesmo quando o silêncio ficou insuportavelmente penoso. Transferindo o peso de um pé para o outro, passei os dedos pelos cabelos de nervosismo. Olhei para ele por um longo momento antes de me virar para ir embora.

Ele não era o homem bonito que tinha despertado meu coração algumas noites atrás com seu canto romântico. Não era o homem que me fizera rir e que me permitira chorar diante dele. Não era o homem que me fizera lembrar que eu ainda estava viva quando seus lábios tocaram os meus.

Não, ele não era mais Daniel.

Ele era o Sr. Daniels.

E eu era a aluna ingênua que ele dispensara friamente.

Capítulo 9

Ashlyn

Eu preciso perguntar,
Pode ser sincera.
Você pensa em mim,
Quando por você vivo a lutar?
Romeo's Quest

Mais duas horas se passaram enquanto eu estava escondida no banheiro chorando, desesperada com o fato de Daniel ser meu professor.

Também chorei por causa dos *bullies* que tinham me atacado, porque não havia nada mais divertido do que zombar da filha do vice-diretor.

Chorei porque estava solitária e triste e sentia falta da minha mãe, ainda que ela provavelmente não sentisse a minha.

Chorei porque Gabby estava morta.

E então chorei porque era tudo o que eu parecia saber fazer a essa altura do campeonato.

Chorei tanto que fiquei surpresa por ainda ter lágrimas. Depois de assoar o nariz pela vigésima vez, sequei os olhos e fui para o refeitório.

Ainda havia algo de positivo naquele dia — eu não seria forçada a almoçar sozinha. Hailey estava sentada na mesa de trás, perto dos troféus de tênis. Ela sorriu e acenou para mim.

— Ei, Ashlyn. Achou nossa mesa. — Ela bateu na cadeira à frente dela e me disse para colocar minha bandeja ali. Com um movimento rápido, Hailey estendeu a mão para o meu prato, pegou meu hambúrguer de frango e atirou-o no chão. — Não é frango de verdade.

Meus olhos dispararam para meu hambúrguer, agora sujo, e fiz uma careta. Tudo bem o frango não ser de verdade, mas eu estava morrendo de fome. Meu estômago roncou e peguei uma das batatas fritas no meu prato.

— Então, como está sendo seu primeiro dia?

— Está tudo bem. Estou bem. — Eu queria muito dizer a ela que estava com vontade de deitar em posição fetal e me esconder, porque o ensino médio podia ser difícil às vezes, porque eu já estava sofrendo com os *bullies*, e porque estava apaixonada pelo meu professor... Mas não quis assustá-la.

— Eu sei, é uma droga, né? Essa cidade toda é uma droga, mas você se acostuma.

— Isso é assustador. A pessoa se acostumar com o que é uma droga.

— É. Não é ser uma droga que é assustador. Ruim é ter que aceitar isso. — Ryan sorriu enquanto caminhava até nossa mesa. — O que está rolando, gente? — Ele puxou uma cadeira para a nossa mesa e pegou algumas das minhas batatas fritas.

Virei-me e vi Daniel sentado à mesa no meio do refeitório. É claro que ele estaria almoçando. Revirei os olhos enquanto meus ombros caíam, e enfiei mais batatas fritas na boca.

— Opa, vá com calma, Chicago. Ou então vai ganhar quinze quilos — disse Ryan, deslizando minha bandeja para longe de mim. Ele então comeu mais de minhas batatas fritas.

Ryan e Hailey eram irmãos — os cabelos castanhos e ondulados e a cor dos olhos deixavam isso bem claro —, mas eram praticamente o oposto um do outro. Hailey era quieta e reservada. Ryan parecia um macaco, sempre tão agitado.

— Terminei com Tony. — Ele fez beicinho por um segundo, parecendo realmente chateado, antes de virar para a senhora do refeitório a poucos metros de distância de nós. — Já acabaram os nachos?!

Rwanda querida! Eu pedi para você guardar alguns nachos para mim! Nossa! É tão difícil viver em um mundo como este. — Ele bateu a cabeça na mesa, num gesto dramático, e prosseguiu com sons de choros falsos.

— Você terminou com Tony? Pensei que gostasse dele! — exclamou Hailey, confusa com a decisão repentina de seu irmão.

Eu estava tentando processar a informação de que Ryan gostava de garotos. A menos que Tony fosse Toni; o que poderia ser um apelido para Antônia, Catriona, Antonina, Antonieta...

— Ah, terminei. Eu gostava dele. Mas então o idiota tinha que estragar tudo dizendo que me amava. Dá para acreditar nisso? *Me amava.* Que dramático e exagerado, né? Que merda. Luxúria aos 17 anos, com certeza. Amizades coloridas aos 18, claro que sim. Mas amor? O amor não entra na vida de ninguém até a pessoa fazer 42 anos, ganhar 20 quilos, e começar a reclamar das gerações mais jovens. Se alguém pode aturar seus hábitos chatos e seus peidos desagradáveis aos 42 anos, você sabe que é amor verdadeiro. — Ele fez uma pausa. — Hot pockets, Rwanda querida? Qualquer coisa? — gritou, e Rwanda parecia aterrorizada por decepcioná-lo. Os ombros de Ryan afundaram, e ele jogou um guardanapo enrolado na pobre mulher atrás do balcão. — Ah, além disso, dormi com Tony e por algum motivo Tony ficou todo estranho comigo.

Ah, então havia dois Tonys? Era difícil acompanhar Ryan.

Hailey meneou a cabeça para o irmão, mas não pareceu que ela estivesse chocada com aquilo.

— Fica na sua, Ryan.

A mão dele voou para seu peito e seus olhos se estreitaram.

— Por que diabos eu faria isso quando os outros estão tão gentilmente me convidando para ficar na deles? Além disso, a ideia de acumular teias de aranha lá embaixo, como minha irmãzinha, não é muito agradável.

Eu ri com aquilo. Gostei de como Ryan era tão pervertido do jeito certo. As bochechas de Hailey coraram, e ela me cutucou.

— Do que você está rindo? Duvido que sua você-sabe-o-quê esteja tendo mais ação do que a minha.

Abri a boca para protestar, mas desisti. Ela não estava errada.

Ryan gemeu.

— Hails, não diga você-sabe-o-quê. É *vagina*. É também onde alguns rapazes gostam de colocar seu *pênis*, o que, por tudo que é mais sagrado, não consigo entender, mas, que seja. Não temos mais 12 anos.

Ela corou ainda mais.

— Eu sei disso...

— Prove. Jogo pênis-vagina, começando agora. — Ele desafiou, dando um soco na mesa, e ela revirou os olhos. Não sei por que, mas tive a impressão de que aquela era uma interação normal entre irmãos, e me recostei para assistir.

Hailey viu que seu irmão a estava provocando e aceitou, embora provavelmente fosse perder. Ryan me explicou que eles já tinham jogado o jogo pênis-vagina em diferentes ocasiões. Tudo começava com um sussurro; Ryan dizia pênis, Hailey resmungava vagina, e o tom de voz ia aumentando, até que alguém gritasse ou se acovardasse.

— Pênis — sussurrou Ryan, seus olhos fixos na irmã.

— *Vagina* — cantou docemente Hailey, mostrando que ela era capaz, de fato, de dizer a palavra.

— Pênis — sibilou ele, dessa vez mais alto.

Vi o corpo de Hailey ficar tenso quando ela olhou ao redor da sala, vendo quantas pessoas estavam presentes.

— Vagina — disse um pouquinho só mais alto do que da vez anterior.

Isto continuou até a etapa seguinte virar gritaria.

— PÊNIS, PÊNIS, PÊNIS! — Ryan se levantou e gritou, agitando os braços vitoriosamente, já que a vergonha no rosto de Hailey deixava claro que não havia nenhuma maneira de ela superar aquilo.

— *Ryan!* — Daniel lançou-lhe um olhar severo.

Ryan piscou em resposta. Ele caiu de volta na cadeira, satisfeito com a atenção que conseguira. Inclinei-me, nervosa por Daniel estar olhando para nós.

— Você é tão idiota, Ryan — murmurou Hailey, cruzando os braços em um chilique.

— Você me ama, caçula — disse ele, esfregando a mão na cabeça de Hailey, só para fazê-la lembrar que ele era mais velho que ela.

Eu ainda estava confusa.

— Então... você é gay?

Os dois fizeram uma pausa e me encararam. Eu tremi diante dos olhares intimidadores dos dois. Hailey pigarreou.

— Nós não usamos rótulos nesta mesa, Ashlyn.

— É. O que você acharia se chamássemos você de hétero? Ou de branca? Ou de rato de biblioteca? Ou de melancias? — perguntou Ryan, pegando mais algumas batatas fritas.

— Foi... Foi mal. Não quis dizer... — gaguejei, sentindo-me culpada por ter dito a coisa errada.

— Tudo bem. Também não pedimos desculpas nesta mesa. Porque sabemos que a intenção nunca é má. — Hailey sorriu, pegou todas as batatas fritas de sua bandeja e colocou-as na minha.

— Então... posso fazer outra pergunta? — continuei, pisando em ovos.

Ryan me deu um empurrãozinho no ombro.

— Vá em frente.

— Tony ficou com raiva de você porque você dormiu com Tony?

Ambos riram de mim, e Ryan pegou as batatas fritas que Hailey tinha me dado. *Lembrete para o futuro: não sentar ao lado de Ryan.*

— Tony é o nome que dou a todos os caras com quem saio. A maioria deles não se sente à vontade com a ideia de que o mundo de Edgewood saiba o que fazem, e eu não quero expor ninguém. Além disso, eu nem saí do armário.

Hailey interrompeu para explicar.

— Nossa mãe é meio...

— Tacanha — disse Ryan, concluindo o pensamento dela. — Ela vem de uma família bem religiosa, e homossexualidade? Não está exatamente no topo de sua lista de bênçãos familiares. Ela nem sabe que Hailey...

— Estuda budismo! — Hailey sorriu, completando o pensamento de Ryan. Fiquei imaginando quantas vezes eles faziam isso, sem nem perceberem. — Ela acha que meu teto pintado é para que eu possa ficar mais perto de Deus.

— Vocês dois são muito complicados. — Fiz uma pausa. — Então você não é mulherengo.

— Sou homenrengo. — Ryan sorriu. — Foi o que eu disse. Eles nos rotulam como algo que não somos. Fui rotulado como um cara que gosta de vaginas. Nojento, né?

Eu ri.

— Então, quantos Tonys existem?

— Se eu contar, você vai pensar que sou galinha. — Ryan sorriu.

— Se não me contar, vou pensar que você é mais galinha ainda. — Peguei algumas batatas fritas de sua bandeja e as enfiei na boca. Ele olhou para mim com os olhos semicerrados e, em seguida, virou-se para a irmã.

— Gosto dessa garota.

Hailey sorriu, cruzando os braços enquanto se recostava na cadeira.

— Eu também.

— Vou pegar mais comida. Volto já. — Ryan se levantou da cadeira. Mas não foi para a fila. Ele passou de mesa em mesa, onde as pessoas o cumprimentavam com abraços e apertos de mão. Pelo visto, todo mundo gostava dele, e eu podia entender por quê.

Hailey franziu o cenho enquanto observava o irmão se afastar da mesa.

— Não deixe que a personalidade forte e boba do Ryan a engane. Ele é muito mais sensível do que deixa transparecer. E duvido que tenha traído Tony.

— Por que você está dizendo isso?

Ela encolheu os ombros.

— Porque eu nunca tinha visto duas pessoas se amarem tão silenciosamente.

Eu não sabia o que ela queria dizer com aquilo. Mas percebi que com o tempo ela contaria mais.

— E você, Hailey? Como foi rotulada? — perguntei.

— Ah, como a garota que tem uma paixão estranha pelo próprio irmão. — Ela fez uma pausa e revirou os olhos. — Dois anos atrás, quando eu era caloura, estava muito acima do peso, era desajeitada, e não tinha amigos de verdade. Almoçava sozinha todos os dias. Até Ryan abandonar seus amigos e se juntar a mim.

É... aquela foi a coisa mais legal que eu já tinha ouvido. Talvez fosse começar a ter uma queda por Ryan; eu tinha mania de gostar de homens indisponíveis.

— E então fiz alguns amigos novos, arranjei um namorado. Mas almoçar com Ryan simplesmente parecia mais seguro... não sei o que vou fazer no ano que vem, depois que ele se formar.

Quando Ryan voltou, parecia totalmente diferente. Suas mãos se fecharam e ele bateu na mesa.

— É a Lia sentada ali, Hailey?

Seus lábios se tensionaram quando ela correu os olhos pelo refeitório e parou em alguém. Segui seu olhar. Nossos olhos pousaram em um cara com cabelo desgrenhado e as mãos percorrendo o corpo de uma garota. Beijos no pescoço, beijos na boca, todos os tipos de amasso em público.

Hailey fez que sim com a cabeça, seus olhos lacrimejando.

— É.

— Quem é Lia? — Ela não me era estranha, mas eu não sabia de onde a conhecia.

— Minha... melhor amiga. — Hailey liberou uma lágrima e enxugou-a rapidamente quando todos nós observamos Lia jogar a cabeça para trás por causa de algo que o cara tinha sussurrado em seu ouvido.

— Vou matar esse cara — murmurou Ryan, dando um passo para longe da mesa. As veias de seu pescoço começaram a saltar conforme ele foi entendendo o que estava acontecendo. Eu ainda estava tentando entender. Hailey segurou o braço do irmão e o deteve.

— Não, Ryan — ordenou. — Você sabe que ele vai expor você.

— Não me importo — disse ele, sua raiva nublando seu julgamento.

— Mas eu me importo — decretou Hailey, fazendo-o sentar-se de novo.

— Quem é ele? — perguntei.

Hailey suspirou.

— Meu namorado, Theo. E minha melhor amiga, com quem ele está me traindo.

Descobri de onde conhecia os dois. Estavam em fotos emolduradas ao lado da cama de Hailey. Repassei suas palavras em minha mente. *Babacas.*

— Quando foi que você descobriu?

— Há uns... dois segundos.

Num instante de iluminação, vi o que Lia era: uma garota sem o menor respeito pelo termo "amizade". Havia regras na amizade, não havia? E eram praticamente as mesmas regras dos irmãos gêmeos. Tipo, sempre odeie o cara que partiu o coração da sua melhor amiga. Sempre apoie seus amigos em público, mesmo que eles estejam errados. E *nunca* fique com o namorado da sua melhor amiga. Lia não era uma melhor amiga; ela era uma cobra esperando para serpentear no meio do relacionamento de Hailey.

Eu já odiava aquela menina e o garoto.

Meus olhos se deslocaram até Daniel, que olhava para mim. Meu coração deu um salto.

Já mencionei como odiava o fato de Daniel ainda estar me ignorando? E odiava o fato de ele se preocupar mais por Henry ser o vice-diretor do que com meus sentimentos? E como ele não quis falar comigo, mas se sentiu mal por eu estar sofrendo *bullying*?

E mencionei o quanto eu odiava sofrer *bullying* por causa do meu corpo — em cuja constituição não pude opinar? Odiava melancias. Odiava não ser invisível para os *bullies*. Odiava os caras que tinham contribuído para o aumento na minha quantidade de lágrimas no banheiro da escola.

Odiava oficialmente meninos, heninos-momem e Lia. E Gabby. Eu a odiava por ter morrido.

Suspiro. Eu não odiava Gabby. Sentia falta dela.

Não era justo. Nada disso era. Mas senti que podia fazer alguma coisa a respeito de um dos assuntos em pauta. Levantei-me da cadeira e marchei em direção a Theo. Assim como Ryan, fechei o punho.

Por uma fração de segundo, olhei para Daniel, que estava me observando com uma expressão confusa. Bastou ver seus olhos perfeitos para minha frequência cardíaca e minha raiva aumentarem. Uma vez na frente de Theo, cutuquei seu ombro.

Ele se virou para mim, parecendo ridículo com suas pulseiras e colares hippie e seu cabelo sujo.

— Eu te conheço?...

Peguei a garrafa de água e joguei todo o conteúdo em seu rosto. O refeitório inteiro ficou boquiaberto quando todos se viraram para olhar para nós.

— *Isso* é por ser um cafajeste. — Peguei a salada vegana e a joguei na sua cabeça. — *Isso* é por mentir e trair a Hailey com sua *ex*-melhor amiga na frente dela! — Então peguei o queijo quente de Lia e separei os pães com a intenção de esfregá-los no rosto dela, mas minhas mãos foram contidas.

— Ashlyn! Pare com isso! — gritou Daniel, de pé atrás de mim.

— Me larga! — gritei, enquanto tentava me desvencilhar dele, lágrimas enchendo meus olhos. Atirei o queijo quente no rosto de Lia. — Ela ainda está te chamando de melhor amiga, sua vaca! Existem regras. Existem regras para ser a melhor amiga de uma pessoa, e você escolheu o hippie sujo em vez de uma menina que tem seu retrato emoldurado na penteadeira! Você não é uma amiga! Você é uma puta!

Theo jogou as mãos para o alto, sem entender o que acontecia, com um pedaço de alface pendurado na boca.

— Quem diabos é você?

— Sou uma garota com sentimentos, seu imbecil! — gritei, antes de ser puxada para trás por Daniel.

— Ashlyn! Sala do diretor! *Agora!* — berrou Daniel no refeitório, agora em silêncio.

Olhei para ele com lágrimas rolando pelo rosto. Eu pisquei, e podia jurar que vi Gabby em pé atrás dele me dando um pequeno e triste sorriso. As lágrimas rolaram mais rápido quando me libertei das mãos de Daniel e marchei para a sala da diretoria.

≈

— Você o quê?! — gritou Henry enquanto eu estava sentada na sua frente à sua mesa. Ele devia ter escapulido até seu carro para fumar pouco tempo antes. Dava para sentir o cheiro em suas roupas. Afundei na cadeira e revirei os olhos.

— Pensei que eu ia falar com o diretor — provoquei. Odiava ser sempre atrevida com ele. Mas não conseguia evitar.

— Sim, bem, ele está ocupado *não* lidando com crianças de 2 anos de idade — respondeu Henry, andando de um lado para o outro na sala dele.

Olhei para sua mesa, onde havia fotos de Rebecca, Ryan e Hailey. Henry notou meu olhar e suspirou. Em seguida, sentou-se na cadeira e cruzou as mãos.

— Olha, Ashlyn. Eu entendo. Você sente falta da sua irmã. Está lidando com um monte de coisas que foram atiradas em seu colo durante toda essa mudança. Você está de luto... — Ele fez uma pausa. — Acha que também não sinto falta dela?

Encontrei seus olhos e eles se fixaram nos meus. Ele não sabia o que significava sentir falta de Gabby porque ele não tinha sido um pai presente, para começo de conversa.

Enfiei a mão no bolso do meu vestido e puxei a lista de coisas a fazer antes de morrer. Coloquei-a sobre a mesa.

— Você era o número três na lista dela. Dentre todas as coisas, o que ela mais queria era perdoar você. — Levantei a foto de família de sua mesa e a estudei. — Eu, não.

Ele pegou o papel e olhou. Após ler tudo, baixou-o e esfregou os cantos dos olhos.

— Eu entendo. Você está com raiva. — Ele suspirou, e pude ver a seriedade nas profundezas de seus olhos. — Está chateada. Mas não desconte no resto do mundo.

Ele não enxergava, né? Meu desejo de chamá-lo de pai.

Fiz o possível para disfarçar minha mágoa por ver que ele não tinha fotos de Gabby nem minhas sobre a mesa. Fiz o possível para disfarçar minha mágoa pelo fato de que eu na verdade sabia que o número três na lista de Gabby era baseado no meu perdão a Henry, não no dela. Odiava ser tão teimosa a ponto de não poder conversar com ele sobre isso. *Diz alguma coisa!* Gritou minha mente. *Fala!* Ela berrou. Mas eu duvidava que tivéssemos o tipo de relacionamento em que palavras corrigiriam qualquer coisa.

— Tá. Tanto faz. — Olhei para os dentes-de-leão amarelos balançando com o vento do lado de fora da janela. Pareciam tão livres, pelo modo como se moviam, mas eu sabia que suas raízes os estavam segurando no lugar, garantindo que eles não fossem longe demais. *Ele nem sequer tinha chorado no funeral dela.* Que tipo de pai não chorava no enterro da filha? — Acabou?

Ele manteve um olhar sério em mim e depois piscou.

— Acabei. Volte para o almoço.

Levantei-me e saí da sala. No corredor, suspirei quando vi Daniel de pé do lado de fora da sala de aula dele. Nossos olhares se cruzaram e me virei para tomar o caminho oposto. Ouvi seus passos se aproximando e parei.

— Posso ajudar? — perguntei com hostilidade. De todos os primeiros dias de aula ruins da história, eu só podia estar vivendo o pior de todos os tempos.

— Theo Robinson está no meu primeiro tempo de aula. Já posso dizer que ele sabe ser um verdadeiro babaca. E ele não é o garoto mais inteligente do mundo. — Daniel deslizou seu polegar sobre a ponte do nariz. Ele olhou para os corredores para verificar se tinha alguém olhando e se afastou alguns centímetros de mim; apenas por precaução. — Ele pensou que *Macbeth* era algum sanduíche novo do McDonald's e me repreendeu por obrigá-lo a estudar o homicídio *de vacas*. — Ele riu de si mesmo, mas ainda parecia triste.

— O que você está fazendo? — sussurrei.

Ele passou a mão no rosto e xingou baixinho. Mergulhado em uma tristeza indizível, ele deu de ombros.

— Eu não sei. — E franziu a testa, perplexo. — Não sei nem o que isso tudo significa.

— E você acha que eu sei? Acha que é fácil para mim?

— Claro que não.

— Ouça. Não é como se algo realmente tivesse acontecido entre nós, de qualquer maneira — menti. — Vou fingir que nunca aconteceu — menti novamente. — Mas só se você prometer que não vai mais me ignorar, como se eu não existisse. Sou capaz de lidar com os *bullies*. Mas não posso lidar com seu desprezo.

Sua mão correu por sua boca antes que ele cruzasse os braços e desse um passo poucos centímetros mais perto de mim.

— Seus olhos estão inchados. Fiz você chorar.

Minha pele se arrepiou com sua proximidade.

— A vida me fez chorar. — Apertei ainda mais meus livros contra o peito e fechei os olhos. — *Quando nascemos, choramos por termos vindo para este grande palco de loucos* — falei, citando *Rei Lear*.

— Você é a pessoa mais inteligente que eu já conheci.

Suspirei.

— Você é a pessoa mais inteligente que *eu* já conheci. — Fiz uma pausa. — Não sou boba, Daniel. Sei que nós... não podemos ser nada. E gostaria de sair da sua turma, mas Henry fez questão de me colocar nela.

— É... — concordou ele. — Só queria não gostar tanto de você.

Não sei por quê, mas senti vontade de chorar quando ele disse aquilo. Porque eu também gostava dele. *Tínhamos* nos conectado no sábado. Pelo menos eu tinha... Ele me despertou depois de eu ter estado adormecida por tanto tempo.

— Eu nunca colocaria seu emprego em risco — prometi.

Não sei como aconteceu, mas de alguma forma estávamos mais próximos, tão próximos que eu conseguia sentir o cheiro de seu sabonete. Será que eu dei o passo à frente ou foi ele? De qualquer maneira, nenhum de nós ia dar um passo para trás. Fechei os olhos e permiti que seu cheiro tomasse conta de mim, que me banhasse em fantasia e falsas esperanças.

Quando meus olhos reabriram, vi seu olhar, forte e determinado. Ele pegou meu braço e me puxou para um canto. Passamos por uma porta e seguimos até uma escadaria vazia. Ele olhou para cima e para baixo das escadas antes de me beijar. Meus lábios instantaneamente se abriram e minha língua girou com a dele.

Meus dedos correram por seus cabelos, trazendo de volta o meu Daniel do "Bar do Joe" e fazendo o Sr. Daniels desaparecer por um momento. Ele passou a mão nas minhas costas. Beijá-lo naquela escada silenciosa pareceu perigoso, mas seguro. Aventureiro, por mais idiota que fosse. Deprimente, mas real.

Quando ele afastou sua boca da minha e deu um passo para trás, nós dois soubemos que o que tínhamos feito não poderia acontecer de novo. Ele mordeu o canto da boca e balançou a cabeça.

— Sinto tanto, Ashlyn. — O sinal tocou antes que eu pudesse dizer alguma coisa, e ele seguiu seu caminho e eu segui o meu.

A parte mais triste?

Já sentia sua falta antes mesmo de ele ir embora.

Capítulo 10

Daniel

Não seja quem você é hoje.
Seja a pessoa que eu vi ontem.
Romeo's Quest

Eu senti alguma coisa me puxando para ela no momento em que a vi no trem. Senti uma atração ainda maior quando a vi aos prantos atrás do Bar do Joe. Porém, nada pareceu mais certo do que quando topei com ela na escola. O que eu sabia que era errado. *Tudo* isso era errado.

Não havia dúvida; professores não namoram alunas. A ética por trás daquilo era forte, algo que frisavam para nós na faculdade. Nunca na minha vida eu teria considerado fazer isso.

Pelo menos não antes de Ashlyn Jennings aparecer.

Agora minha mente estava considerando coisas loucas. Ashlyn me fazia pensar em desobedecer às regras, em encontrar brechas, em segurá-la nos braços em corredores ocultos, e em ler Shakespeare para ela nos cantos abandonados da biblioteca.

Passei mais de uma hora depois da aula analisando o prédio, procurando todos os cantos que poderiam servir de esconderijos secretos, lugares onde talvez pudéssemos nos encontrar, talvez nos abraçar nos intervalos das aulas. Isso era loucura, né? Eu estava louco.

Mas olhei, procurei, e fiquei extremamente decepcionado comigo mesmo depois que a hora passou.

Quando cheguei à casa do lago, Randy estava dormindo no sofá. Fui até a cozinha, peguei uma cerveja na geladeira, e me sentei à mesa, olhando pela janela acima da bancada da pia. O céu estava escurecendo com a aproximação das nuvens. O cheiro do ar anunciava que em breve viria um aguaceiro.

Fiquei sentado ali por um bom tempo, o suficiente para testemunhar a primeira gota de chuva cair no parapeito da janela. Tempo suficiente para testemunhar o estrondo de um relâmpago iluminando o céu.

Talvez pudéssemos ser amigos. Suspirei com aquela ideia idiota. É claro que não poderíamos ser amigos. Ela era minha aluna. Além disso, depois daquele beijo, não havia nenhuma parte de mim que simplesmente quisesse só amizade. E mais: sua vida já era bastante complicada. Eu não poderia aumentar seus problemas.

Quando nos esbarramos na porta da minha sala, eu vi a confusão em seu olhar. Então, quando fiquei esperando que ela saísse da sala de Henry, vi a tristeza em seu rosto.

— Primeiro dia de aula e você já está bebendo sozinho? — brincou Randy, caminhando até a geladeira para pegar duas cervejas. Ele deslizou uma na minha direção.

— Estou — murmurei, ainda olhando pela janela.

— Você precisa transar.

Olhei para Randy, levantando uma sobrancelha.

— Estou bem.

— Não. — Ele balançou a cabeça de um lado para o outro. Puxando uma cadeira, ele virou e se sentou. — Você precisa de sexo. O que aconteceu com aquela gata que foi ao show no sábado?

Eu me encolhi.

— Não a chame de gata.

Gata era como se chamava uma garota por quem você não dava a mínima. Ashlyn não era uma gata. Ela estava tão longe de ser apenas uma gata.

Ela era inteligente.

Ela era engraçada.

Ela era intrigante

Ela estava tão, *tão* longe de ser uma gata.

— De verdade. Sua aura está muito estranha. — Ele pôs as mãos na minha cabeça e eu suspirei. Randy vinha com aquela conversa mole de novo. — É deprimente pra caralho.

Tomei um gole da minha cerveja e coloquei-a de volta na mesa.

— E para resolver isso, você sugere...

— Sexo. Muito, muito sexo. — Ele disse aquilo com tanta naturalidade que tive que rir. — Sério, Dan. Quando foi a última vez que você transou? Nem tenho certeza se você ainda tem um pau. Estou dizendo, não é saudável. Eu sei disso. Estudei isso na faculdade.

— *Uma* aula, Randy — retruquei. — Você fez *uma* aula on-line sobre a sexualidade humana, e agora é profissional?

Ele bateu palmas uma vez e se endireitou na cadeira.

— Uma festa do cabide!

— Não — recusei.

— O quê?! Vamos! Não fazemos isso há anos!

— Exatamente. — Quando éramos mais jovens, no meu primeiro apartamento, Randy e eu fazíamos apresentações musicais com algumas belas mulheres que... ficavam nuas. Depois que Sarah morreu, fiquei um pouco perdido, e Randy teve certeza de que a melhor maneira de me fazer parar de pensar na morte dela seria com sexo e música. Uma de suas muitas diferentes crenças. Não foi meu momento de maior orgulho do passado. — Nada de festas do cabide.

Ele riu.

— Tá bom. Tá bom. Bem, também fiz um curso sobre aromaterapia e posso prescrever alguns óleos essenciais para ajudar a aliviar seu estresse.

— Não estou estressado — argumentei.

— Um pouco de óleo de eucalipto, alecrim e amêndoas doces em um banho faria maravilhas. No armário do banheiro tenho frascos de diferentes tipos de flores que podem fazer você viajar durante o banho. Cada um está marcado com suas propriedades de cura.

Meu queixo caiu e estreitei os olhos.

— Tem certeza de que *você* tem um pau?

Ele riu e deu de ombros.

— Eu transo pelo menos cinco vezes por semana. Tenho a pele saudável e um estilo de vida tranquilo. Além disso, meu desempenho sexual é...

— Cala a boca. Apenas... pare de falar. Por favor.

— Tudo bem... Que tal... — Ele ergueu as mãos. — Massagem terapêutica? De homem para homem, deixe que eu relaxe os músculos das suas costas.

— Chega, depois dessa... — Saltei do meu lugar e pus a cerveja na mesa. — Estou indo dar uma corrida.

— Está caindo o maior temporal lá fora — argumentou Randy.

— As melhores corridas são na chuva — comentei enquanto caminhava para meu quarto para pegar minhas roupas e meus tênis de corrida.

— Ah, tá. Claro. Bem, se acontecer de você encontrar uma vagina no caminho, peça para ela convidar você para uma pequena conversa. E por conversa, quero dizer *relação sexual!*

≈

As nuvens carregadas se dissiparam, deixando várias poças, que pulei até voltar para casa. Parei na frente do galpão do barco do meu pai e abri as portas. O barco não saía do galpão desde a morte da minha mãe. Tinha pensado em vendê-lo algumas vezes. Diabos, tinha pensado em vender a casa também.

Mas quem venderia o sonho dos próprios pais?

O lugar já estava correndo risco por causa dos impostos e tudo o mais. Meu trabalho como professor e meus shows com a banda nos fins de semana eram as únicas coisas que me ajudavam a manter a propriedade. Sentia que decepcionara tantas vezes meus pais que, depois de perdê-los, não poderia perder também a casa deles.

Não era uma opção.

Entrei no galpão escuro. Meus dedos percorreram a borda do barco, que vivia confinado à terra, e franzi meus lábios involuntariamente. Esta beleza não deveria estar trancada, longe do único lugar onde estaria livre, viva. A água era a sua casa. No entanto, eu o mantinha trancado, preso dentro de uma caixa de madeira.

— Foi mal, amigo — murmurei, batendo a mão na sua lateral. — Talvez no próximo verão.

Talvez.

Sem promessas.

Capítulo 11

Ashlyn

Estou bem aqui com meus amigos,
Não estou nem aí se o mundo resolver acabar.
Romeo's Quest

— Não entendo por que ainda vamos a essa festa — argumentei para Hailey, que me puxava em direção à casa de Theo. Ele havia sido pego em flagrante, em traição, no meio do refeitório, e mesmo assim ela ainda via necessidade de me arrastar para a casa dele duas semanas depois.

Espiando pelas janelas, vi um grupo de pessoas da escola bebendo, dando uns amassos e fazendo tudo o que se esperava de uma festa de adolescentes.

Por que ninguém nunca dava festas de leitura?

Eu adoraria esse tema.

— Já te disse. Ele me mandou uma mensagem pedindo desculpas ontem à noite. Acho que só entendi mal. — Ela não tinha entendido bem a língua dele na boca da sua ex-melhor amiga? — Além disso, Ryan também está aqui.

— Pensei que ele odiasse o Theo — comentei.

— Ele odeia. Mas gosta do Tony. E lugares como esses são as únicas chances que ele tem de realmente sair com o Tony.

Segurei minha bolsa na altura do ombro enquanto entrávamos. Cheirava como se alguém estivesse queimando folhas de sálvia, mas eu estava certa de que aquilo não era cheiro de sálvia.

— *Ashlyn!* — Jake sorriu, se aproximando. Ele dava ênfase ao meu nome desde que nos conhecemos. — Não sabia que você ia a festas! — Seus olhos passearam pelos meus peitos, mas dessa vez por menos tempo.

— Eu não vou. — Dei um leve sorriso. Tudo na festa de Theo me deixava desconfortável. O ruído, a bebida, o surpreendente mau gosto musical. Gabby ficaria envergonhada.

Jake riu e colocou a mão nas minhas costas, me guiando para dentro da casa.

— Bem, vou ser seu guia. — Ele olhou para Hailey, que lhe dava um sorriso cauteloso. Suas sobrancelhas se arquearam. Ele cheirava um pouco demais a sálvia queimada. — Ah! Você é irmã do Ryan, né?

Ela assentiu.

— *Hailey* — corrigi, dando-lhe um nome, e dando ênfase ao nome. Ela merecia mais do que ser conhecida apenas como irmã do Ryan.

Ele riu e a cutucou.

— Certo. *Hailey.* Estou feliz por você estar aqui. Acabei de fumar um com seu irmão. Se vocês duas estiverem interessadas, consigo mais. Por minha conta. — Ele estava nos convidando para fumar com ele e, por um segundo, pensei ter visto Hailey considerar a possibilidade.

— Não, obrigada, Jake. Não somos muito dessas coisas.

— Podíamos experimentar — sugeriu Hailey, os olhos cheios de animação.

Lancei um olhar severo para ela, e em seguida virei para Jake.

— Não, obrigada, Jake. Mas nos vemos por aí mais tarde, tudo bem?

Ele me observou de novo, os olhos passeando pelo meu decote. Jake sorriu, dizendo que voltaria a falar com a gente mais tarde.

Hailey franziu a testa.

— Por que você fez isso?! Jake é bonito. Acho que ele está a fim de você.

Meus olhos reviraram de imediato.

— Duvido. Olha, se vamos ficar aqui, vamos seguir algumas regras.

— Está bem, mãe — zombou ela. — Quais são as regras?

— Regra número um: nada de drogas.

— Theo disse que a maconha é uma erva. Tipo chá.

— Theo é um idiota — respondi, sem rodeios. — Regra número dois: no máximo duas bebidas. — Ela abriu a boca para argumentar, mas eu a cortei. — Regra número três: nada de sexo. — Ela fez beicinho. Eu empurrei seus lábios de volta. — Nada de sexo!

— Você é uma estraga-prazeres — murmurou ela, saindo à procura de Theo.

Eu dei uma risada e gritei atrás dela.

— Você não está nem tendo prazer ainda!

Os cômodos da casa começaram a ficar mais cheios, lotando conforme a noite avançava. Eu odiava o cheiro, odiava a agarração — odiava *tudo* neste lugar.

E era por isso eu era a menina que vivia com a cara enfiada nos livros. As festas nos livros sempre pareciam mais divertidas.

Após atravessar a casa, cheguei à porta dos fundos e saí para a varanda em busca de um pouco de ar fresco. Minha cabeça estava começando a latejar por causa do cheiro de maconha e de vômito juntos.

Havia degraus que levavam a um quintal grande. Apoiei minha mão no corrimão e me abaixei para sentar. A luz fraca da varanda brilhava sobre mim, piscando, à beira de queimar.

Mas seria o suficiente.

Abrindo a bolsa, peguei o livro que estava lendo. Planejei ficar sentada ali até Hailey obter sua dose de decepção da noite. Abrindo o exemplar, meus dedos viajaram pelas páginas, sentindo sua textura com meus polegares. Levantei o livro até meu rosto e inspirei, sentindo o cheiro das palavras no papel.

Não havia nada tão romântico quanto a sensação de um livro em suas mãos.

Exceto Daniel.

Ele era muito romântico.

Pisquei rapidamente e balancei a cabeça de um lado para o outro. Não. Nada de pensar em Daniel.

O único problema de não pensar em Daniel era que minha mente ia para Gabby.

O que era ainda pior.

As palavras começaram a virar um borrão nas páginas. O papel começou a ficar molhado. Surpresa! Eu estava chorando de novo.

— Não posso acreditar que estou aqui — murmurei para mim mesma, para Gabby. Minha voz baixou um pouco. — Hailey parece comigo, quando eu namorava Billy. O que não pode ser nada bom.

Fiz uma pausa, esperando pela resposta que nunca veio.

— Mamãe ainda não ligou. Pensei em ligar para ela... mas não liguei. Outro dia, fiquei com raiva de você por ter morrido. Foi mal. — Eu ri e me senti meio louca por falar sozinha, mas aquilo sempre me fazia sentir um pouquinho melhor.

Uma menina tropeçou para fora da casa, e, pela sua aparência vidrada, eu poderia jurar que ela tinha sido mordida por um zumbi. O nome dela era Tiffany Snow, estava na minha turma de história. Precisava admitir que ela era muito mais bonita na escola — o rímel borrado não a estava ajudando. Ela não me notou.

Inspirando o ar fresco profundamente, Tiffany abriu os braços, tentando se equilibrar. Ela expirou e riu, satisfeita com sua capacidade de se acalmar.

Então correu para o lado esquerdo da varanda e vomitou por cima do corrimão. Ela deslizou para a varanda, sorrindo para si mesma.

Que classe!

— Shhh... — sussurraram à minha esquerda. Virei-me e olhei para os arbustos que estavam se mexendo... e conversando. — Cale a boca!

Zippp!

Era o som de zíper sendo fechado. Corei e voltei para meu livro. Quando vi Ryan sair tropeçando dos arbustos, ajeitando a camisa e afivelando o cinto, corei ainda mais.

— Chicago! — exclamou ele, seus olhos vidrados e vermelhos. Ele também cheirava muito a sálvia queimada. — O que você está fazendo aqui?

— Hailey — respondi, apontando para a porta.

Ele fez uma careta e sentou-se ao meu lado.

— Theo é um idiota. — Ele fez uma pausa. — Mas arranja a melhor maconha. — Sorri para Ryan, e ele deitou sua cabeça no meu ombro, sussurrando para mim: — Tem um menino ainda nos arbustos.

— Eu imaginei.

— Ele não está pronto para sair de lá ainda.

Tanto significado em tão poucas palavras.

Ryan olhou para Tiffany, que estava desmaiada na varanda.

— Tiffany! — Ele bateu com o punho nos degraus de madeira, recebendo a atenção dela. — Tiffany! Acorda!

Ela abriu um dos olhos e sorriu.

— Ryan — sussurrou, jogando as mãos para o ar, com excitação. — Quero *taaanto* transar com você agora.

Ela continuou rindo, passando as mãos no rosto. Eu estava me esforçando para ver o lado bom de uma festa dessas... mas eles estavam tornando minha escolha pela leitura fácil demais.

Ryan riu e se virou para mim.

— Eu quero *taaaanto* não transar com ela. — Juro que houve uma fração de segundo em que seus olhos pareceram muito tristes.

— Você tem muitos mistérios, não tem?

— Eu poderia dizer o mesmo de você. — Ele fez uma pausa. — Às vezes sinto como se você estivesse se escondendo atrás de seus livros para evitar a realidade.

Eu me encolhi com a verdade de suas palavras. Mas ele não percebeu.

— Posso contar um segredo? — perguntou Ryan, puxando a sua caixa de cigarros falsos e "acendendo" um. — Porque sinto que posso, considerando que você não conhece o pessoal da escola. Você é uma pessoa de fora. Preciso de uma pessoa de fora.

— Claro.

Seu olhar estava nos arbustos, e uma única lágrima rolou por sua bochecha.

— Eu não sou tão feliz quanto finjo ser.

— Por que está fingindo? — questionei.

Ele abaixou a cabeça, olhando para os sapatos.

— Porque fingir ser feliz é quase como ser feliz. Até você lembrar que é apenas fingimento. Então você fica triste. *Realmente* triste. Porque usar uma máscara todos os dias da sua vida é a coisa mais difícil do mundo. E depois de um tempo, você tem um pouco de medo porque a máscara se torna você.

— Ryan... você não está sozinho. — Dei um soquinho em seu ombro. — E você nunca vai precisar usar essa máscara perto de mim.

Seus lábios se abriram em um sorriso, e ele sussurrou "idem" na minha bochecha antes de me dar um beijo.

Hailey saiu pela porta dos fundos da casa e sentou-se do meu outro lado, apoiando a cabeça no meu ombro.

— Eu odeio o Theo — sussurrou baixinho. Ryan nem sequer a ouviu.

Foi naquele momento, ali mesmo, que eu soube que estava no lugar certo. Estava perdida, mas eles também.

Não havia mapas disponíveis.

Pelo menos eu não estava caminhando sozinha.

Capítulo 12

Daniel

Mentirei para manter você a salvo.
Mentirei para manter você aquecida.
Mentirei para manter você longe da
tempestade mais feia e fodida.
Romeo's Quest

Algumas semanas tinham se passado desde que Ashlyn e eu descobrimos a nossa realidade. Quando outubro chegou, fiquei chocado com o quanto ainda a queria.

Um dia de manhã, chegamos à escola ao mesmo tempo. Nossos olhos se encontraram por um ou dois segundos. Foi só um mero momento em que olhamos um para o outro, mas a vi engolir em seco, seus nervos à flor da pele. Quando ela se virou, tive vontade de segui-la.

Mas isso era errado, não era?

O que estava acontecendo comigo?

Achei que a intensidade do que eu sentia diminuiria se não interagíssemos em um ambiente mais íntimo. Mas não. Meus sentimentos só cresciam cada vez que a via entrar na minha sala de aula. Às vezes a observava andando com Ryan, e o jeito como sorria quando falava com ele me fazia sentir como se estivesse flutuando. Seus sorrisos eram viciantes, e eu desejei que tivessem sido causados por mim.

Odiava não poder lhe dizer todos os dias quão bonita ela era. Odiava que, quando ela entrava na minha aula, eu tinha de fingir que ela não estava em meus pensamentos. Odiava que ela não participasse das discussões em sala, mesmo que eu soubesse que ela teria todas as respostas corretas.

Odiava o modo como os outros alunos olhavam para ela. Como a cobiçavam. Como a intimidavam. Odiava que ela tivesse de chorar a morte da irmã sozinha. Odiava que ela se sentisse solitária, sem jamais demonstrar isso.

Eu odiava o quanto sentia falta da sua boca. Da sua risada. Do seu sorriso.

Eu odiava quão perto estávamos, e quão distante nos sentíamos.

≈

Eu amava o jeito como Ashlyn parecia mais bonita a cada dia. Eu amava o fato de que, quando ela entrava na minha aula, já estava em meus pensamentos. Adorava que ela não participasse das discussões em sala, mesmo sabendo que teria todas as respostas corretas.

Eu amava não ser tendencioso quando corrigia seus trabalhos. Ela era simplesmente um gênio. Amava como, quando eu ia correr, ela se juntava a mim na minha imaginação. Amava como às vezes a flagrava em sala de aula olhando para mim com admiração.

Adorava a forma como Ashlyn ignorava os insultos dos outros alunos. Como não deixava que os *bullies* levassem a melhor. Como não hesitava. Eu amava como ela era linda sem fazer esforço. Como sempre usava vestidos justos, embora encobrir seu corpo pudesse ajudar a calar os idiotas.

Amava que ela usasse os vestidos porque eram de sua irmã gêmea. Amava como honrava a memória da irmã com gestos tão simples. Amava o jeito como caminhava com confiança, mesmo nervosa.

Eu amava seu jeito de andar. Como ficava de pé. Como se sentava.

Eu amava quão distante estávamos, e quão próximos nos sentíamos.

Capítulo 13

Ashlyn

O que posso fazer para mostrar como me sinto?
Do início ao fim, nosso amor é verdadeiro.
Romeo's Quest

Estava bastante satisfeita comigo mesma. Mesmo que os caras da escola estivessem dando em cima de mim enquanto faziam comentários sobre o meu corpo, eu os ignorava. Ignorei os boatos que começaram (muito rapidamente, eu poderia acrescentar) sobre eu transar com qualquer um. Sorria para Daniel às vezes para fazê-lo perceber que não precisávamos agir de forma estranha diante daquela situação (mesmo que, no fundo, eu quisesse chorar, devo acrescentar).

Eu estava indo bem. Em vez de me afogar em um mar de depressão, decidi que fazer um cadastro na biblioteca seria uma opção melhor. Afogar-me em histórias parecia mais promissor. Todas as tardes eu ia à biblioteca logo após a aula, caminhando sob o sol quente e voltando para casa quando a lua já estava alta.

Certa manhã, antes de irmos para a escola, Hailey estava escovando os cabelos e parou subitamente, virando-se para mim.

— Theo me convidou para sair de novo.

Eu me virei para Hailey, enojada por ela. Ela não tinha mais falado dele desde a festa.

— Que imbecil — murmurei.

— É. — Ela fez uma pausa. — Estou pensando em aceitar.

Arregalei os olhos.

— Você está brincando?

Ela não estava. Observei sua cabeça pender para o chão e os ombros caírem.

— Não sou como você, Ashlyn. Os caras não ficam dando em cima mim, e muito menos me olhando. Theo é minha única chance de ter um relacionamento.

— Os garotos que ficam se "jogando" pra cima de mim são imbecis. Confie em mim. Você não quer isso. Além disso, você tem 17 anos, não 83. Vão aparecer outros caras.

Ela fez uma pausa, repassando meu comentário em seu cérebro. Suspirei quando a vi balançar a cabeça.

— Ele se desculpou. Pelo que fez com Lia.

— Você pode pedir desculpas por socar alguém, mas isso não cura as contusões.

— Leu isso num de seus livros? — Ela riu.

— Hailey...

Ela pegou um pequeno saco de comprimidos.

— Ele quer que eu experimente isso. Disse que se tivéssemos algo em comum, poderíamos dar mais certo.

Olhei como se ela tivesse perdido a cabeça.

— Ele quer que você use drogas para ficar mais próxima dele?

— Você é virgem?

Esfreguei meus dedos na têmpora e balancei a cabeça. Sua pergunta tinha vindo de surpresa. Eram seis horas da manhã e já estávamos falando de drogas e sexo. Eu definitivamente precisava de uma xícara de chá.

— Não. Meu último namorado me usou até encontrar outra. — Parei e pensei em Billy e em como ele me fez sofrer.

— Você ficou com medo? — sussurrou ela.
Apavorada.
— Eu tinha 16 anos. Quando era mais nova, eu era muito burra. Não extremamente burra, mas do tipo "sou só uma criança e não sei nada sobre a vida". Dormi com Billy pensando que aquilo significava que ele me amava. Foi assustador, doloroso, e nada romântico. E nós fizemos muitas outras vezes. Eu esperava que fosse gostar mais daquilo com o tempo porque o amava... Então, descobri que ele estava fazendo a mesma coisa com Susie Kenner. Minha irmã Gabby se sentava ao meu lado na minha cama, tocando seu violão enquanto eu chorava, me dizendo que Billy era um idiota monstruoso e que provavelmente tinha um pênis minúsculo. Ela estava certa sobre o pênis. Era praticamente inexistente.

Hailey deu uma risadinha.
— Então o que aconteceu?
— Billy me ligou um tempo depois, dizendo que sentia muito a minha falta e que queria tentar resolver nossos problemas, mas eu não consegui parar de chorar nem durante o telefonema. Disse a ele que o amava, e ele disse que gostava de mim o suficiente para nossa história dar certo. Tudo o que eu tinha de fazer era deixar que ele tocasse meus peitos de vez em quando e transar com ele sempre que seus pais não estivessem em casa. Minha irmã me disse que eu não deveria voltar com ele porque ele não gostava de mim de verdade, e estava mais interessado no tamanho do meu peito do que no tamanho do meu cérebro. E Gabby me jurou que meu cérebro valia o interesse de alguém.

O silêncio preencheu o quarto enquanto eu olhava para o chão acarpetado.
— Hailey, o seu cérebro vale o interesse de alguém.
O suspiro dela foi quase inaudível.
— Sua irmã parece ter sido uma pessoa maravilhosa.
— A melhor — respondi baixinho. — Chega de pensar nisso, tá? Com Theo?

Ela prometeu que ia parar de pensar. Mas vi a esperança em seus olhos quando falou nele. Tive a mesma esperança quando voltei para Billy, pensando que seria diferente. Não foi. Mamãe costumava dizer: "Deixe o passado para trás para que o futuro possa encontrar você." Essa era a frase dela de que eu mais gostava. Depois da traição de Henry, ela se esforçou para deixar o passado para trás. E finalmente deixou quando conheceu Jeremy.

— Quantas coisas da sua lista você já cumpriu? — perguntou Hailey, mudando de assunto.

Eu pisquei.

— Só duas. — E em segundos, os lábios de Daniel estavam percorrendo minha mente. *Beije um estranho.* Eu pisquei mais uma vez, afastando a lembrança.

Hailey estendeu a mão para mim.

— Posso ver a lista?

Andando até o armário, peguei a carta e coloquei-a em suas mãos. Ela a abriu e começou a ler.

— Humm... — murmurou para si mesma, movimentando os olhos. — Você já cumpriu o número 14.

— Qual é ele? — perguntei, ansiosa.

— Fazer uma nova amiga. — Ela sorriu.

— Você é minha amiga? — perguntei em voz baixa, sem saber exatamente o que dizer.

Hailey riu.

— Bem, se eu não sou, então isso tudo é muito estranho. — Ela meneou a cabeça. — É claro que sou sua amiga. A maneira como você me defendeu há algumas semanas... O jeito como ainda odeia Theo... Acho que isso é amizade. — Eu abri um largo sorriso e ela me um tapinha no ombro. — Onde está a carta?

Fui até o baú do tesouro e folheei os envelopes. Ao encontrar a carta, li a parte da frente e suspirei. Dizia com a letra de Gabby que a correspondência não era para mim, mas sim para a amiga em questão.

Como eu não tinha percebido isso antes? Corri minhas mãos pelas outras cartas, e constatei que nem todas eram destinadas a mim. Meu coração e meus lábios murcharam ao mesmo tempo.

Coloquei a carta nas mãos de Hailey e dei de ombros.

— É para você.

— Para mim?

Ela estava chocada com a ideia de eu não ser a única leitora. No entanto, eu confiava em Gabby. Sabia que havia algum tipo de lógica por trás daquilo.

— Posso escolher outro número na lista — sugeriu Hailey. — Afinal, nós não somos amigas — brincou ela.

— Sim, Hailey. Nós somos. — Eu ri.

— Bem, fique aqui. Vamos ler isso juntas.

≈

Nº 14. Fazer uma nova amiga

Cara amiga,

Espero que não se incomode de eu chamar você assim. Achei que, se você é amiga de Ashlyn, é minha amiga também. Gostaria que tivéssemos tido a oportunidade de nos conhecer em diferentes circunstâncias, mas esse negócio de morrer realmente é um empecilho na minha capacidade de causar uma boa primeira impressão.

Então o que quero dizer é obrigada. Obrigada por se tornar amiga de uma garota que está, provavelmente, muito triste, mas que é ao mesmo tempo tão perfeita. Obrigada por se tornar amiga de uma garota que é um pouquinho esquisita e que cita muitos livros. Obrigada por se tornar amiga de uma garota que não fala muito sobre seus sentimentos, mas, confie em mim, ela sente tudo.

Obrigada por estar aí junto dela.

Então, agora, prometo a você que vou estar aí junto de você também. Eu não sei como. E provavelmente não deveria fazer esse tipo de promessa... mas só sei que quando você vir o vento assobiando através das flores, sou eu agradecendo e abraçando você em seus dias mais tristes.

Obrigada, amiga. Você está se saindo muito bem.

Gabrielle

Hailey dobrou a carta e suspirou:
— Eu gosto muito da sua irmã.
O modo como ela disse "gosto", em vez de "gostei", me fez sentir como se Gabby ainda estivesse aqui. Esse sentimento me preencheu com a felicidade de saber que uma parte de Gabby nunca havia partido. Com essas cartas, ela de alguma forma tinha lutado contra a morte. De alguma forma tinha sobrevivido.

≈

Hailey deu carona para mim e para Ryan até a escola, e combinamos de nos encontrar na hora do almoço, como sempre. Quando eu estava a caminho do meu armário, Jake correu até mim e me cutucou no ombro.
— Oi, Ashlyn.
Eu abri um pequeno sorriso.

— Oi, Jake.

— Você está linda hoje — disse ele, olhando de cima a baixo.

Quando levantei o olhar, vi Daniel observando nossa conversa, com uma expressão furiosa no rosto. Sua mandíbula estava tensa, e ele praticamente nos fuzilava com os olhos. Eu o encarei, confusa. Ele então desviou o olhar. Eu havia feito isso com ele? Havia lhe provocado ciúmes?

— Obrigada, Jake — murmurei, ainda olhando para Daniel.

Queria que ele não fosse tão bonito — mesmo quando estava bravo. Era difícil disfarçar minha atração por ele. Daniel desapareceu virando o corredor na direção do meu armário. Esperei poder vê-lo quando seguisse pelo mesmo corredor. Era complicado. Ele era o ponto alto do meu dia, embora fosse também o ponto baixo.

Como isso é possível?

Jake continuou me acompanhando, um pouco perto demais para o meu gosto.

— Então, eu estava pensando... — Ele se aproximou ainda mais. Pude sentir o cheiro forte de perfume em sua camisa, o que me provocou ânsia de vômito. — Vou dar uma festa de Halloween no próximo fim de semana, depois do jogo de futebol. Meus pais vão estar viajando, e você devia ir. Vai ser uma festa à fantasia.

Eu me encolhi, esperando que ele não percebesse.

— Eu não sou do tipo que gosta de ir a festas. A última não foi tão legal para mim.

— É... — Ele sorriu. — Mas Carpe Dame, certo? — Fiz uma careta. Tinha certeza de que ele queria dizer *Carpe Diem*. Ele continuou: — Vamos, Ashlyn. Você não pode ser a filha do vice-diretor o tempo todo. Tem que começar a mostrar às pessoas quem realmente é. Senão vão continuar a comer você viva.

— Eu... — Fiz uma pausa. — Eu não estou interessada, Jake. — Percebi que ele franziu a testa e imediatamente me senti mal. — Talvez numa próxima? — Abri um sorriso amável e o cutuquei no braço.

Ele ficou animado e assentiu.

— Combinado! Seu nome vai ser o primeiro na lista de convidados. Vejo você na sala? — Ele correu com um enorme sorriso no rosto. Eu esperava não estar lhe dando falsas esperanças.

Quando segui pelo corredor até meu armário, vi Daniel de pé em frente a ele, arrancando coisas dele.

— O que você está fazendo? — perguntei.

Ele me viu e começou a arrancar mais rápido.

— Malditos pirralhos — murmurou. — Vou descobrir quem fez isso e...

— Fez o quê? — Me aproximei e vi as fotos.

Recortes de peitos por todo lado. Meus olhos se encheram d'água, e comprimi os lábios ao ouvir algumas meninas rindo atrás de mim. Eu não ia chorar, que era o que elas queriam que eu fizesse. Estava tão envergonhada por ter sido ele quem tinha visto isso.

— Daniel... — sussurrei, observando-o se abaixar e pegar as fotos. Ele me ignorou. — Sr. Daniels! — exclamei um pouco mais alto, o que fez as meninas rirem ainda mais. Eu ignorei. — Você pode se afastar do meu armário, por favor?

Seu olhar para mim foi frio.

— Isso... isso não vai mais ser tolerado. Com ninguém nesta escola. Especialmente com... — Ele fez uma pausa, observando a multidão que o rodeava.

Não consegui me conter.

— Com quem? — perguntei.

Quando seus olhos encontraram os meus, a suavidade e o olhar de desculpas me fizeram tremer por dentro. *Especialmente comigo.* Ele andou de um lado para o outro antes de se virar e ir embora, mandando que os alunos seguissem para suas aulas. Peguei uma das fotos deixadas no chão e suspirei.

Meus peitos não eram *tão* grandes assim.

≈

Daniel me pediu desculpas pelo modo como havia reagido mais cedo, argumentando que tinha sido pouco profissional. *Eu não quero que você seja profissional.* Dei de ombros e fui para o meu lugar. Ele sentou-se na beira de sua mesa. As mangas de sua camisa de botão estavam dobradas até os cotovelos, e ele segurava a caneta do quadro branco.

Ele era tão bonito, e meu corpo estava enlouquecendo com isso. E quando eu tentava reprimir essa minha paixão por ele, ela parecia crescer ainda mais em meu coração, mesmo sem a gente se falar. Descobri que nos comunicávamos melhor em silêncio. Alguns olhares aqui, alguns sorrisos ali. Talvez nossa conexão não precisasse de palavras nem de sons.

E ele era tão inteligente.

Era tão inteligente que me fazia querer rastejar para dentro de sua cabeça e morar lá. Eu não estava me apaixonando por Daniel durante o horário escolar. Eu estava me apaixonando pelo Sr. Daniels.

Metade dos alunos ali provavelmente nunca teve ideia de como ele era inteligente. Ele era apenas mais um professor chato para eles. Mas eu estava encantada pela forma como sua mente encontrava maneiras de nos ensinar. Como ele conseguia nos incentivar, me incentivar, a dar uma chance para novos conceitos.

Estávamos na aula de poesia, sobre sonetos, *haikais*, e meu favorito...

Ele se afastou da mesa e andou até o quadro, onde estava escrito "Minicontos".

— Vamos lá, senhoras e senhores! Alguém deve ter alguma ideia do que são minicontos. Basta começar a falar.

— Histórias sobre os minions — Ryan sorriu.

— Passou perto... — Daniel riu. — Mas não exatamente. — Levantei a mão pela primeira vez desde o início do ano letivo. Daniel viu e abriu um sorriso doce. — Sim, Ashlyn?

— É um tipo de ficção que acontece num piscar de olhos... em histórias curtas, bem curtas. Eles normalmente contam uma história completa em algumas frases, algumas palavras.

Avery, um dos únicos jogadores de futebol que *não* implicava comigo, riu.

— Isso é impossível. — Ele era o garoto que tinha sido expulso dos estudos bíblicos. Fiquei imaginando o que ele teria feito para ser expulso. Você precisaria ser muito cruel para o povo de Deus se voltar contra você.

— Não exatamente — argumentei em voz baixa.

Daniel arqueou uma sobrancelha e deu um passo para trás, até a frente da sua mesa. Ele se sentou de novo com as pernas estendidas e cruzadas nos tornozelos.

— Você poderia explicar melhor, Srta. Jennings? — Ele usou o meu sobrenome, e, por algum motivo, aquilo deixou minhas pernas bambas de excitação.

Eu queria impressioná-lo. Queria que ele soubesse a quantidade de coisas que eu sabia. As palmas das minhas mãos começaram a suar, e eu as esfreguei nas minhas pernas. Meu vestido azul cobria meu corpo mas, ainda assim, eu estava me sentindo extremamente exposta.

Era ruim eu gostar de me sentir exposta na frente dele?

Daniel me excitava com sua música, sua voz, seus sons, seu toque. Sua gentileza e seu senso de humor. Mas o Sr. Daniels me fazia tremer de uma maneira completamente diferente. Uma maneira proibida. Sedutora. Eu fantasiava com o fim da aula, com ele me dizendo para continuar na sala, alegando que tinha de rever alguma coisa comigo. Ele fecharia a porta e me empurraria contra ela, enquanto sua mão lentamente levantava a barra do meu vestido. Minha boca se abriria com seu toque, suas carícias.

Eu imaginava seus dedos encontrando minha calcinha e deslizando pelo tecido, em movimentos lentos, me fazendo ofegar pedindo mais. Seus dedos afastando o tecido e deslizando para dentro. "*Sr. Daniels...*" eu sussurraria em seu ouvido, sugando o lóbulo de sua orelha entre gemidos.

Ele me beijaria no pescoço, me lambendo devagar. Tocando meu corpo enquanto me excitava com sua respiração em meu decote.

Ele me repreenderia, dizendo que eu tinha sido uma menina muito má. Eu gemeria baixinho quando ele me levantasse contra a parede, baixando as alças finas do meu vestido e segurando meus seios na palma de suas mãos. Ele iria se apossar do meu peito, do meu corpo, como seu, apenas seu.

Então, na minha imaginação, alguém entraria na sala, e eu me esconderia atrás da porta. Minha respiração irregular e apressada, a adrenalina correndo por cada centímetro do meu corpo. Eu não puxaria meu vestido completamente para baixo, de modo que quando ele olhasse para trás da porta, veria minha calcinha úmida a provocá-lo, deixando-o muito mais sedento.

Ah, sim, o Sr. Daniels me excitava de uma maneira extrema. E isso era só na minha mente. Fiquei imaginando o que poderia acontecer se ele realmente me tocasse na sala de aula.

— É... Ashlyn? — Ryan cutucou meu braço.

Despertei da minha fantasia. A turma toda estava me encarando e minha boca estava escancarada. Meus lábios se fecharam. Minhas bochechas coraram.

— Ah, tá. — Pigarreando e retomando o raciocínio, continuei. — Tem uma história que vem sendo contada por aí desde sempre. As pessoas dizem que a autoria é de Ernest Hemingway, mas é difícil saber ao certo. De qualquer forma, o boato é que desafiaram Hemingway a contar uma história utilizando seis palavras.

— Como eu disse. — Avery riu. — Impossível.

Os olhos de Daniel se estreitaram para mim. Ele ergueu uma sobrancelha e um dos cantos de sua boca transformou-se em um sorriso. Será que ele sabia que eu estava sonhando acordada com ele? Será que ele também sonhava comigo?

— Impossível? — murmurou Daniel. — É? — perguntou, indo novamente para o quadro.

Ele escreveu: "Vende-se: sapatos de bebê, nunca usados."

A história de Hemingway.

A sala ficou em silêncio. As palavras do quadro me fizeram tremer, embora eu já conhecesse a história.

Ryan foi o primeiro a falar:

— Derrotado por um professor, Avery!

A turma caiu na risada, e eu não conseguia parar de sorrir. Queria estar chocada por Daniel conhecer a história que eu tinha citado, mas é claro que ele conhecia. Ele era inteligente além da conta.

Daniel levantou as mãos, fazendo a turma, às gargalhadas, silenciar.

— Muito bem. Então, o que eu quero de vocês é que peguem estas redações que escreveram para mim no início do ano sobre seus objetivos, nas quais fiz algumas anotações... — Ele levantou uma pilha de papel e começou a entregá-las para nós —, e quero que as resumam de três formas diferentes. Na próxima semana, como um soneto. Na seguinte, como um *haikai*. E, daqui a três semanas, como um miniconto. No fim de cada semana, vocês vão apresentar sua poesia em sala de aula. Não vou dar uma de Hemingway com vocês, restringindo o miniconto a apenas seis palavras. Vocês poderão usar dez. — Ele colocou minha redação na minha mesa e sorriu. Era o mesmo sorriso amável que eu tinha recebido lá na estação de trem. — Façam cada palavra valer a pena.

Quando entregou a de Ryan, Daniel fez uma pausa.

— Talvez esta seja a melhor redação que já li, Ryan. Continue assim. — Ryan sorriu e agradeceu.

O sinal tocou e todos se apressaram a sair da sala. Eu não entendia por que tinham sempre tanta pressa para sair. Era a minha aula favorita, da qual me despedia lentamente. Antes de me levantar da cadeira, reparei num pedaço de papel preso à minha redação. Virando-o, li as palavras que Daniel tinha escrito para mim.

Brilhante. Simplesmente brilhante.
Você vai ser uma autora incrível.
Vou ler qualquer coisa que você escrever.
Sinto tanto sua falta que é difícil até respirar.

Quando levantei a cabeça, vi seus olhos em mim. Parecia que ele havia tirado um grande peso dos ombros quando nossos olhares se encontraram. Senti que meu corpo também se livrava desse peso. Ele ainda estava lá. Daniel não era apenas o Sr. Daniels, ele ainda era o mesmo. E eu ainda estava em sua mente, da mesma forma que ele estava na minha.

Talvez não houvesse dois homens ali. Talvez o Sr. Daniels fosse apenas mais uma parte dele. Por isso não era surpresa eu estar caída pelos dois lados da moeda. Eu era louca por ele inteiro — o lado bom, o lado ruim, e os pedaços quebrados.

Acho que era dos pedaços quebrados que eu gostava mais.

Eu nem sabia o que aquilo representava para nós; seu bilhete, meu olhar para ele. No entanto, não me importava. Era o suficiente por agora. Achava que o melhor nome para aquilo era esperança. Eu realmente amava a esperança em seus olhos.

Seus lábios se transformaram em um meio-sorriso e os meus lábios seguiram, dando-lhe a outra metade. Fizemos um ao outro sorrir, sem dizer uma palavra sequer.

Aqueles eram os meus sorrisos favoritos.

Levantei-me da cadeira e coloquei tudo dentro da minha mochila, exceto o livro que estava lendo. Abracei-o junto ao peito, como sempre fazia, e, quando passei pela mesa, ouvi Daniel dizer meu nome. Eu não me virei, mas fiquei parada.

— Você estava pensando no que acho que estava pensando durante a aula? — sussurrou. Minhas bochechas ficaram ainda mais vermelhas. Ouvi sua risadinha. — Eu também penso nisso.

Virei a cabeça e encontrei seus olhos azuis. E sorri.

— Sério?

— *Sério*, sério.

Eu me virei e segui em frente, e quando já estava fora de seu campo de visão, sorri ainda mais.

Abri um sorriso tão largo que minhas bochechas começaram a doer.

Capítulo 14

Ashlyn

Ei, ei, não se esqueça
De como gemi seu nome nem
Do gosto dos meus lábios.
Romeo's Quest

Depois da aula, fui direto para a biblioteca e fiquei por lá até tarde da noite. Achei uma mesa no canto pela qual ninguém nunca passava. Estava aos poucos se tornando o meu porto seguro particular.

Mas eu nem sempre lia. Na maioria das vezes, ficava escrevendo os motivos pelos quais Daniel e eu podíamos de alguma forma dar certo. Porque, se começássemos como amigos, quando eu terminasse o ensino médio poderíamos fazer a transição para algo mais. Faltavam apenas 120 dias para o fim do ano letivo.

Para ser mais exata, 124.

Não que eu estivesse contando.

Então basicamente eu ficava escrevendo meus sonhos. Fantasias que desejava que um dia se tornassem realidade. Estava absorta em meus devaneios criativos e minhas esperanças.

Depois de pegar alguns livros novos, fui para casa. Deveria ter usado um suéter por cima do meu vestido azul de alças. Estava congelando. Ficou claro que o calor do outono em Wisconsin estava sendo substituído por um inverno gelado. As lâmpadas dos postes iluminavam bem a rua, e o céu estava escurecendo.

Enquanto passava pelo cemitério na May Street, parei assim que olhei pela área gradeada. Primeiro vi o carro dele parado no estacionamento. Então o vi. Meu coração parou, mas depois acelerou. Daniel fazia meu coração tranquilo fazer coisas malucas.

Ele estava ali sozinho, olhando para duas lápides.

Ainda era uma ferida recente.

— Ah... — sussurrei para mim mesma, colocando as mãos em meu peito.

Parecia que ele tinha interrompido uma corrida, considerando sua bermuda, camisa preta lisa e tênis. Ele corria? Como eu queria saber. Queria tanto saber muito mais sobre ele.

Ele dobrou os joelhos, chegando mais perto das lápides. Sua boca estava se movendo, e ele passou um dedo em seu lábio superior, antes de dar uma risadinha. Ele riu, mas parecia que também estava franzindo a testa.

Essas eram as risadas mais dolorosas; as tristes.

Olhei para a rua para ver se outras pessoas o estavam observando. Não estavam. É claro que não estavam. Por que alguém ficaria olhando uma pessoa num cemitério? Minhas mãos tremeram e comecei a esfregá-las em meu livro.

Eu devia ter seguido meu caminho. Devia ter fingido que não o tinha visto.

Mas eu o *tinha* visto.

Ninguém deveria ficar sozinho em um cemitério.

Especialmente Daniel.

Em poucos segundos, eu estava de pé ao seu lado. Não tinha certeza de como chegara até ali. Pareci flutuar, meus pés me fazendo deslizar até ele. Ele me fazia planar.

— Ei — sussurrei, fazendo com que ele se voltasse para mim.

— Ashlyn. — Havia surpresa em seu tom de voz quando ele olhou para mim. Quase tinha me esquecido do quanto adorava o modo como ele me olhava.

Pisquei e balancei a cabeça.

— Eu não queria atrapalhar. Acabei de ver você aqui de pé e pensei... — Pensei o quê? — Pensei em nada — murmurei.

— Ninguém nunca vem comigo aqui.

— Eu sou ninguém — sussurrei.

Ele estudou meu rosto por alguns segundos antes de se abaixar até o chão, e o sorriso mais ínfimo abriu-se em seus lábios.

— Você parece alguém para mim.

Olhei ao redor, percebendo a escuridão que nos rodeava. Não tinha certeza se devia ficar ou ir embora. Mas meus pés estavam me dizendo que não tinham planos de voltar atrás.

— Por que eles chamam você de melancias? — perguntou Daniel.

Sorri quando ele olhou para mim. Interpretei isso como um convite para ficar. Abaixando-me também, me sentei ao lado dele. Olhei para os meus peitos e ri.

— É sério que você está me perguntando isso?

Ele sorriu.

— Não, eu entendo. Mesmo. — Seus dedos percorreram a grama que nos rodeava e ele pegou alguns punhados. — Seu corpo é lindo. Isso não é segredo. Mas por que eles se atêm a esse pequeno detalhe em você e não falam desses olhos maravilhosos? Ou desse cérebro incrível que você tem?

Olhei para suas mãos, cujos dedos percorriam a grama, e não respondi.

Ele continuou:

— Fico tão puto quando alguém olha para você da maneira errada. Ou diz a coisa errada. Ou cola fotos no seu armário. Ou sorri para você. Ou diz que você é bonita. Ou... *qualquer coisa!* — Ele expirou e em seguida respirou fundo. — Qualquer coisa que eles fazem e que deixa você magoada ou feliz me faz querer atacar todo mundo. — Ele exalou. — E isso não é exatamente bom do ponto de vista ético.

Mordi meu lábio. Não sabia ao certo o que dizer a ele.

Ele percebeu a expressão nos meus olhos e cobriu o rosto com as mãos.

— Foi mal, Ashlyn. Eu não deveria verbalizar toda bobagem que passa pela minha cabeça.

— Estou à procura de novos amigos — expliquei, virando-me para ficar de frente para ele. Abri um dos meus livros e tirei um papel. Colocando-o na sua mão, sorri. — Fiz uma breve pesquisa na Wikipédia.

Ele desdobrou o papel e o leu em voz alta:

— Quatro passos importantes para fazer um amigo. — Ele parou de ler. — Você é muito nerd.

Ele não estava errado.

— Sou uma nerd-conquistadora. Fazer o quê? Continue.

— Número um. Proximidade, o que significa estar perto o suficiente para ver um ao outro ou fazer coisas juntos.

Fiz beicinho e passei o dedo pelo meu queixo.

— Bem, considerando que eu me sento na segunda fileira da sua sala de aula, acho que estamos próximos, né?

Ele estreitou os olhos e prosseguiu para o passo número dois:

— Encontrar a outra pessoa de maneira informal e sem fazer planos especiais.

— Caramba. Isso é como, não sei... encontrar você por acaso num bar. Ou esbarrar com você na escola. Ou... passar por você num cemitério. Não foi nada planejado. Preciso admitir que o último aspecto é meio deprimente.

A forma como seu sorriso se abriu me fez pensar que eu estava sendo carismática, embora me sentisse meio boba.

— Número três: encontrar oportunidades para compartilhar ideias e sentimentos íntimos.

— Humpf... Bem, para ser honesta, acho que ainda estamos trabalhando nisso. Qual é o último?

— Ashlyn — murmurou ele, lendo o passo final. — Isso estava na Wikipédia? Jura, jura? — Ele arqueou uma sobrancelha e eu assenti.

Meu sorriso reapareceu e mordi o lábio inferior.

— Vou jurar, mas não duas vezes. Vamos lá, continue.

Pigarreando, ele endireitou as costas.

— Por último, mas não menos importante, o número quatro. Serem chamados de Daniel Daniels e Ashlyn Jennings. — Ele dobrou o papel e colocou-o de volta dentro do meu livro.

— O quê?! Está dizendo isso aí?! Bem... Nós preenchemos três dos quatro requisitos. Um resultado muito bom.

— Mas não é perfeito — argumentou. Seus dedos passaram por seu cabelo, deixando-o um pouco bagunçado. Ele não se parecia mais com o Sr. Daniels. Apenas com Daniel. Apenas o bonito, talentoso Daniel.

— Os seres humanos não foram feitos para serem perfeitos, Daniel. Fomos feitos para estragar as coisas, destruir as coisas, e aprender coisas novas. Fomos feitos perfeitamente imperfeitos.

Ele semicerrou os olhos e sentou-se mais perto de mim. Seus dedos ajeitaram meu cabelo atrás da minha orelha. O pequeno toque despertou alguma coisa que devia estar adormecida dentro de mim.

— Por que você tinha que ser minha aluna?

Um sorriso surgiu no meu rosto.

— Porque Deus tem um senso de humor estranho. — Meus olhos se moveram para as flores que Daniel devia ter comprado para sua mãe. Era um buquê de margaridas. Minha flor favorita. — Eu também adoro essas flores — comentei, apontando para elas.

— Minha mãe teria gostado muito de você. Tenho certeza. Meu pai teria achado você inteligente demais para mim.

Sorri.

— Ele devia ser um homem sábio.

Tremi um pouco com a brisa gelada e ele franziu a testa.

— Você está com frio.

— Estou bem.

Ele pegou as minhas mãos e começou a esfregá-las, me aquecendo. Fiquei me perguntando se ele sabia o quanto seu toque era importante para mim. O quanto me fazia falta.

— Posso contar um segredo? — sussurrei enquanto observava seu peito subir e descer a cada respiração.

— Pode — murmurou ele.

Seu rosto se suavizou, e quando ele se virou para olhar para mim, senti meu coração incendiar. Esses sentimentos fortes e inegáveis de desejo, esses meus impulsos evidentes... Tudo o que eu queria fazer era beijá-lo. Queria beijá-lo tanto que, mesmo se isso não desse em nada, estaria tudo bem. Seus lábios tinham o poder de me fazer viver para sempre. *Como é possível eu não poder ser mais do que sua amiga?*

— Gosto de segurar sua mão — falei. — Gosto *de verdade* de segurar sua mão. Faz com que eu me sinta... importante.

— Você é importante. — Suas palavras saíram tão naturais que quase me fizeram quebrar em um milhão de pedaços.

Daniel começou a circular a palma da minha mão com o polegar e meu cérebro se desligou. Senti suas mãos viajarem sob minhas pernas, e ele me levantou, me colocando em seu colo. Minhas pernas envolveram sua cintura.

Eu me encaixava perfeitamente nele. Tão perfeitamente que tinha quase certeza de que ambos tínhamos sido criados um para o outro. Ele era a peça que faltava no meu quebra-cabeça. Nossos rostos ficaram tão perto que eu não saberia dizer se nossos lábios estavam se tocando ou não. Suas palavras dançaram no ar quando ele repetiu:

— Você é importante pra caralho.

Fiquei me perguntando se ele sabia que estava controlando os meus batimentos cardíacos.

Soltei o ar. Coloquei minhas mãos em seu peito e minha cabeça em seu ombro, e beijei seu pescoço de leve. Senti suas mãos nas minhas costas me puxando ainda mais para perto. Ele apoiou o queixo no topo da minha cabeça. Seus batimentos cardíacos aumentaram contra meu peito. Amei o fato de que eu fazia seu coração disparar.

— Fale um pouco sobre eles, amigo.

Senti sua inspiração profunda.

— Minha mãe era professora de música. Meu pai era professor de inglês.

— Você é uma mistura dos dois.

— Sou uma mistura dos dois.

— Sei o que aconteceu com seu pai... mas o que aconteceu com sua mãe?

Ele baixou os ombros e inspirou mais uma vez.

— Ela foi assassinada.

Engoli em seco. Levantei o olhar para ele e passei meus dedos por seu cabelo, e então fiquei imóvel.

— Sinto muito — falei, sem saber o que mais poderia dizer.

Ele abriu um sorriso triste e deu de ombros. Seus olhos azuis cruzaram os meus e beijei de leve seus lábios carnudos.

— Eu acho você lindo — sussurrei, repetindo o que ele tinha me dito em uma mensagem de texto muitas semanas atrás. — E não me refiro a sua aparência. Estou falando da sua inteligência, da sua proteção, do seu desolamento. Acho isso lindo.

Daniel pegou meu pescoço e me puxou para mais perto. Seu gosto cobria meus lábios, o calor de seu corpo aquecia cada centímetro do meu.

— Eu não quero ser seu amigo — disse ele. Respiramos juntos, em harmonia. — Quero ser seu, quero que você seja minha, e odeio não podermos ser "nós". Porque acho que fomos feitos para ser *"nós"*.

— Como pode eu sentir que você me conhece melhor que ninguém se nunca chegamos a passar muito tempo juntos? Como continuo me apaixonando por você?

Seu olhar de admiração era lindo. Era como se ele estivesse se perguntando a mesma coisa sobre mim.

— Não sei. Talvez porque quando os corações pegam fogo, nenhuma complicação pode apagar as chamas.

— Pode ser um segredo — prometi baixinho. — Nosso segredo. Cem por cento nosso.

Seus lábios se juntaram aos meus, e o mundo ficou em silêncio. O universo parou. Ele me levou a um lugar de pura emoção, afastando toda a tristeza e substituindo-a por paz.

Seus lábios eram mais macios do que eu me lembrava, mas tinham mais paixão, mais intensidade. Minhas mãos correram pela barra de sua camisa e levantei-a, sentindo seu físico musculoso sob o leve tecido.

— Ash... — murmurou ele. Sua língua separou meus lábios e voltou a explorar a minha.

Minha boca foi se abrindo cada vez mais conforme minha respiração se acelerava. Então sua boca viajou para o meu pescoço, onde ele começou a chupar e passar sua língua em um movimento circular. Senti meus mamilos endurecerem quando uma brisa roçou nossos corpos e ele colocou a boca na minha outra vez. Seus dedos deslizaram até as alças do meu vestido e ele as desceu do meu ombro, me beijando de modo suave. Senti suas mãos segurarem meus peitos sobre o tecido e gemi baixinho, adorando o jeito como ele me segurava, o jeito como ele me tocava, o jeito como ele me conhecia.

— A gente não devia — avisou ele, mas eu não tinha certeza se estava advertindo a si mesmo ou a mim.

Cobri seus lábios antes que ele pudesse tentar impedir que aquilo prosseguisse. Nunca havia estado tão certa de uma coisa na minha vida. Não sabia por quê, mas nunca havia me sentido tão segura quanto ali, mesmo na escuridão, com alguém tão machucado quanto eu. Sempre que estava perto dele, tinha uma profunda sensação de segurança e paz. Daniel Daniels fazia eu me sentir em casa.

Capítulo 15

Ashlyn

Ela me beijou com os olhos
E depois com os quadris
E, meu Deus, como beijavam bem aqueles quadris.
Romeo's Quest

As semanas seguintes foram cheias de excitação velada. Daniel e eu conversávamos principalmente por mensagens de texto. Nos corredores, acidentalmente nos esbarrávamos — o que nunca era acidental. Por vezes ele me pedia para ficar um pouco mais depois da aula para roubar pequenos beijos. Gostava do relacionamento secreto. Eu me sentia uma espiã fazendo de tudo para não ser pega.

Quando entrei na sala numa sexta-feira havia três margaridas na minha mesa. Ryan entrou na sala e notou as flores.

— Os *bullies* agora estão lhe dando presentes?

Sorri e levei as margaridas até o nariz. Cheirando-as, sorri novamente.

— Você sabe como são os *bullies*; eles são complicados.

Ele riu e deslizou em sua cadeira.

— Não somos todos? De qualquer forma, Hailey me contou dessa lista de vocês. — Não fiquei surpresa. Ele continuou. — E pelo que descobri espiando seu quarto enquanto você estava no chuveiro... essa tal de Gabrielle parecia ser uma verdadeira gata.

Sorri com seu comentário.

— Se ela estivesse aqui, eu provavelmente iria desistir de Tonys com Y para investir em Tonis com I.

— Você sairia com a minha irmã? — Fiz uma careta de brincadeira. — Mas comigo não?

— Você por acaso morreu e deixou cartas para sua irmã gêmea para cada ocasião?

— Não.

— Então é claro que eu não sairia com você. Há algo muito sexy em fantasmas que deixam cartas para seus entes queridos.

Rindo, balancei a cabeça indicando que o compreendia.

— Então você só fica a fim de meninas-fantasma, não meninas vivas.

— Ai, adoro quando você diz isso. Fala de novo...

Arqueei uma sobrancelha.

— Dizer o quê? Meninas-fantasma? — Ele estremeceu de alegria, adorando as minhas palavras. Baixei a voz e cheguei mais perto dele. — Meninas-fantasma, meninas-fantasma, meninas-fantasma — sussurrei.

Ele fechou os olhos e passou a mão para cima e para baixo por seu peito como se estivesse extremamente excitado.

— Humm! É assim que eu gosto.

— Você é um idiota. — Eu ri.

— E você me ama. — Eu amava. — Mas, de volta às coisas importantes. Theo vai dar outra festa em breve e eu... — Ele abriu um sorriso largo e enfiou a mão no bolso de trás. Tirou dele um cartão de plástico e seu sorriso aumentou. — Tenho uma identidade falsa.

Peguei-a de suas mãos e sorri.

— Onde você conseguiu isso?!

Seus olhos se voltaram para Avery.

— Conheço pessoas que conhecem pessoas.

— Burt Summerstone? — perguntei, lendo o nome no cartão.

Ele pegou o cartão de volta e enfiou-o no bolso.

— A questão não é o nome, menina. É a data. Sou oficialmente um estudante do ensino médio de 21 anos. E vamos oficialmente ficar bêbados e tirar esse item de sua lista. Curvem-se, suas vacas. — Ele puxou uma identidade falsa para mim e eu sorri.

Summer Burtstone. Que criativo.

— Mas eu odeio Theo. — Fiz uma careta. Ele tinha sido o maior idiota com Hailey.

— Ainda mais uma razão para aparecer e mostrar um grande dedo do meio. — Ryan sorriu. — Faço isso o tempo todo.

Ryan tinha o talento de sempre fazer as pessoas sorrirem. Era um dom natural. Eu me senti sortuda por ter me mudado para Wisconsin para morar com Hailey e ele. Não sei se teria conseguido se não fosse por meus colegas de lar.

Então me lembrei de como tinha sido dura com Henry quando cheguei à cidade. O quanto nem queria estar aqui. Não tinha considerado este lugar como um lar desde que chegara, mas eu andava pensando que poderia começar a considerar. Porque talvez um lar não fosse um local específico. Talvez as pessoas com quem estamos é que nos façam sentir como se pudéssemos ser quem quiséssemos.

Talvez o conceito de lar fosse sinônimo de amizade.

≈

Depois que a aula terminou, sorri para o Sr. Daniels, que era apenas Daniel de paletó. Meu Daniel. Bonito, carinhoso, os olhos azuis. Ele sorriu também. A turma se retirou e guardei todos os meus livros na minha mochila. Jogando a bolsa nas costas, levantei-me da mesa.

— Você não está usando um vestido dela? — perguntou Daniel, indo se sentar na frente da sua mesa. Seus olhos esquadrinharam meu corpo até que ele encontrou o meu olhar, e me senti aquecida.

Eu amava o jeito como ele olhava para mim. Como se cada parte do meu ser fosse perfeita. Como se eu fosse imperfeitamente perfeita para ele.

— Não, hoje não. — Eu estava de calça jeans e um suéter largo que deixava meu ombro esquerdo à mostra. Pela primeira vez neste ano letivo, minha roupa era realmente minha... e era bom ser eu.

— Este é o meu look preferido — disse ele.

Olhei para minha roupa e sorri.

— O meu também.

— O cara que mora comigo vai sair hoje à noite.

Eu ri.

— Obrigada pela informação aleatória.

— Quero fazer um jantar para você.

Arqueando uma sobrancelha, ri de novo.

— Você cozinha?

— Cozinho. — Uma palavra simples, mas tão mágica, e percebi que eu comeria qualquer coisa que ele preparasse. — Faço muito mais que cozinhar... — Meus olhos desceram para sua boca. Adorava aquela boca. Amava tudo nele.

Mordi o lábio inferior e olhei para a porta da sala de aula para ver se havia alguém passando.

— Você está tentando me seduzir, Sr. Daniels?

Seu polegar roçou seu lábio inferior e ele me olhou de cima a baixo.

— Acho que vai ter de esperar para descobrir, Srta. Jennings.

— Você me encontra atrás da biblioteca depois da aula? — Sugeri.

— Estarei lá.

A maneira como seus olhos dançavam sobre meu corpo me deixava à vontade e confortável. O que mais gostei foi que ele nunca tinha me olhado do jeito que olhou hoje. Hoje ele tinha me visto como eu *realmente* era, e a forma como seus lábios e olhos sorriram para mim me fez perceber que ele gostava mais de mim quando eu era eu mesma.

Eu era cem por cento Ashlyn Jennings.
E era cem por cento dele.

≈

Eu ainda não tinha ido à casa de Daniel. Também nunca tinha estado em seu jipe. Foi um dia cheio de primeiras vezes. Tinha de admitir que ultimamente vinha pensando nas coisas que nunca tínhamos feito juntos. Nós nunca tínhamos tido um encontro romântico. Nunca tínhamos dançado. Nunca tínhamos feito sexo. Nós nunca tínhamos falado "eu te amo".

Entrei no jipe e prendi a respiração quando vi Daniel. Ele estava com um boné de beisebol, e corei só com meus pensamentos. *Eu nunca o tinha visto com um boné de beisebol.* Havia tantas facetas nele, tantos visuais, características que eu ainda não tinha descoberto. Ele sorriu, pegou minha mão e a beijou. Meus olhos se voltaram para o chão e ri levemente.

— O que foi? — perguntou.

Levantei a cabeça e a balancei de um lado para o outro.

— Nada. É só... há tanta coisa a esperar entre nós dois, né?

— É, acho que sim. — Ele não largou minha mão depois que a beijou. Segurou-a enquanto descia da calçada da biblioteca.

— Me conta os detalhes entediantes — pedi, ajeitando-me no banco do jipe. — As coisas que fariam a maioria das pessoas dormir.

Ele arqueou uma sobrancelha.

— Os detalhes entediantes?

— Sua cor favorita, seu sorvete favorito, seu filme favorito. Você sabe, esses detalhes mundanos.

— Ah, tá. Minha cor favorita é verde. É... — Ele franziu a testa, imerso em pensamentos. — Meu sorvete preferido é aquele com pedaços de biscoito e chocolate. Não me pergunte se já comi um pote inteiro de uma só vez, você não vai querer saber a resposta. E meu filme favorito é um empate entre *Máquina mortífera* e *Se beber não case*.

— Também amo o sorvete com biscoito — confessei sem fôlego.
Ele apertou minha mão e perguntou:
— O que mais? Do que mais você gosta? Qual é o seu animal favorito, sua estação do ano favorita, seu café da manhã favorito?
— Ursos panda. Assisti a um programa no Discovery Channel uma vez, e acho que há um lugar na China onde se pode pagar rios de dinheiro e cuidar de bebês panda. Minha estação do ano favorita é a primavera. É quando acho que escrevo meus melhores textos, durante as tempestades. E se você colocar uma tigela de cereal Cap'n Crunch com marshmallow na minha frente, eu provavelmente vou ter um orgasmo só de olhar.
Ele riu, e senti seu dedo traçando a palma da minha mão.
— Essa foi a coisa mais safada que já ouvi você dizer — murmurou ele.
— O quê? Orgasmo? — Mordi o lábio inferior.
Seus olhos azuis viraram para mim.
— Não. Cuidar de bebês panda. — Dei um tapinha nele de leve, mas estava rindo mais. — Ai! — Ele gritou fazendo drama, como se eu realmente o tivesse machucado, mas eu sabia que não tinha. Ele estendeu a mão para mim de novo.
Paramos na frente de sua casa, que ele me contou ser a casa de seus pais, e fiquei impressionada com a beleza da propriedade. A casa do lago parecia ter sido o lar perfeito de alguém, em vez de apenas uma casa qualquer. Havia muito amor investido naquele lugar.
A varanda da frente era feita de pedras em tons de areia, com degraus de seixos. Havia duas cadeiras de madeira de carvalho e um balanço combinando. Daniel não me deu muito tempo para estudar a casa. Ele me fez dar a volta até o quintal e suspirei com a vista. O sol brilhava acima do lago. Andei pela doca e passei os dedos na água gelada.
— É lindo — falei, olhando o horizonte. Sentei-me na beira do cais e tirei os sapatos e as meias. Meus dedos deslizaram pela água, criando pequenas ondulações.

— É — disse Daniel baixinho. Ele se sentou ao meu lado. — É.

Tirando os sapatos e as meias, ele arregaçou as calças e pôs os pés na água também. Nós dois balançamos nossos pés para trás e para a frente, fazendo ondas grandes.

— Me conta os detalhes constrangedores — pediu ele. — Seu pior encontro romântico. Seu livro favorito mais estranho. A coisa mais estranha que te dá tesão.

— Humm... — Inalei o aroma fresco de outono à beira do lago. — Não namorei muito, mas meu último namorado me levou ao cinema no nosso primeiro encontro. Ele achou que seria romântico me mostrar seu... — Corei. Não podia acreditar que estava contando isso a ele. — Seu pênis. Eu ri e lhe pedi os óculos 3D emprestados para ver melhor, porque ele definitivamente não estava impressionando.

— Ai — lamentou Daniel, batendo no peito. — Você é cruel!

— Ele me mostrou o pênis! No primeiro encontro! — gritei.

— Lembrete para mim mesmo: não mostrar meu pênis para Ashlyn esta noite.

Corei e abri um sorriso tímido.

— Nós já tivemos nosso primeiro encontro no Bar do Joe. Você pode muito bem me mostrar qualquer coisa.

Um sorriso largo cheio de dentes se abriu em seu rosto. Ele jogou um pouco de água em mim.

— Continue.

— Meu livro estranho favorito é um sobre zumbis. No final, os zumbis acabam sendo apenas a América corporativa, e as pessoas que eles tentavam transformar em corruptos eram os indivíduos mais criativos do mundo. Eles transformaram Steven Spielberg em um deles, e ele documentou toda a sua transformação antes de virar um deles. Em seguida, pegaram a Ellen Degeneres, mas a piada era sobre a América corporativa, porque ela era tão engraçada como zumbi quanto como ser humano, e fazia os outros zumbis rirem também. Às vezes, eles riam tanto que perdiam o nariz, e os braços acabavam caindo também. Na verdade, foi um belo livro sobre amadurecimento, que explora os aspectos da verdade, da aceitação, e de estar à vontade sendo você mesmo, mesmo se você estiver apodrecendo.

— Nossa! — suspirou Daniel, ouvindo minha história.

— É. Eu sei. — Fiz uma pausa. — Mas todo mundo morre no fim.

Ele se aproximou de mim, nossas pernas entrelaçadas.

— *The Neighborhood Zombie*.

— Não brinca — respondi. — Você leu?!

— Terceiro ano da faculdade. Melhor livro da história. — Ele sorriu. Eu fiquei de queixo caído. — Agora. O que te dá mais tesão?

—— Ah, isso é fácil. O que me dá mais tesão é um cara lendo para mim. — Ele contornou meu rosto com um dos dedos.

— Eu leio.

— Então acho que você me dá tesão.

Daniel enlaçou minha cintura e me levantou no colo.

— Você acha? — Ele pegou meu lábio inferior entre os dentes e o puxou de leve. Meu corpo respondeu de forma imediata ao seu toque. Minhas mãos pousaram em seu peito, e quando ele soltou meu lábio, dei-lhe um beijo suave.

— Bem, você não leu *para mim* ainda.

Ele sorriu, e quando nos levantamos do cais, minhas pernas continuaram em volta de seu corpo.

— Vamos fazer o jantar.

Eu fiz que não com a cabeça.

— Eu não vou fazer o jantar. Você é quem vai.

Ele me levou no colo para a casa, com as mãos na minha bunda. No fundo eu queria que ele nunca mais me pusesse no chão, mas quando o fez, foi em cima da bancada da cozinha. Ele ficou andando pela cozinha, pegando os ingredientes para o "jantar do século", como o chamou.

Eu sorri quando avistei uma caixa de macarrão com queijo ao lado do fogão. Ele puxou um canivete do bolso de trás e o usou para abrir a caixa.

— Você sempre usa canivetes para abrir caixas de macarrão com queijo?

— Meu pai sempre usou. Ele levava para todos os lugares, dizendo que a gente nunca sabia quando poderia precisar de um. Então, ele praticamente inventava desculpas para usar isso. Abrir caixas, envelopes, garrafas d'água. — Ele riu. — Acho que quando ganhei o canivete, suas peculiaridades passaram para mim.

Ele parou por um momento, lembrando do pai.

— Me conta a coisa mais triste — sussurrei, olhando-o encher uma panela de água. Ele colocou a panela no fogão e acendeu o fogo. Andando até onde havia me deixado, ele afastou minhas pernas e parou entre elas.

— Essa é uma conversa pesada para a hora do jantar.

— Nós ainda não estamos comendo.

O ambiente ficou em silêncio. Daniel olhou para mim, e eu, para ele. Ele colocou uma mecha do meu cabelo atrás da minha orelha.

— Vinte e dois de março do ano passado. — Ele olhou pela janela da cozinha, em direção ao quintal. Sua voz era cortante como uma faca. — Minha mãe morreu nos meus braços. — Levei minhas mãos até seu rosto e o puxei para perto. — E meu pai assistiu a tudo.

Meus olhos se encheram de tristeza por ele, e os seus se enchiam de remorso. Beijei-o intensamente, indicando o quanto eu lamentava pelo pior dia da sua vida, desejando que eu pudesse dissipar a dor.

Uma mecha de seu cabelo castanho caiu em seu rosto e eu a coloquei de volta para trás. Quando nossos lábios se separaram, senti falta de seu gosto. Supus que ele sentisse falta do meu, também, com base na forma como ele me beijou de novo.

— Como se supera algo assim? — perguntei.

Ele mudou de posição e deu de ombros.

— Fácil. Não se supera.

— Você sabe quem fez aquilo?

Ele mudou de novo. Não só seu corpo, mas sua personalidade. Ele pareceu mais triste quando andou para trás, se afastando de mim.

— Isso não importa. Não vai trazer a minha mãe de volta. — Ele seguiu para a pia da cozinha e olhou para fora, na direção do quintal.

— Mas pode trazer justiça.

— Não! — Seu grito soou como um trovão, assustando pardais dos ramos das árvores. Minha pele se arrepiou pela súbita explosão. Eu arfei. Quando ele se virou para mim, seu rosto estava avermelhado de raiva... ou era culpa?

— Venha aqui — pedi.

Os ombros de Daniel caíram e seus olhos se contraíram.

— Perdão — murmurou ele, caminhando até mim. — Eu não falo sobre ela. Não quero pensar em quem fez isso com ela. Quero seguir em frente. — Não falei nada, mas o puxei de volta entre minhas pernas. — Podemos falar de você em vez de mim? — Ele perguntou em voz baixa.

Ele nunca falava sobre o que tinha acontecido, o que me deixava triste.

Eu queria saber de tudo.

Mas também não queria assustá-lo. Depois que assenti, ele suspirou de alívio.

— Qual foi a coisa mais triste que já aconteceu com você? — Ele sussurrou, colocando as mãos nos meus quadris.

— Leucemia.

Era apenas uma palavra. Mas era poderosa. Uma palavra que tinha colocado um limite de tempo para meu relacionamento com Gabby. Uma palavra que me fez chorar todas as noites durante meses. Uma palavra que não desejo ao meu pior inimigo. Uma lágrima rolou pelo meu rosto e ele a beijou. Ele me deu o mesmo beijo intenso que tinha recebido de mim. Seus beijos. Seus beijos tinham gosto de eternidade.

— Qual é sua história mais feliz? — Ele questionou.

Levantei a palma da minha mão, e ele levantou a dele, juntando-as.

— Esta — sussurrei, olhando para nossas mãos.

Sua outra mão se levantou e desta vez eu coloquei a minha na dele. Entrelaçamos nossos dedos.

— Esta. — Ele sorriu.

Cheguei meus quadris mais para perto dele, e ele começou a beijar meu pescoço lentamente, amorosamente.

— Daniel. — Fechei os olhos enquanto seus beijos percorriam meu ombro.

— Sim? — murmurou ele.

— Isso é bom — suspirei enquanto sua língua corria para cima e para baixo no meu ombro.

— Eu sempre quero que você se sinta bem. — Seus olhos azuis se fixaram em mim e ele sorriu, pousando os lábios na minha testa.
— Sou louco por você, Ashlyn Jennings.

Respirei fundo e soltei o ar.

— E eu sou louca por você, Daniel Daniels. — Olhamos um para o outro, rindo da loucura da nossa situação. Eu estava namorando meu professor de inglês? O que estávamos fazendo era antiético mesmo? Apaixonar-se? Poderia estar errado? — Nós somos loucos, não somos?

Eu passei meus braços em volta de seu pescoço.

— Loucos de pedra.

Loucos de pedra. Aquele pode ter sido meu detalhe favorito daquela noite.

Nós dois éramos *loucos de pedra*.

Capítulo 16

Ashlyn

Se fugirmos hoje,
Chegaremos antes do pôr do sol.
Romeo's Quest

Riscamos tarefas da lista juntos.

Não falamos sobre o passado dele, mas aprendi muito sobre o seu presente.

E também nos beijamos muito, porque adorávamos nos beijar.

Capítulo 17

Ashlyn

Se fugirmos muito tarde,
Perderemos o nascer do sol.
Romeo's Quest

~~Nº 23. Beijar um estranho.~~
~~Nº 16. Ir a uma festa na casa de alguém.~~
~~Nº 14. Fazer uma nova amiga.~~
~~Nº 21. Aprender a guardar segredos.~~
~~Nº 15. Correr oito quilômetros.~~
~~Nº 6. Tentar tocar violão.~~
Nº 1. Apaixonar-se.

Capítulo 18

Ashlyn

Tenho pensado que devíamos fazer algo,
Devíamos nos apaixonar lá pelas duas.
E assim que der quatro horas,
Infinitas vezes mais eu vou te amar.
Romeo's Quest

Nossos encontros se tornaram mais frequentes. Nossa ligação ficou mais forte porque foi a única opção que tivemos. Todos os dias depois da aula, eu o esperava atrás da biblioteca com um novo livro que encontrava para compartilhar com ele.

Ele lia para mim enquanto cozinhávamos macarrão. Eu lia para ele enquanto ele pendurava diferentes amostras de cor pela casa, tentando decidir de que cores pintar as paredes. Ele deitava de cabeça para baixo na cadeira da sala de estar e lia para mim enquanto eu terminava a lição de casa. Eu recitava trechos de livros enquanto ele corrigia provas.

As palavras soavam tão mais doces, tinham tanta intensidade quando viajavam de seus lábios para meus ouvidos. Sua voz ficava mais alta com a raiva dos personagens, e diminuía com seus medos mais profundos.

Hoje ele estava sentado com as costas apoiadas na mesinha de centro, lendo para mim, e o observei por um longo tempo. Vi seus olhos piscarem, e seus lábios se moverem. Estudei seus dedos virando as páginas enquanto os pés sapateavam no carpete. E chorei. Não por causa das palavras, mas de esperança. Por uma oportunidade real de felicidade.

— Daniel — sussurrei, aproximando-me dele. Coloquei minha mão no livro, interrompendo sua leitura. Ele olhou para mim, com um sorriso caloroso no rosto. Peguei suas mãos nas minhas e coloquei-as sobre o meu coração. — Você está fazendo isso.

— Fazendo o quê?

— Me trazendo de volta à vida.

≈

Houve dias em nossos encontros em que eu não estava tão forte como no dia anterior. Às vezes lembranças tentavam insistentemente afundar meu coração pela ausência de Gabby, então Daniel parava de ler. Ele colocava um de seus CDs animados no aparelho de som, no volume máximo.

— Pausa para dançar — instruía ele, me tirando da tristeza.

— Daniel... — Eu resmungava, mas nunca recusava uma pausa para dançar. Fazia algumas semanas que eu contara a ele o quanto amava dançar.

— Venha. Mexa-se — ordenava ele, mexendo os quadris. Ele parecia um palhaço, e eu fiquei ainda mais apaixonada. Levantei as mãos no ar e, lentamente, comecei a me mover para a frente e para trás. Ele estendeu a mão para um dos meus braços e me girou em um círculo, me puxando mais para perto dele. — Me conta o detalhe mais feliz da sua irmã.

Sorri enquanto dançávamos juntos pela sala de estar.

— Bentley Graves.

— Me conta o detalhe mais ridículo dela — pediu ele.

Mordi o lábio inferior enquanto pensava.

— Ela gostava de sanduíches de manteiga de amendoim e picles. Quando éramos crianças, ela montou uma barraca na varanda de casa tentando vender limonada e sanduíches. Nem preciso dizer que ela não ficou rica com esse empreendimento.

Ele franziu o nariz.

— Você experimentou algum?

— Eca! Não. Gabby era a esquisita, não eu.

— Você vai me desculpar, mas eu não concordo. Você come cereal com marshmallow. Você é uma aberração. — Seu dedo roçou meu nariz e ele desapareceu na cozinha. Quando voltou, trazia picles, pão e manteiga de amendoim.

— Não — declarei severamente.

Ele arqueou uma sobrancelha.

— Lista de coisas a fazer antes de morrer. Experimentar algo novo.

Eu suspirei, sabendo que isso estava mesmo na lista. Mas será que precisava ser tão nojento?

Cada um de nós fez um sanduíche e deu uma mordida. Era tão repugnante quanto pensávamos, mas, ao mesmo tempo, foi o melhor sanduíche da minha vida, porque era uma parte de Gabby que eu podia compartilhar com Daniel.

— Entendi o que você estava fazendo — falei, baixando o meu sanduíche de picles. — Dançando comigo.

Ele sorriu e deu de ombros.

— Às vezes, quando você sente falta de uma pessoa, só consegue se concentrar na sua tristeza pela falta dela. Outras vezes, é melhor se concentrar nas lembranças que lhe trazem alegria.

Sorri para o meu sanduíche e acrescentei mais manteiga de amendoim.

— Você é um excelente professor.

— Você é uma aluna muito inteligente. — Ele enfiou o dedo na manteiga de amendoim e a espalhou no meu pescoço.

— Daniel — sussurrei, enquanto sua língua dançava na minha pele, lambendo a manteiga de amendoim. Ele respirou contra mim, provocando arrepios por todo o meu corpo.

— Sim?

— Me ensina um pouco mais.

Seus olhos encontraram os meus. Passei os dedos na boca dele. Seus olhos sorriram quando ele me pegou no colo e me levou para o quarto, para a nossa próxima lição.

≈

— Não... pare... — Eu respirava pesadamente, implorando, deitada na cama de Daniel. — ... de ler... Não pare de ler.

Meus olhos estavam fechados e eu tinha tirado meu suéter largo, ficando apenas com a regata branca e a calça jeans apertada. Ele estava sobre mim, sem camisa. Meus dedos corriam para cima e para baixo em seu peito tonificado, sentindo sua respiração.

Ele sustentava o corpo com a mão esquerda, enquanto a direita segurava um livro aberto. E sorriu quando leu um trecho de *Muito barulho por nada*.

— "Só tem de honrado o exterior e a aparência." — Sua voz soava rígida e áspera a cada palavra, me fazendo mergulhar em uma onda de desejo. — "Observai como está corada semelhante a uma donzela."— Ele gentilmente mordiscou minha orelha. — "Oh! Como o astuto vício"— ele beijou meu pescoço — "pode esconder-se sob o aspecto"... — Colocou os lábios macios nas curvas dos meus peitos. Meu quadril voluntariamente se arqueou em direção ao dele, querendo nada mais que senti-lo. Ele desceu as alças da minha regata e delineou meu sutiã com a língua. — "... da sinceridade e da virtude!".

Peguei o cós de sua calça e puxei-o para mim, pressionando meu corpo contra o dele. Senti seu volume pressionando minha calça jeans, ciente de que a leitura também lhe dava tesão.

— Daniel — falei baixinho.

— Sim? — Ele enterrou o rosto no meu peito, em mim. Minha voz estava trêmula de desejo.

— Feche o livro. — Demorou apenas um segundo para eu ouvir o livro se fechar. Quando abri os olhos, seu olhar era intenso, suas pupilas estavam dilatadas e lindas. Beijei seu queixo, sentindo meu coração disparar. — Eu quero você... — Ele se sentou um pouco e levou as mãos até a barra da minha blusa. Levantando-a devagar, deslizou a boca até o meu umbigo, beijando-me toda enquanto meu desejo se tornava incontrolável. — Por favor, Daniel...

— Você é perfeita — suspirou contra a minha pele. — Vamos começar devagar. — Ele tirou minha blusa e atirou-a para o outro lado do quarto. Colocou a mão no meu peito e senti meu coração batendo por ele. *Só por ele.*

Apoiei-me em meus cotovelos e peguei seu pescoço com uma das mãos, puxando-o para meus lábios. Ele me beijou e eu gemi seu nome baixinho enquanto ele me tirava o fôlego. Então, ele me ajudou a recobrar o fôlego, dando-me vida, dando-me significado, doando-se para mim. Fiquei chocada com sua capacidade de despertar meu espírito cada vez que estávamos juntos. Ele estava descobrindo todos os meus pontos fracos e os fortalecendo.

Levei minha mão até seu zíper e desabotoei sua calça jeans, e conforme meus dedos desceram, ele me recompensou com um gemido baixo. Tirou a calça toda, e passei os dedos pela cintura de sua cueca boxer. Um grunhido escapou do fundo de sua garganta e eu adorei aquele som. Gostei de ter provocado aquilo. Ele abriu minha calça e me ajudou a me livrar dela, o que não foi a tarefa mais fácil. Ele riu de como demorou para tirá-la. Eu ri, porque nunca me senti tão confortável sem roupas na frente de alguém.

— Nós não vamos transar, Ashlyn — alertou ele.

Fiz uma careta ao ouvir aquela frase, porque ele havia me excitado mais do que qualquer um na vida. Queria senti-lo em mim. Queria Daniel dentro de mim.

— Não estou com medo, Daniel. Eu juro.

— Eu sei. Mas quero ir com calma com você, com a gente. Além disso... — Seus dedos deslizaram pelo tecido de algodão da minha calcinha. *Ai, meu Deus!* Minha boca se abriu para pegar o ar que ele tinha feito sair de mim. — Tem tanta coisa que a gente pode fazer além de transar. — Ele abaixou a cabeça entre as minhas coxas, e eu fechei os olhos, sentindo um frio na barriga.

Nunca ninguém tinha feito aquilo comigo. Billy nunca me deu prazer de nenhuma forma. Era sempre ele, os desejos dele, as necessidades dele que contavam. Mas Daniel era diferente de todas as maneiras possíveis. Ele queria que eu me sentisse bem. Queria que eu tivesse prazer. Ele me queria.

Sentir sua respiração quente na minha pele me fazia viajar para um mundo diferente.

— Eu vou te beijar, Ashlyn — sussurrou ele.

Agarrei os lençóis à minha volta, e seus beijos permaneceram lá embaixo. Senti seus lábios molhados na borda da minha calcinha antes de seus dedos começarem a baixá-la ainda mais.

— Dan... — murmurei, incapaz de completar seu nome. Meus quadris arquearam em sua direção, pedindo mais, muito mais. Os beijos não pararam, nem os meus gemidos.

A cada centímetro da minha calcinha que ele abaixava, eu recebia um beijo quente, seguido de sua língua correndo para cima e para baixo, depois outro beijo, e então uma lambida demorada e faminta quando ele chegou ao meu ponto mais sensível.

— Daniel — gemi, desta vez mais alto, sabendo que naquele momento tinha tudo o que sempre quis. Ele me lambeu mais fundo, mais forte, com mais amor.

Eu estava a um passo do paraíso, prestes a dar a ele tudo de mim. Meu corpo tremia, meus quadris mexiam cada vez mais contra a sua boca. Ele afastou mais minhas pernas.

— Você é perfeita — repetiu ele, enquanto eu fincava meus dedos nos lençóis. — Tão perfeita...

Enterrei minha cabeça no travesseiro, ofegando quando seus dedos me exploraram, me massageando, formando um ritmo perfeito com a língua. Ele inspirava quando eu inspirava e expirávamos juntos.

Quando os movimentos dele se aceleraram, minha respiração ficou mais pesada, mais faminta por ele. Corri meus dedos por seus cabelos, puxando-os de leve. Um beijo mais suave de Daniel foi o suficiente para me levar adiante, fazendo meu corpo se lançar no espaço, deixando-me ofegante com ele deitado sobre mim. Eu sabia agora que nunca tinha experimentado prazer daquela forma, nem de nenhuma forma, antes de ele entrar na minha vida. Daniel me trouxe mais uma primeira experiência. Meu primeiro orgasmo.

Minha respiração era ofegante e pesada, e ele ergueu o corpo e começou a beijar o meu pescoço.

— Obrigado — suspirou ele, me envolvendo em seu abraço. — Obrigado por confiar em mim.

Ficamos ali pelo que pareceu uma eternidade. Eu estava com calor e cansada, mas não muito cansada.

— Daniel — sussurrei, correndo os dedos para cima e para baixo de suas costas.

Ele mordeu meu ombro, me fazendo suspirar.

— Humm?

— Você pode fazer isso de novo?

Capítulo 19

Daniel

Não tenha ciúme
O ciúme sangra vermelho.
Confie no coração existente na sua mente.
Romeo's Quest

Eu sabia que era bobagem, e sabia que eu não deveria me incomodar, mas incomodou. Jake estava dando em cima de Ashlyn mais e mais a cada dia na escola. Quando eu passava pelo armário de Ashlyn, onde Jake pairava sobre ela, parei perto o suficiente para poder ouvir. Senti-me um idiota, folheando minha papelada, agindo como se estivesse ocupado.

— Então, eu estava pensando... A festa da escola vai ser antes do feriado de Ação de Graças e eu queria saber... — A voz de Jake falhou de tanto nervosismo e ele abriu um sorriso para ela. — Talvez nós dois possamos ir juntos?

Ashlyn olhou para mim e segurou o livro mais perto do peito. Ela franziu a testa para Jake e recusou o convite. O sinal tocou, e a decepção ficou estampada no rosto dele, principalmente nos olhos.

Um casal passou, sorridente e de mãos dadas, e os olhos de Ashlyn fixaram-se naquele gesto. Um nó se formou na minha garganta. Eu sabia que ela achava que eu não havia notado, mas havia. Ela olhava para os casais de mãos dadas na escola com inveja. Nenhuma demonstração pública de afeto passava despercebida por ela. Ela ansiava por segurar a minha mão em público, não só nas sombras.

Quando o terceiro tempo terminou, pedi a ela que ficasse na sala mais um minuto para que pudéssemos conversar. Seus olhos pareciam pesados; ela parecia cansada.

— Você pode ir, você sabe... à festa com Jake.

— Não, tá tudo bem — mentiu, guardando seus livros.

— Mas você adora dançar — insisti.

— Com *você*. Eu adoro dançar com você, Daniel.

— Você está desanimada.

Ela abaixou a cabeça e assentiu devagar.

— É só que... suas mãos estão bem aqui. Minhas mãos estão aqui. E não podemos nos tocar.

Meu dedo mindinho enganchou no dela e senti um suspiro agitar seu corpo.

— Sinto muito, Ashlyn.

— Não é culpa sua. Só a nossa vida, acho.

Minha garganta apertou.

— Se você quiser sair, é só falar. Juro que está tudo bem.

Seus olhos se arregalaram e encheram-se de lágrimas.

— Não. Eu quero isso aqui, Daniel. Só estou tendo um dia ruim. Só isso.

Ouvi o que ela estava dizendo, mas sabia que sentia falta das coisas que casais normais faziam. Jantares. Filmes. Viagens de fim de semana.

— A Romeo's Quest vai tocar no Bar do Joe de novo em breve... — contei, me perdendo em seus olhos verdes. — Você devia ir.

Ela abriu um sorriso e vi que seus olhos também se iluminaram.

— Quer dizer, encontrar você em algum lugar que não seja a casa do lago? — Ela fez uma pausa e riu. — Não me entenda mal. É uma agradável casa do lago e tudo, mas é só que...

Eu a interrompi. Meu dedo ainda estava enganchado no seu e encostei a porta da sala. Tomando-lhe a mão na minha, puxei-a para mais perto e meus lábios tomaram os dela. Beijei-a rápido, mas intensamente. Ela se aninhou em meu lábio inferior e me beijou mais forte até o sinal tocar, anunciando o início do quarto tempo.

— Você está atrasada para a aula.

Eu podia sentir seu sorriso em minha boca enquanto ela falava baixinho:

— Mas com certeza valeu a pena.

≈

Íamos nos apresentar no Bar do Joe no fim de semana de Ação de Graças. Randy fez um acordo com eles para que as pessoas levassem produtos enlatados para doação. Achei uma atitude tão típica de Randy, encontrar uma forma de retribuir.

Ashlyn apareceu atrás da biblioteca para que eu a buscasse segurando duas latas de milho e um caderno. Ela parecia tão adorável com as latas e aquele sorriso bonito. Parei no meio-fio e ela pulou para dentro do carro.

— Oi. — Ela se inclinou e me beijou na boca antes de afivelar o cinto de segurança. — Vou escrever hoje à noite, enquanto ouço sua música.

— Você está escrevendo de novo? — Ela não tinha mencionado seu livro desde a noite em que nos conhecemos no Bar do Joe, por isso fiquei feliz por ouvi-la falar daquilo.

— Só coisas aleatórias. Nada muito importante.

— É muito importante, sim — discordei.

Quando chegamos ao bar, Randy logo veio pulando para cima de nós.

— Oi! Você voltou para me ver — disse a Ashlyn, colocando a mão no coração. — Fico lisonjeado. De verdade. Mas acho que o meu amigo Danny aqui tem uma pequena queda por você.

Ela riu.

— É verdade?

— É. Um dia desses, eu entrei no quarto dele. Ele estava falando enquanto dormia, abraçando o travesseiro, chamando-o de Ashlyn.

Meus olhos se arregalaram e virei para ela.

— Isso não é verdade.

Randy assentiu rapidamente.

— É, sim.

Ashlyn segurou minha mão e deu uma risadinha.

— É verdade, não é? Você está viciado.

Eu não podia negar.

O telefone de Randy tocou e ele pediu licença para atendê-lo, deixando-me a sós com Ashlyn.

— Daqui a pouco tenho que arrumar tudo. Quer beber alguma coisa?

Ela agarrou minha camisa e se escondeu atrás de mim.

— Ai, meu Deus! — gritou, cobrindo o rosto.

— Não é nada de mais... Um "não" teria funcionado.

— Merda, merda, merda — sussurrou ela. Era bonitinho ouvi-la xingando; me fez querer beijá-la ainda mais.

— O que está acontecendo? — perguntei, tentando me virar para olhar para ela.

— Henry — sussurrou Ashlyn na manga da minha camisa enquanto apontava em direção ao bar.

Meus olhos dispararam e o vi sentado com um copo na mão.

— Merda! — sussurrei, empurrando-a para fora do prédio. Corremos para a lateral do bar. — O que ele está fazendo aqui?! Ele sabia que você vinha?

— Não! Não! Eu não contei a ninguém.

— Bem, onde ele acha que você está? — perguntei.

Ela encolheu os ombros.

— Ele nunca pergunta. Duvido que se importe. — Notei um pequeno tremor em seus lábios.

— Ele seria louco de não se importar. — Fiz uma pausa. — Ele não pode saber, certo? Ele não sabe. Não pode. — Já estava me sentindo tonto somente com a ideia de o pai dela, meu chefe, descobrir sobre nós.

Ashlyn se jogou contra mim, dando-me um beijo intenso.

— Preciso ir antes que ele me veja. Acho que vou para casa. Por precaução.

Beijei-a de novo, adorando seu gosto. Tirei as chaves do meu bolso de trás e atirei-as para ela.

— Pegue o meu carro e vá para casa. Pode estacionar na sua rua mesmo. Amanhã você me devolve as chaves.

A primeira nevasca da temporada começou naquela noite, e olhei para o céu quando alguns flocos caíram no meu rosto. Então vi os flocos de neve atingindo suas longas e belas pestanas.

Beijei a ponta do seu nariz.

— Escreva um pouco. Quero ler tudo o que você conseguir colocar no papel.

— Vou ver o que posso fazer. — Ela ainda estava parada. — Isso é empolgante, não é? Essa coisa de quase sermos pegos? — Ela franziu o nariz e colocou a língua para fora.

— Você é totalmente louca. — Peguei seu lábio inferior com a minha boca e chupei-o de leve. — *Totalmente louca.*

— Só por você, Sr. Daniels. Só por você.

Minhas mãos desceram até sua bunda, e beijei seu pescoço.

— "Boa noite, boa noite! A despedida é uma dor tão doce..." — disse, citando *Romeu e Julieta*.

— "Que estaria dizendo boa noite até que chegasse o dia." — Ela gemeu baixinho e deu uma risadinha.

— Humm... adoro quando você fala sacanagem no meu ouvido.

Só nós dois conseguíamos ficar excitados com William Shakespeare.

— Ah! Isto é para você. — Ela me entregou uma carta de Gabby, encaminhou-se para o carro, e fez uma pausa, olhando mais uma vez para mim. — Ele parecia um pouco triste, né? — perguntou, franzindo a testa em direção ao bar. — Você pode ver como ele está?

— Posso, é claro.

— Obrigada. — E foi embora.

Eu fiquei ainda mais apaixonado por Ashlyn naquele momento. Ela achava que Henry não se preocupava com seu paradeiro, com ela em geral, mas mesmo assim estava preocupada com ele.

≈

— Henry? — falei, caminhando até o bar.

Ele não parecia em nada com o vice-diretor da escola. Estava com uma camisa polo cinza amassada e seu cabelo estava todo desgrenhado. Seus olhos verdes voltaram-se para mim e, a princípio, ele pareceu surpreso ao me ver a seu lado. Lentamente, seu rosto relaxou.

— Dan, oi. O que você está fazendo aqui?

Deslizei para o banco ao lado dele, para que pudéssemos conversar, mesmo que ele não parecesse estar a fim de papo. Suas mãos seguravam um copo de uísque. Ele cheirava a cigarro. Por um momento, inalei o cheiro, e ele me fez lembrar do meu pai.

— Eu sou da banda, Romeo's Quest. Como você está?

Ele olhou para mim com os olhos perplexos e riu.

— Quer a resposta profissional ou a verdade?

Acenei para o garçom e pedi dois uísques. Quando os peguei, deslizei um para Henry.

— A que você quiser compartilhar.

Ele fez uma pausa e esfregou o polegar na borda do copo.

— Estou bem — mentiu. Seus olhos estavam pesados. Parecia que ele não dormia há semanas, meses até. — Essa foi a resposta profissional.

— E a verdade? — perguntei, sentindo pena dele.

— A verdade é que... estou em frangalhos. — Ele tomou um longo gole de sua bebida. — Minha filha morreu há alguns meses.

Coloquei uma das mãos em seu ombro.

— Sinto muito.

— Eu não estava lá para ela nem para Ashlyn em nenhum momento. — Ele olhou para o copo, com a cabeça baixa de vergonha. — Depois de Kim me deixar e se mudar para Chicago, me ausentei mentalmente. Eu não estive presente até agosto. Quando aconteceu o enterro da minha filha. — Ele engasgou com as palavras finais e esfregou as mãos no rosto.

Eu não sabia o que dizer, então não disse nada. Minha mão ainda descansava em seu ombro. Podia sentir seu corpo tremendo, enquanto ele continuava falando.

— E agora Ashlyn está aqui. Sinto que tenho uma chance de me relacionar com ela, mas não estou me esforçando. Não sei nada sobre ela. Do que gosta, do que não gosta. Nem sei como começar um relacionamento com minha própria filha.

Passei a mão nos lábios antes de pegar meu copo e tomar mais um gole do uísque.

— É uma situação difícil.

Ele se virou para mim, os olhos vermelhos de emoção, e sorriu.

— Devia ter dado a você apenas a resposta profissional, mas parece que o uísque está fazendo efeito.

— Onde está Ashlyn agora? — perguntei, sabendo, mas ainda assim curioso para ver qual seria sua resposta.

— Eu não sei. — Sua cabeça permaneceu baixa. — Não peço a ela que me dê satisfação, afinal, que direito eu tenho? Eu seria um babaca se começasse a fazer o papel de pai agora, quando nunca fiz isso.

— Mas acho que mesmo assim ela gostaria. — Ele arqueou uma sobrancelha com meu comentário. — Perdi meu pai há alguns meses. Nossa relação nem sempre foi perfeita, mas era boa. Mas se eu tivesse a chance, teria me esforçado mais. Teria feito melhor o meu papel de filho. Você perdeu uma oportunidade de se relacionar com Gabby. Não perca a chance que ainda tem com Ashlyn.

Ele assentiu lentamente, absorvendo minhas palavras e pensamentos. Levantei-me da cadeira e comecei a caminhar em direção ao palco.

— Ei, Dan?

Virei-me para ele.

— Sim?

Suas sobrancelhas estavam franzidas e ele enrugou a testa.

— Como é que você sabe o nome dela? Gabby?

Merda.

Senti um nó na garganta enquanto olhava para aquele pobre homem. Minha mente acelerou, funcionando cada vez mais rápido, procurando uma desculpa.

— Você falou.

Seus olhos embriagados baixaram pesadamente. Ele estava tentando se lembrar da nossa conversa.

— Ah. Certo. É claro — murmurou.

Expirei pesadamente.

— Ela parece gostar muito de música, Henry. Na sala de aula, Ryan e ela estão sempre falando disso. E livros; ela ama livros.

— Livros e música. — Ele me deu um sorriso triste. — Isso é um bom ponto de partida, não é?

— O melhor. — Balancei a cabeça, enfiando as mãos nos bolsos.

Randy se aproximou de mim e bateu as mãos nos meus ombros.

— Cadê a sua dama? — gritou, fazendo meu rosto ficar branco.

— Ah? Sua namorada está aqui? — perguntou Henry, endireitando-se e olhando ao redor.

— Está — respondeu Randy.

— Não! — gritei. Randy arqueou uma sobrancelha para mim e empurrei seu ombro. — Henry, foi bom ver você. Fique para o show! — exclamei enquanto guiava um confuso Randy para longe.

— O que foi isso? — perguntou ele.

— O pai de Ashlyn — sussurrei.

— Já conhecendo os pais? — Ele sorriu, me dando um empurrãozinho no ombro.

— Não — sibilei. Randy ficou olhando para mim, vendo minha mudança repentina, e esperou que eu me explicasse. Pressionei minha têmpora e fiz uma careta. — Ele é meu chefe.

— Ah, entendi.

Assenti.

— E Ashlyn é minha aluna. — Essa foi a frase que deixou Randy de queixo caído. Seus olhos se arregalaram e ele ouviu enquanto eu explicava que não sabíamos antes. — Sei que isso deveria acabar, mas...

— Puta merda — suspirou Randy, a palma da mão em sua nuca.

— O quê?

— Você ama essa garota.

— O quê?! — Eu ri nervosamente, esfregando as mãos. — Isso é ridículo. Eu mal a conheço e...

— Cara, não me venha com essa besteira de "sou um homem e não posso expressar meus sentimentos". Você ama a Ashlyn. Não vejo você sorrir tanto por causa de uma menina desde que namorava minha irmã.

— Eu... — Eu sabia que ele estava certo. Mas fiquei assustado. Como eu poderia amar Ashlyn e não ser capaz de mostrar ao mundo todo meu amor? Nós não podíamos nem mesmo aparecer juntos no meu show hoje à noite, e eu tinha a sensação de que não ia ficar mais fácil.

— Confúcio disse: "Aonde quer que você vá, vá com o coração inteiro", Danny. — Randy colocou a mão no meu ombro.

— Você acabou de citar Confúcio?

— Acabei. E foi incrível. — Ele sorriu para mim e me empurrou. — Venha. Vamos afinar os instrumentos.

≈

Chegando em casa, me joguei na cama, exausto do show. Randy tinha de alguma forma conseguido trazer duas meninas para casa com ele, e eu poderia dizer que estavam se divertindo até demais na sala de estar. Ele fazia suas próprias festas do cabide hoje em dia.

Peguei meu celular e mandei uma mensagem para Ashlyn. Ela devia estar dormindo, mas, se não estivesse, não queria perder a oportunidade de falar com ela.

Eu: A barra está limpa. Henry não faz ideia.

Ashlyn: Ele chegou tropeçando em casa agora há pouco. Como foi o show?

Eu: Bom. Senti sua falta na mesa do canto.

Ashlyn: Nossa! Você está realmente viciado em mim. Pare de abraçar seu travesseiro.

Eu ri alto com o comentário dela, desejando que ela estivesse deitada nua ao meu lado na cama. Não precisaria nem fazer nada com seu corpo nu, só abraçá-la. Adorava sentir seu corpo junto ao meu.

Eu: Vou parar quando você parar de acariciar bebês panda.

Ashlyn: Eu achei que você gostava quando eu acariciava seu bebê panda.

Eu me encolhi.

Eu: Não há nada de bebê nesse panda aqui.

Ashlyn: KKKK. Você é um bobo.

Eu: Me manda algo que você escreveu hoje. Algo do seu livro?

Houve uma longa pausa. Ou ela estava me escrevendo um trecho ou tinha adormecido.

Ashlyn: Ele nunca entrou em cena para lutar as batalhas dela. A maioria das mulheres teria ficado decepcionada com essa atitude nada cavalheiresca, mas isso só excitava Julie ainda mais. Ela adorava o jeito como ele permitia que ela fosse forte por si mesma. Amava a crença dele de que ela possuía a força de todas as deusas combinadas. Amava como ele permitia que ela fosse cem por cento autêntica. Era exatamente por isso que ela queria amá-lo até o fim dos tempos.

Reli suas palavras diversas vezes. Absorvendo cada uma delas.

Eu: Meu pai estaria certo. Não sou bom o suficiente para você.

Ashlyn: Acho que você é bastante bom para mim.

Eu: É esse o livro em que você e Gabby estavam trabalhando?

Ashlyn: Não. Comecei um livro novo.

Ela também estava se encontrando. Era a coisa mais bonita de se ver: Ashlyn descobrindo quem ela era de novo, e por conta própria. E eu me senti privilegiado de poder testemunhar seu crescimento.

Ashlyn: Henry entrou no meu quarto e me encarou um tempão... O que você disse a ele?

Sorri para a mensagem e esfreguei minhas sobrancelhas com os dedos.

Eu: Perguntei como ele estava. Talvez você devesse, também. Boa noite, linda.

Ashlyn: Boa noite :)

Rolei para ficar de costas e comecei a ler a carta de Gabby que recebera hoje à noite. Sabia que era para a carta me trazer paz, mas por alguma razão ela só me trouxe dúvidas.

$$\approx$$

Nº 1. Apaixonar-se.

Para o menino que é amado por uma menina,

Eu só queria saber se você faz ideia da sorte que tem. Minha irmã mais nova não sabe, mas ela ergue algumas muralhas. Seu coração está trancado e acorrentado, fechado para o mundo. Ela se esconde atrás dos livros, e não deixa ninguém entrar. Acho que é porque, depois que nosso pai nos deixou, ela nunca quis se sentir assim de novo — abandonada.

Mas aqui está você. O cara que encontrou a chave.

Pode me fazer alguns favores?

Exiba Ashlyn para o mundo. Grite dos telhados. Leve-a para sair. Ela adora dançar, mesmo sendo muito ruim nisso. Deixe os outros casais com ciúmes.

Seja o ouro dela.

Porque prometo a você que ela vai ser o seu.

Você está indo muito bem.

Gabrielle

≈

Quando terminei de ler a carta de Gabby, me senti péssimo. A irmã de Ashlyn estava certa. Ela merecia ser exibida e merecia sair. Ela merecia ser amada em voz alta.
E eu não sabia como fazer isso.

Capítulo 20

Ashlyn

Não pare até terminarmos.
Então corra até não poder mais.
Nunca olhe para trás, nunca olhe para trás.
Romeo's Quest

— Você sempre passeia em cemitérios sozinho? — zombei, vendo Daniel.

Ele se virou para me olhar e abriu um largo sorriso.

— Só quando estou esperando uma menina bonita.

Revirei os olhos.

— Você é cafona. — Ele me puxou para perto dele e, lentamente, lambeu meu lábio inferior antes de me beijar. — Humm — murmurei na sua boca. Limpei a garganta. — O Jake, da escola, me mandou uma mensagem me convidando para sair de novo — sussurrei, mordendo meu lábio.

Daniel arqueou uma sobrancelha.

— O cara não consegue se tocar, né? — Ele fez uma pausa e baixou a voz. — Você quer sair com ele?

Dei um passo para trás.

— O quê?

— Quer dizer... ele poderia realmente *namorar* você, Ashlyn. Isso não é certo... encontros atrás de edifícios, em cemitérios...

— O que você quer dizer com isso? — Meus olhos lacrimejavam. Por que ele diria coisas assim? Estava feliz com ele. *Estávamos* felizes. A única coisa em que eu conseguia pensar que poderia ter causado essa mudança em Daniel era a carta que eu tinha dado a ele na noite passada.

Eu não deveria ter feito isso. Tinha pegado pesado demais. Tinha ido longe demais.

Ele ficou triste por um instante, imerso em pensamentos. Eu odiava não poder decifrá-lo. Ele piscou rapidamente e levantou os olhos.

Voltei meu olhar para o chão.

— É por causa do que dizia a carta? Porque eu... eu sinto muito se foi cedo demais, mas...

— Não, Ash... — Seu rosto se suavizou, todas as evidências de sua repentina mudança de humor se esvaindo. — Não é nada. Esqueça isso. De qualquer forma, por que você tocou nesse assunto? Jake mandando mensagens de texto para você?

Ponderei se devia perguntar o que ele estava pensando, mas temi que ele fosse se afastar de mim. Respirando fundo, tentei dissipar a névoa entre nós.

— Sei que não posso dizer que estamos juntos... mas, talvez... — Puxei meu cabelo para o lado e estiquei o pescoço. — Talvez você possa deixar uma marca dizendo que sou sua!

Ele riu.

— Você quer que eu te dê um chupão? — Eu assenti. Ele suspirou. — Mas isso é tão...

— Coisa do ensino médio? — Eu ri. — Não se esqueça, querido. Sua namorada ainda está no último ano.

— Humm... namorada. Gostei de ouvir isso. — Daniel aproximou os lábios do meu pescoço e, lentamente, começou a chupar minha pele, me provocando. Sua língua foi de um lado para o outro bem devagar e, em seguida, rapidamente, sua sucção ficou cada vez mais intensa. Arqueei meu pescoço, segurando os quadris dele. Quando ele terminou, senti um leve beijo no pescoço. — Acho que isso prova que você é minha.

Balancei a cabeça de um lado para o outro.

— Eu já era sua antes de conhecer você.

— Aquele momento estranho em que você vê pessoas namorando diante do túmulo de seus pais.

Meu coração se acelerou quando ouvi outra voz atrás de nós. Fui rápida em dar um passo atrás de tanto susto. Os olhos de Daniel se moveram para o cara que estava perto de nós, e meu susto foi maior ainda.

Eu poderia achar que estava olhando para Daniel se não o conhecesse tão bem. As únicas diferenças eram que o cara tinha cabelo raspado e seus olhos azuis eram muito mais frios. Muito mais perdidos.

— O que você está fazendo aqui? — perguntou Daniel. Seus olhos tinham uma expressão que eu nunca tinha visto. Ódio? Amor? Poderia alguém odiar e amar ao mesmo tempo?

— Bem, estou na cidade e pensei em vir dar um oi à mamãe e ao papai. Eu também poderia perguntar a você o que estava fazendo aqui, mas... — Ele olhou para mim com um sorriso, e cruzei os braços. — Acho que está bastante claro.

Os olhos de Daniel viraram-se para mim e, em seguida, de novo para seu... irmão? Senti meu rosto corar. Há quanto tempo ele estava ali?

— Estou feliz que tenha conhecido uma garota. Ela é bonita — continuou o estranho. — Provavelmente torna mais fácil para você dormir à noite, né?

— Vá para casa, Ashlyn — ordenou Daniel.

Olhei para ele, confusa. Por que eu estava sendo mandada embora?

— O... o quê? Peraí...

— *Agora*. — A palavra foi severa e dolorosa.

Fiquei imediatamente preocupada com o jeito como ele tinha falado comigo. Nunca foi tão rude, tão distante, nem mesmo quando descobriu que eu era sua aluna. Senti meu coração pular, e os olhos de Daniel se suavizaram quando encontraram os meus.

Dei um passo até ele numa reação automática a essa mudança de humor, mas ele só se afastou mais de mim.

Isso doeu.

Virei-me para o cara que ostentava um sorriso malicioso para mim. Gabby estava de pé atrás dos dois, tocando seu violão, cantando "Let It Be", dos Beatles. Olhei para ela em silêncio, pedindo que ela me ajudasse a entender o que estava acontecendo.

Em seguida, ela se foi.

Porque nunca tinha estado lá.

Depois do que pareceu uma eternidade de dúvida e confusão, fui embora, dando um tchau sem palavras e me sentindo vazia por dentro.

Esperei até chegar ao lado de fora do cemitério para começar a chorar. Odiava o quanto tinha chorado no último ano. Era para eu ser mais forte.

≈

Corri de volta para a casa de Henry e disparei direto para o meu quarto. Tentei não pensar muito nas coisas. Ele iria me mandar uma mensagem. Ele iria explicar. Hailey estava no chuveiro, então poderia chorar sozinha na minha cama. Peguei meu celular e esperei sua mensagem.

E esperei.

E esperei.

Horas se passaram, perdi o jantar, e minha mente vagava em pensamentos nebulosos. Ele ainda não tinha me mandado nenhuma mensagem.

Eu: O que foi aquilo?

Meu estômago se revirava de nervoso enquanto eu esperava o toque do meu celular que nunca vinha.

Eu: Por favor, não me ignore.

Nada.

Eu: Não faça isso... por favor...

Eu estava implorando a ele que me desse um sinal de vida. Implorando que me respondesse.

Eu: Vamos conversar amanhã?

Nada. Nenhuma resposta. Coloquei as mãos no rosto e comecei a chorar incontrolavelmente.

≈

— A culpa é sua por eu ter de escrever esse maldito minicon... — Ryan entrou pisando forte no quarto e parou quando me viu aos prantos na cama. — Ashlyn, o que foi? — Ele se aproximou de mim e comecei a chorar ainda mais quando percebi a preocupação na sua voz.

Gostaria de poder contar a ele. Gostaria de poder contar a alguém, a qualquer um. Mas, principalmente, gostaria de falar com Gabby. Ela saberia o que dizer. Ela saberia o que fazer. Ela era a irmã racional, não eu.

Ryan passou por cima de mim e se deitou ao meu lado, envolvendo-me com os braços. Abracei-o e chorei em sua camisa.

— Meu Deus, garota... o que está acontecendo? — sussurrou ele.

Eu não podia responder, e duvidava que ele estivesse mesmo à procura de uma resposta. De repente, senti mais dois braços me envolvendo e um outro corpo me cobrindo em um abraço apertado. *Hailey.*

Nós não falamos. Eles simplesmente me seguraram, garantindo que eu soubesse que não estava sozinha. Henry apareceu em seguida, olhando para dentro do quarto. Ele não disse nada, mas entrou e sentou-se na beira da minha cama.

Esse foi o maior carinho que eu havia recebido dele. Na vida.

Capítulo 21

Ashlyn

Gosto de como você mente
Quando peço para ficar.
Gosto de como flerta
Quando preciso me afastar.
Romeo's Quest

— É melhor deixar seu cabelo solto — sussurrou Ryan na minha orelha no café da manhã. — Se Henry vir esse chupão enorme no seu pescoço, é capaz de surtar.

Reagi ao comentário dele puxando meu coque bagunçado para baixo, cobrindo meu pescoço.

Ryan riu.

— Vamos ter uma conversa muito séria no carro da Hailey hoje. — Ele me lançou um olhar expressivo. — Indo à biblioteca, uma ova.

Hailey entrou na cozinha parecendo um zumbi. Ela pegou uma caneca, colocou um pouco de suco de laranja, e saiu de novo.

— Ela não acorda muito animada, né? — perguntei.

— Nem um pouco. — Ryan fez uma pausa. — Você está bem? Ontem à noite você estava meio...

— Um caco?

— Um caco é pouco. — Ele sorriu. Sempre parecia tão lindo sem precisar se esforçar. Estava com uma camisa polo azul, seu colar de cruz e jeans. A única coisa que tinha feito no cabelo fora passar os dedos por ele. E mesmo assim, Ryan parecia ter acabado de chegar de uma sessão de fotos para a revista *GQ*. Todo. Santo. Dia.

— Eu estou bem. Só atravessando os ciclos da vida.

Ele riu, aproximando-se para me servir uma xícara de chá.

— Isso pode ser uma grande merda às vezes.

Ele não estava mentindo. Agradeci pelo chá e saltei do banco. Fui até a sala de estar, onde vi Rebecca sentada no sofá assistindo ao noticiário. Escondi meu pescoço com os cabelos, ajeitando-os com os dedos.

— Ah, oi, Ashlyn. — Ela abriu um grande sorriso enquanto tomava um gole de café. — Venha aqui. Tenho uma pergunta para você. — Sua mão acariciou o lugar no sofá ao lado dela.

Minha bunda caiu sobre as almofadas do sofá e as afundou. Ela colocou nossas canecas sobre a mesa. Rebecca sorriu e aproximou-se mais, tomando minhas mãos nas dela.

— Como você está?

Como eu deveria responder a isso?

Bem. Odeio quase todos os meninos na escola.

Bem. Adoro almoçar com seu filho gay e sua filha budista.

Bem. Não tive nenhuma notícia da minha mãe, e Henry não tem fotos minhas em sua sala que comprovem que eu existo.

Bem. Fiquei com meu professor em um cemitério noite passada na frente de seus pais mortos e tenho as marcas para provar. Então ele me mandou embora de repente, sem explicação.

— Estou bem — murmurei. — Tá tudo certo.

Ela soltou um suspiro de alívio e acariciou minhas mãos.

— Deus é bom, não é?

Semicerrei os olhos e assenti devagar.

— Claro. — Fiz uma pausa e fiquei me perguntado se Rebecca era compreensiva quanto a outras questões. Ela nunca me pareceu muito agressiva nem uma pessoa tão tacanha assim. Por isso, me perguntava por que Ryan e Hailey tinham de manter suas vidas particulares em segredo. A maneira como se preocuparam comigo ontem à noite me fez querer ajudá-los também.

— Rebecca... o que você diria se eu lhe contasse que gosto de meninas?

Ela soltou minhas mãos e deu uma risadinha.

— O quê? — Então aconteceu. Vi a mudança em sua personalidade. Ela abriu um sorriso amarelo e se levantou. — É melhor eu ir ver se Hailey vai à escola.

— Ela vai. Ryan e eu a vimos.

Rebecca desligou a televisão e seguiu em direção à escada.

— Sim, mas só para ter certeza. Você nunca pode ter certeza absoluta dessas coisas.

Ela saiu com pressa, correndo escada acima. Tentei entender as muitas emoções diferentes que haviam aparecido em seus olhos. Medo, culpa, raiva? Não havia dúvida de que ela carregava uma fúria contida em seus olhos azuis. No entanto, não foi a principal coisa que eu tinha notado.

Era tristeza o que havia prevalecido em seu olhar.

Mas por que isso a teria entristecido?

Ouvi gritos do andar de cima, ecoando ao longo dos corredores da casa. Rebecca e Henry estavam tendo uma discussão feia. Henry correu escada abaixo, fazendo muito barulho, e parou na minha frente. Passou os dedos na barba salpicada e suspirou.

— Você é lésbica?

Fiquei de queixo caído com sua pergunta tão direta.

— *Henry!* — sussurrei asperamente.

— Você é? — Ele fez uma pausa e mudou o peso de um pé para o outro. — Porque não me importo. Realmente, não ligo. — Ele respirou fundo e cruzou os braços. — E se você não se sentir à vontade aqui, vamos encontrar outro lugar para ficar.

Fez-se silêncio. Inclinei a cabeça para ele e fiquei imóvel. Seus olhos verdes estavam cheios de emoção e honestidade.

— Você se mudaria? Por mim?

Ele passou os dedos nos lábios e suspirou.

— É claro que sim, Ashlyn. Você é minha... — Suas palavras vacilaram. Ele pigarreou. — Você é minha filha. E não dou a mínima para quem você ama. Você já passou por muita coisa este ano e...

— Não sou lésbica.

Henry fez uma pausa e arqueou as sobrancelhas. Ele reagiu com uma estranha surpresa. Como se já tivesse decidido que íamos nos mudar por causa da minha sexualidade.

— Você não é lésbica?

— Não sou lésbica — repeti.

— *Meu Deus*, Ashlyn! — Ele deu um suspiro e caiu na cadeira. — Isso é tudo muito legal e moderno, mas se pudéssemos evitar temas como esse para não provocar discussões antes das sete horas da manhã seria ótimo.

Afastei-me de Henry, que parecia muito aliviado por não estarmos prestes a ter de fazer as malas. Eu sorri.

Ele tinha me colocado em primeiro lugar.

Nunca pensei que ele me colocaria em primeiro lugar.

A carona até a escola foi estranhamente silenciosa após a briga entre Rebecca e Henry. A tensão era palpável. Tentei ao máximo me afundar no banco de trás.

Ryan me olhou pelo espelho retrovisor e suspirou.

— Eu entendi o que você estava tentando fazer, com essa pergunta para minha mãe e tudo, mas... — Ele murmurou algo baixinho. — Sei como ela é, está bem? Sei como ela reagiria. Então, nem tente. Primeiro, ela não vai aprovar, e segundo, não estou pronto para sua desaprovação.

Passei os dedos no assento cinza do carro, meu coração batendo forte no peito. Me senti horrível por ter tocado naquele assunto com Rebecca.

— Sinto muito, Ryan. — Eu realmente sentia. Esse assunto não era da minha conta.

Entramos no estacionamento da escola e saltamos do carro. Observei Hailey sair e olhar para Theo, que estava acenando.

— Vejo vocês mais tarde. — Ela disparou na direção dele e fiz menção de detê-la. Ryan colocou as mãos nos meus ombros.

— Ela tem que aprender por conta própria, Chicago — disse ele. Sua voz baixou. — Sei que eu aprendi.

— Ryan, eu realmente sinto muito. Não tive a intenção de fazer tanto alarde tão cedo. Nem de fazer alarde algum.

— Está tudo bem — insistiu ele, apoiando o braço nos meus ombros. — Agora, depois que me contar de onde veio esse chupão, vamos ficar bem de verdade.

Eu ri, me aconchegando nele.

— Você não acreditaria em mim se eu lhe dissesse. — Quando olhei para cima, vi Daniel caminhando ao nosso lado para dentro do prédio da escola, com os olhos fixos nos meus. Notei um pequeno tremor em seus lábios, e seus olhos estavam ainda mais azuis por causa do azul de sua camisa.

— Bom dia, Ryan e Ashlyn — disse ele.

— Bom dia, Sr. D. — respondeu Ryan, seu braço ainda nos meus ombros.

Daniel percebeu o abraço de Ryan e olhou para mim por uma fração de segundo. Puxei meu amigo mais para perto, lançando a Daniel um olhar de ódio.

— Bom dia, *Sr. Daniels*.

≈

A aula de inglês começou e Daniel não me olhou uma única vez. Não só ignorou todas as minhas mensagens de texto, como também estava me ignorando em sala de aula. Maravilha, de volta à estaca zero.

— Bem, quem quer apresentar o primeiro miniconto? — perguntou Daniel.

Ninguém levantou a mão. Minicontos idiotas. Professor idiota por pedir minicontos. Vida idiota.

Daniel franziu a testa, olhando ao redor. De repente, um sorriso iluminou seu rosto.

— Tudo bem, Avery. Obrigado por se voluntariar! Pode ir em frente.

Avery gemeu.

— Qual é, Sr. Daniels? Eu não me ofereci. — Ele bufou.

— Ah... bem. Então você teve a sorte de ser escolhido. Venha aqui para a frente.

Avery arrastou o corpo até a frente da turma enquanto Daniel ocupava uma das cadeiras vazias no fundo da sala. Avery era grande, e a ideia de ouvi-lo ler um miniconto teria me feito sorrir na semana passada. Mas hoje, meus olhos estavam inchados e eu estava na TPM. Totalmente irritada.

Avery pigarreou e resmungou em voz baixa, indicando o quão idiota aquilo era.

— Peitos, bebidas, futebol. Isso é a vida. — A turma toda riu, seus companheiros de futebol aprovaram e gritaram. Mas notei Avery fazer uma carranca. Daniel deve ter percebido também.

— Tente outra vez, Avery — pediu ele do fundo da sala. Não me virei para olhá-lo.

Avery deu um suspiro, limpou a garganta, e leu de seu papel.

— Procurando mais, mas não inteligente o bastante para chegar lá. Ryan e eu começamos a aplaudir, e o resto da turma riu.

— Idiota — tossiu um de seus companheiros de equipe.

— Gordo idiota — brincou outro. Ele revirou os olhos e golpeou-os enquanto voltava para sua mesa.

Eram sempre as piadas que mais machucavam.

Avery empurrou um de seus companheiros de equipe.

— É, tá, mas este gordo idiota fica com mais meninas do que você.
Ryan riu baixinho.
— Duvido.
Avery lançou um olhar ferino para Ryan.
— Você tem algo a dizer, Turner? — Qual era a dos jogadores de futebol, sempre chamando as pessoas por seus sobrenomes? Será que Avery ao menos sabia o nome de Ryan?
Ryan revirou os olhos e recostou-se na cadeira.
— Nem uma palavra.
— Foi o que eu pensei. Você nunca pareceu ter muito a dizer mesmo.
Avery voltou para sua mesa. O resto da turma foi, um a um, à frente da sala ler seus minicontos, mas o de Ryan foi meu favorito.
— Estrelas explodiram, eu nasci. Por favor, me chame de Tony. — Ele disse e ninguém pareceu entender; exceto eu. Ryan piscou para mim e sorri.
A próxima era eu. Daniel nem sequer me chamou, mas não fiquei surpresa. Suas habilidades em me ignorar estavam afiadas. Andei até lá sem papel nas mãos e olhei Daniel diretamente nos olhos.
— Gêmeas idênticas, exceto pela morte. Romeu à procura de Julieta.
Vi o conflito em seus olhos. Sem saber o que dizer, sem saber como reagir.
Ryan pediu a Daniel que criasse seu próprio miniconto quando ele voltou para a frente da classe.
— Shakespeare, beijos, listas. A visão acima da realidade. Sonhar novamente.
Eu o odiava, pois de repente as lágrimas rolavam pelo meu rosto. A classe riu do seu miniconto, mas não foi engraçado.
— Isso não quer dizer nada! — argumentou Ryan.
O sinal tocou e Daniel deu uma risadinha.

— Tudo bem, pessoal. Bom trabalho hoje. Tratem de ler os capítulos de um a três de *O sol é para todos* para amanhã. Há rumores de que pode haver uma prova oral surpresa.

Ryan resmungou enquanto colocava a mochila nas costas.

— Não é prova surpresa se você conta antes, Sr. D.

— Nem todos os rumores são verdadeiros, Ryan, mas é melhor se planejar como se fossem. — Daniel sorriu. Revirei os olhos. Eu odiava seus sorrisos.

Suspiro.

Eu amava seus sorrisos.

Ryan me disse que me veria na hora do almoço. Havia apenas mais alguns alunos na sala. Fui até a minha mesa e peguei meus livros.

— Sr. Daniels, tenho uma pergunta sobre a leitura de casa. Você pode me ajudar?

Ele estreitou os olhos.

— Sim, claro. O que é? — Isso foi o máximo que ele dissera para mim durante toda a última hora. O último aluno saiu da sala e ele suspirou. — Ashlyn...

— É por causa da carta que eu te dei? Sobre eu te amar? Porque se é...

— Ashlyn, não. Não é isso. Juro.

— Então é só porque você é um idiota? — Esperei a resposta que ele nunca me deu. — Tenho outra carta da minha irmã para você. — Ele arqueou uma sobrancelha.

Coloquei-a em sua mesa. Na frente da carta estava escrito: Nº 25. Clube dos Corações Partidos. Ele suspirou, estendeu a mão para a carta, e abriu-a. Quando o vi tirar uma foto de Gabby de dentro do envelope, prendi a respiração. Quase perdi o controle ali mesmo, quando a vi. Ela estava olhando diretamente para a câmera, com os dois dedos médios para o alto. *Essa é minha garota.*

Na parte de trás da foto estavam as palavras "Foda-se por magoá-la!" em pilot preto.

Eu queria rir, mas não ri. Queria chorar, mas não chorei.

Daniel sorriu.

— Ela tinha o seu charme.

Ele estava errado. Gabby era muito mais encantadora que eu.

— Você me disse que queria que eu fosse sua... — sussurrei, aproximando-me de sua mesa.

— Eu sei, Ashlyn. E eu quero... É que... É complicado.

Revirei os olhos.

— Como um cara tão inteligente pode ser tão idiota? Eu sou sinônimo de complicado, Daniel. O que aconteceu? Você me ignorou a noite toda por causa do seu irmão...

— Está falando de mim?

Lá estava ele de novo, na porta da sala olhando para nós. Virei-me para encará-lo e vi a surpresa em seus olhos ao me ver.

— Ah... Ah, uau!

Ah, não.

— Essa é nova, hein? Dando em cima de alunas? — Ele entrou na sala de aula e se sentou na beira da mesa de Daniel.

— Não é o que parece, Jace... — disse Daniel baixinho.

Jace.

Eu não sabia que o diabo tinha um nome tão doce.

— Sério? — Ele se inclinou mais para perto, sussurrando para Daniel. — Porque pelo que parece você está transando com sua aluna.

Fiquei de queixo caído, chocada com suas palavras.

— Nós não...

— *Ashlyn!* — sibilou Daniel, batendo a mão na mesa. — Não fale com ele.

— Não se preocupe. Só passei para dizer oi. Aqui. — Jace puxou um pedaço de papel e o colocou na mão do irmão. — Me liga para combinarmos alguma coisa para hoje à noite, entre irmãos. Eu levo a cerveja. Você providencia as garotas? — Ele me deu um sorriso malicioso, e quis muito dar um soco nele. — Só quero que as minhas sejam maiores de idade. Já passei tempo demais atrás das grades. — Ele desapareceu da sala de aula, deixando-me atônita.

Daniel cerrou o maxilar e abaixou a cabeça, esfregando a nuca.

— Preciso que você saia, Ash.

— Qual é o lance dele com você? — perguntei-me em voz alta.

Estávamos bem até o irmão dele aparecer. Por uma fração de segundo, eu podia jurar que tínhamos estado até... muito bem.

Ele me ignorou. Dei uma gargalhada desconfortável e mudei o peso de um pé para o outro antes de me virar para ir embora. Tinha sido tão idiota por pensar por um segundo que éramos "*nós*".

Eu não devia ter parado para falar com Daniel há algumas semanas, quando o vi sozinho no cemitério.

Devia ter seguido meu caminho. Devia ter fingido que não o tinha visto.

Mas eu o *tinha* visto.

E por um breve instante, ele tinha me visto também.

≈

Hailey não apareceu para o almoço. Notei que Theo também não estava no refeitório. Sentada à mesa, suspirei quando vi Daniel olhando na minha direção. Ele desviou o olhar rápido antes que alguém pudesse perceber.

Ryan veio andando e bateu com a bandeja na mesa.

— Tá bem, sei que eu disse que ela devia aprender por conta própria sobre Theo, mas achei que tomaria decisões mais acertadas.

— Ela é inteligente. Vai ficar bem — garanti, pegando algumas batatas fritas de sua bandeja.

— Se ele magoar a minha irmã de novo... — Sua voz era macabra, e ele olhou em volta, esperando que Hailey entrasse. — Vou matar esse cara. — Ele levou a mão ao bolso e tirou a caixa de cigarros falsos.

— Ryan, o que é isso? — perguntei, a curiosidade finalmente me levando ao ponto de interrogá-lo sobre o seu falso hábito de fumar

Ele olhou para seus dedos, que seguravam um cigarro invisível. Fez uma carranca com os lábios e colocou as mãos sobre a mesa.

— Quando eu tinha 13 anos, contei ao meu pai que achava que eu era gay.

Meu coração parou de bater com a menção de seu pai. Eu nunca tinha ouvido nem ele nem Hailey falarem no pai antes.

Ryan continuou:

— Eu chorei muito, porque íamos à igreja, sabe? E mamãe acredita no inferno. Ela ainda acredita, é claro. Ela sempre dizia que pecar era errado, que pecadores iam para o inferno. Então eu sabia que o que eu sentia não era certo. *Eu* não estava certo.

Ah, Ryan...

— Papai me disse que não importava. Nada disso importava. Eu era seu filho e ele me amava. Disse que ia falar com mamãe, e implorei que ele não falasse. Pedi que mantivesse aquilo entre nós. Algumas noites depois, eu estava no topo da escada da nossa casa e ouvi os dois discutindo. Sobre mim. Ele disse a ela que achava que eu poderia ser gay, mas nunca afirmou aquilo como um fato. — Ryan estreitou os olhos, voltando-os para os dedos. — Ela o chamou de mentiroso e falou um monte de besteira. Acho que também o acusou de traí-la. O que era uma bobagem. Ele nunca faria isso... — Ele fez uma pausa. — Ela o mandou embora. Para nunca mais voltar. Corri para o meu quarto. Da minha janela, vi meu pai sair pela porta da casa. Ele acendeu um cigarro e começou a fumar, passando as mãos pelos cabelos. Então entrou em seu carro e foi embora.

— Ele não voltou? — perguntei, meu intestino emaranhado em nós.

— A manchete foi, humm... — Ele estreitou os olhos, vasculhando sua memória. — "Paul Turner, pai de dois filhos, morre em terrível acidente de carro, na esquina da avenida Jefferson com a rua Pine."

A culpa e a responsabilidade eram fortes nas palavras de Ryan. Seus dedos levantaram o cigarro invisível e ele o descansou entre os lábios.

— Não foi culpa sua, Ryan.

Ele segurou os dedos para o alto e olhou para eles.

— A caixa de cigarros é um lembrete de por que meu segredo é um segredo. Tudo que faz é machucar as pessoas. Levo a caixa para todos os lugares aonde vou.

Nossa conversa foi interrompida quando Hailey chegou apressada. Ela largou a bandeja em cima da mesa.

— Foi mal pelo atraso.

Olhei para cima, vi Theo entrando no refeitório, e tive ânsia de vômito. Ainda o odiava.

— Nós voltamos. — Hailey abriu um sorriso largo. — Pedi desculpas por ser uma namorada controladora, e ele disse que nossos espíritos ainda poderiam viajar juntos.

— *Você* pediu desculpas?! — exclamei, perplexa.

— Ashlyn, você não entende. Eu amo o Theo.

Amor? Eu estava começando a me perguntar o significado dessa palavra. Parecia que as pessoas a atiravam para todo lado hoje em dia. Inclusive eu.

Ryan ignorou a irmã, insatisfeito com suas escolhas. Tive que admitir que também fiquei um pouco decepcionada.

Ele se virou para mim.

— Foi o Jake, não foi? Foi o Jake que te deu esse chupão? — Corei.

— Não.

— Mas ele quer te dar um chupão?

— Quer.

— E... o cara que fez isso em você é...

Fiz uma careta.

— Passado.

Capítulo 22

Daniel

Perdido.
Romeo's Quest

Sentei-me na beira do cais, vendo o sol refletido no lago. Sentia-me derrotado, cansado, esgotado. Parecia que cada vez que um momento de felicidade aparecia, era engolido pelas sombras. A vida não era justa, e eu me sentia um idiota por pensar que devia ser. Mas eu *queria* que fosse. Eu precisava que a vida fosse justa, só por um tempo. Porque eu precisava dela.

Ashlyn era a única coisa que afastava a escuridão.

Os passos que ouvi atrás de mim eram pesados. Sabia que era ele antes mesmo que falasse alguma coisa. Eu o tinha chamado.

— É estranho voltar aqui. — Me virei e vi Jace andando em minha direção. Suas mãos estavam enfiadas nos bolsos. Ele se aproximou e sentou-se ao meu lado. — Não venho aqui desde que mamãe... — O som de sua voz foi sumindo. Ele colocou os dedos na água, criando ondulações com seu toque. Infectou a água, sem nem mesmo saber. Porque era isso que Jace fazia: destruía coisas, pessoas. Ele não fazia de propósito, mas sempre o fazia. — Vi Randy lá dentro. Ele está morando aqui também? — Não respondi. — Disse que estão tocando no Bar do Joe duas vezes por mês.

Tossi, e em seguida pigarreei.

— O que você está fazendo aqui? O que você quer? — perguntei, sentindo a cabeça começar a esquentar com sua chegada. Sempre que Jace aparecia, a desgraça aparecia também.

Ele olhou para mim, limpando as mãos molhadas em seus jeans. Seus olhos pareciam perplexos com minha pergunta.

— Estou de volta para descobrir quem matou a mamãe, Danny. E estou um pouco chocado por você não ter tentado fazer algo sobre isso depois de me mandar para a cadeia!

Levantei a voz rapidamente.

— *Eu mandei você para a cadeia...* — Respirei fundo. Já tinha imaginado nosso encontro diversas vezes na minha cabeça, durante meses. Esperava que ele tivesse entendido por que o tinha entregado, por que não tive outra escolha. — Eu mandei você para a cadeia porque você teria sido o próximo, Jace. Você teria bolado algum plano de vingança idiota e sido morto.

— Não sou burro — sibilou ele. — Eu poderia ter resolvido...

— Você poderia ter resolvido o quê?! Rastreado o cretino que matou mamãe bem ali?! — Minhas mãos empurraram o cais, e me levantei. Jace ficou de pé quase mais rápido que eu. — Talvez você pudesse ter deixado mais alguns bandidos putos e eles matariam papai e eu antes de acabarem com você também!

— Foda-se, Danny! *Você* me mandou para a cadeia. *Você* me dedurou. Sou seu irmão! — gritou. Eu podia ver o ressentimento em seus olhos, seus dedos se fechando em punhos.

— *Você é meu irmão mais novo!* — gritei mais alto, jogando os braços para cima, irritado. — Você é meu irmão mais novo. Vou dizer só uma vez, Jace. Não faça isso. Não desenterre essa confusão. — Eu cruzei os braços. — Já enterrei mamãe e papai. Não me faça ter que escolher mais um caixão.

— Eu nem estava lá... para enterrar meus próprios pais. — Ele fungou e limpou o nariz, depois colocou as mãos na cintura. — Red confia em mim de novo.

— Jace...

— Não. Está tranquilo. Eu podia ter dedurado o Red e seus homens quando fui preso, mas não fiz nada. Fiquei de boca fechada, caramba, e Red... Ele confia em mim. Ele está me deixando entrar de novo.

— Você não acha que é um pouco estranho ele ter perdoado você?

Jace deu de ombros.

— Não dedurei os caras quando estava preso. O nome disso é lealdade. Algo que você não conhece.

Enfiei a mão no bolso de trás e tirei minha carteira.

— Olha, Jace... tenho duzentos dólares aqui. Podemos ir ao banco e tirar mais. — Estendi o dinheiro para ele. — Você pode ir ficar com nossa avó em Chicago por um tempo. Pôr as ideias no lugar.

— Minhas ideias estão no lugar, Dan.

— Não estão. — Andei até ele e segurei sua cabeça. — Não estão se você acha por uma merda de segundo que esse tal de Red confia em você. Saia da cidade, Jace. Por favor.

— Tenho que descobrir quem fez isso, Danny — sussurrou ele, com os olhos cheios de lágrimas. — Tenho que descobrir quem matou a mamãe, e a melhor maneira de fazer isso é estar dentro.

— Por quê? Por que você não pode simplesmente deixar para lá? Ela morreu. Ela não vai voltar.

— Por minha causa! — Ele gritou, apontando para o local onde nossa mãe morreu. — Eu sou a razão de ela estar... — Ele posicionou o punho em frente à boca. — Seu sangue, sua morte. É minha culpa.

— Não. — Balancei a cabeça. — A culpa é do babaca que tinha a arma.

— Não era para ser assim, você sabe — falou ele baixinho. — Era para eu ter ido para a faculdade também. Sabe? Papai pensou que eu iria para a faculdade.

— Você ainda pode.

— Eu queria voltar. Eu queria voltar para a banda. Queria ficar sóbrio. Queria parar tudo isso.

— Jace...

Ele mordeu o lábio e se afastou de mim. Apoiou os antebraços no topo da cabeça e entrelaçou os dedos.

— Red quer que eu passe alguns produtos para umas pessoas. É bem tranquilo. Os clientes são alvos fáceis.

— Clientes? Que clientes?

Ele virou-se para mim.

— Olha aqui, Danny. Só preciso de uma ajudinha. Tem uns garotos na sua escola que...

— Você está vendendo para adolescentes? Está vendendo para os *meus alunos*? — Meus olhos se arregalaram de horror. Dei um passo para trás.

— Não sou eu, Danny. É o Red. Ele está me testando. Está vendo se pode confiar em mim de verdade. E se eu conseguir passar essas coisas para alguns deles, ele disse que vai deixar eu me vingar. Vingar a mamãe. Ele vai me dizer o nome do cara que a matou. Com você como professor em Edgewood, talvez... talvez possa me ajudar a conseguir alguns nomes de alunos que usam.

— Você enlouqueceu. Presta atenção no que está falando! Ele está usando você, Jace! Ele está zombando de você, arrastando você para lá e para cá como um brinquedinho. Você acha que ele não sabia que eu era professor lá? Acha que ele não sabia que isso também ia estragar minha vida?

— Não vai! — prometeu e mentiu ao mesmo tempo.

— Já estragou. — Fiz uma pausa. — Não vou ajudar. E se eu vir você em qualquer lugar perto da minha escola, entrego você de novo

Ele riu.

— Simples assim, é?

Não respondi.

— Você vai me mandar para a cadeia de novo por estar tentando descobrir quem assassinou a *nossa* mãe? — Ele fez uma pausa e chutou pedras invisíveis. — Não preciso da sua ajuda. Mas se você ficar no meu caminho, vou te levar junto.

— Você é quem está tentando vender drogas para estudantes, Jace. Não eu.

— Você está certo. Está totalmente certo — repetiu ele. — Mas é você quem está fodendo suas alunas, não eu. Como era o nome dela? Ashlyn? — Cerrei os punhos e senti meu coração disparar. Ele deve ter notado também. — Ah, esse é um assunto delicado? Você ficou todo vermelho.

— Jace — comecei com frieza, mas não consegui dizer mais nada.

— Você tem razão sobre uma coisa, Danny. — Ele puxou um cigarro e o isqueiro do bolso. Colocou o cigarro na boca e o acendeu. Bateu na lateral da cabeça com os dedos. — Eu enlouqueci. Então não fica no meu caminho. Ou vou acabar com você e sua alunazinha. Fico me perguntando que tipo de coisas os outros alunos diriam sobre ela. Como nós dois sabemos, o ensino médio pode ser bem cruel.

— Jace, se isso é por causa da Sarah... — comecei, mas ele me cortou.

— *Não!* — Suas palavras ficaram mais pesadas. — Não a envolva nisso. Não estou brincando. Vou arruinar a porra da vida da sua namorada.

Ele começou a ir embora, e suspirei pesadamente.

— O que mamãe e papai pensariam do que você está fazendo?

— Bem... — Ele não olhou para trás. — Acho que ficariam orgulhosos de mim, por eu realmente estar investindo em alguma coisa. Por fazer justiça pela morte da mamãe.

E, como uma doença infecciosa, Jace estava invadindo minha vida de novo. Eu tinha escapado de seus problemas. Tinha me concentrado na minha música. Tinha me concentrado na minha carreira de professor.

Mas, de alguma forma, de alguma maneira, lá estávamos nós novamente.

≈

Voltei para dentro de casa e ouvi as cordas do violão sendo tocadas. Na sala de estar, Randy estava sentado no sofá, trabalhando em algumas músicas novas. Ele olhou para mim.

— Quando Jace foi solto? — Perguntou, tocando sua nova música.

— Não sei, mas ele está aqui. — Larguei o corpo no sofá. Minhas mãos correram por meu rosto.

— Mas ele parecia bem. Sóbrio.

Tinha que concordar. Sempre sabia quando Jace estava usando; ele ficava agitado, nervoso. Mas quando o vira no cemitério e na escola, ele parecia forte. Parecia com o Jace de antes das drogas.

Seu cabelo estava raspado e ele estava bem-vestido, provavelmente algo arranjado pelo tal do Red. Mas eu *conhecia* o Jace. No fundo sabia como ele era frágil, como estava despedaçado. Então, se a tentação das drogas estava lá, não demoraria muito para que ele se rendesse de novo.

— Em que você está trabalhando? — perguntei, mudando de assunto.

Randy pegou um livro e jogou para mim.

— *Otelo*. Estava tentando compor uma música nova. Pensei que talvez pudéssemos abrir com ela na sexta-feira para o nosso show no Upper Level. Sei que está um pouco em cima da hora, mas...

— Quero ver a letra.

Ele me entregou o papel e corri os olhos de um lado para o outro. Randy era um músico e compositor genial, então eu não tinha dúvida de que a letra seria boa. Mas esta era mais que boa. Era alucinante.

Sussurros silenciosos de almas entristecidas.
Meu lado humano está descontrolado.
As cores que vejo não fazem sentido,
Mas, em seus olhos, sei que existe a verdade.

Sequestrado, enlouquecido, indomável.
Volte para mim. Pegue a minha mão.
Dance. Dance ao som de terras proibidas.

— Queria algo um pouco mais pesado. Um pouco mais áspero. Shakespeare tinha todos os lados, sabe?
— Me passa o violão — pedi.
Meus dedos começaram a dedilhar o instrumento, sentindo as cordas se deslocarem entre eles. Fechei os olhos e, como sempre, lá estava Ashlyn. A música só a trazia mais para perto de mim, os sons dando vida à minha imaginação.
Não podia deixar Jace arruinar a vida dela. E não podia deixar que ela pensasse que eu não me importava. Mas o que eu poderia fazer?

Capítulo 23

Daniel

O ar está pesado.
Minha mente, nublada.
Diga que não estamos prestes a perder tudo.
Romeo's Quest

Os dias seguintes na escola foram difíceis. Eu estava cansado e deprimido. Mal dormia, pois quando não estava pensando em Ashlyn, estava preocupado com Jace. Ele poderia ferir alguém. Ele poderia se machucar. Ele poderia prejudicar os meus alunos. Ele poderia machucar Ashlyn.

Eu sabia que devia falar com Ashlyn após a aula, uma vez que ela não havia tirado os olhos de sua mesa. Tentar explicar a situação. Logo antes do almoço, vi que ela estava andando com aquele garoto, Jake. Ele tinha estado ao seu lado todos os dias, tentando abrir caminho para o seu coração. Tentando roubar o meu lugar. Ele não precisava se esforçar muito. Eu estava praticamente o entregando a ele. Eu nem estava lutando por ela...

Ashlyn olhou para mim por uma fração de segundo antes de se virar para ele e rir alto. Ela pousou a mão no peito de Jake, que sorriu abertamente. O jeito como jogou o cabelo sobre o ombro e riu para ele me deixou louco. A maneira como ele se aproximava e a divertia me deixou furioso.

Ele estava dando em cima dela, e ela estava retribuindo.

Mas eu a conhecia.

Ela só estava fazendo aquilo para me deixar com ciúme.

E estava funcionando.

Mesmo sendo só para me irritar, sabia que ela gostava daquilo. Tocar alguém em público. Algo que eu não podia lhe dar. Que tipo de homem não dava para sua mulher o amor que ela desejava, de que ela precisava?

Cerrei os punhos e dei um passo adiante, a raiva tomando conta de mim. Não sabia o que ia fazer, mas tinha de fazer alguma coisa. Eu não podia simplesmente desistir dela, deixar que ele a conquistasse. Ela podia não ser mais minha. Podia ter rejeitado a ideia de nós sermos "nós" depois de eu ter estragado tudo e a ignorado numa tentativa estranha de protegê-la, mas...

Eu era dela.

Cada parte de mim.

Cada centímetro do meu ser pertencia a Ashlyn Jennings.

E toda vez que ela ria de algo que Jake falava, toda vez que ela tocava o braço dele e não o meu, uma parte minha sumia. Uma parte de mim desaparecia.

— Ashlyn! — chamei. Ela me olhou como se eu fosse louco, estreitando os olhos. — Posso falar com você sobre o seu trabalho?

Ela disse a Jake que o veria na próxima aula e se aproximou de mim.

— O que foi?

Levei-a até minha sala de aula e fechei a porta. Meus punhos continuavam cerrados e inclinei-me um pouco, sussurrando:

— Por que você está dando mole para ele desse jeito?

Ela cruzou os braços.

— Não é da sua conta — respondeu, cheia de atitude.

Rosnei, passando minhas mãos pelo cabelo.

— Está fazendo isso para me deixar com ciúme.

— Não estou fazendo nada — disse ela com um sorrisinho, adorando o fato de estar me afetando.

— *Sim, você...* — Eu respirei fundo. Baixei a voz. — Ashlyn... Agora não é o momento de começar a agir de acordo com a sua idade.

— Você está me chamando de infantil? Eu?! A única que parece saber que é conversando que a gente se entende? — Os olhos dela tinham se arregalado com o meu comentário. — Vá se foder, Sr. Daniels.

Pousei minhas mãos em seus ombros, meus olhos suplicando por apenas um momento para nós sermos *"nós"*.

— Ashlyn, sou eu. Daniel. Ainda sou eu.

Vi seus olhos amolecerem. Ela olhou para o chão, e quando me olhou novamente, estava à beira das lágrimas.

— Eu sinto a sua falta.

Sem pensar, encostei minha boca na de Ashlyn, envolvendo seu pescoço com uma das mãos. Ela retribuiu o beijo, apoiando as mãos no meu peito. Levantei-a e a pressionei contra o meu armário. Agarrei seus peitos por cima da camiseta e ouvi um gemido escapar de seus lábios em minha boca, enquanto circulava meus polegares em seus mamilos endurecidos. Segurei a barra de sua camiseta e a levantei enquanto ela fincava as unhas nas minhas costas, empurrando seus quadris contra os meus.

Parei quando ouvi uma batida na porta da sala de aula. Sem pensar, abri meu armário e empurrei Ashlyn para dentro dele.

A porta se abriu e vi Henry espreitando a cabeça para dentro. Ele sorria para mim. Meu coração disparou. Será que ele tinha me visto empurrando sua filha?

Puta merda, eu empurrei Ashlyn *para dentro de um armário.*

— Ei, Dan.

Dei-lhe um sorriso tenso.

— Henry, como vai?

— Bem, muito bem. Só estava me perguntando... você pode ir ao meu escritório um instante? Para falar sobre Ashlyn?

Sobre Ashlyn. As palavras ecoaram na minha cabeça. A batida acelerada dos meus pensamentos era assustadora. Tudo em meu corpo ficou tenso. *Ele sabe.* Fiquei imaginando se Jace teria lhe contado, se ele realmente teria chegado a esse nível. Limpando a garganta, falei:

— Estou na minha hora de almoço.

— Não se preocupe — disse ele. — Vai ser rápido. — Um ruído alto foi ouvido no armário e Henry levantou uma sobrancelha. — Você ouviu isso?

Comecei a tossir, tentando ao máximo encobrir o barulho que Ashlyn estava fazendo.

— Se eu ouvi alguma coisa? Sim, uma das minhas lâmpadas precisa ser trocada. Tem feito um zumbido estranho ultimamente. Enfim, encontro você na sua sala em um segundo.

Ele franziu a testa, olhando para o teto antes de me agradecer e ir embora. Passei as mãos no rosto, tentando acalmar meus nervos. Abri o armário e Ashlyn saiu. Enfiei as mãos nos bolsos.

— Ele sabe? — sussurrou ela.

Eu dei de ombros.

— Está tudo bem. — Seus olhos verdes relaxaram um pouco. Abri um sorriso triste. — *Estamos* bem.

— Não. Nós não estamos. Você sabe, eu fantasiava com isso antes... — Ela balançou a cabeça. — Quase ser pega na escola. Pensei que seria sexy e aventureiro. Mas a verdade é que você acabou de me empurrar para dentro de um armário.

Minha mente estava a mil por hora, tentando descobrir uma maneira de explicar a ela.

— Eu sei. Foi mal. É só...

— Se você for pego em um relacionamento com uma aluna pode ter problemas — murmurou ela. — Eu sou tão burra.

— Ashlyn...

— Na verdade a culpa é minha. Eu vivo nos meus livros. Romantizei essa coisa toda. Mas no fundo não é romântico; ser o segredo de alguém. — Ela piscou, com seus longos cílios, e deslocou o peso de um pé para o outro. — Você não pode fazer isso. Não pode mais me puxar para sua sala de aula.

— Eu sei! — gritei um pouco alto demais, mas meu coração estava batendo forte no peito. Queria socar alguma coisa, porque estava muito confuso. Odiava não poder ser visto com ela. Odiava ver, quando estávamos juntos, que ela olhava para os outros casais de mãos dadas com uma ponta de inveja. Odiava tudo nessa nossa situação.

Fui até a sala de Henry, onde ele já estava esperando, e fechei a porta. Ele se sentou atrás de sua mesa e pigarreou. A primeira coisa que notei foi a fotografia de Ryan e da irmã sobre a mesa. Ashlyn e Gabby não estavam ali.

— Obrigado por vir falar comigo... — Ele parecia nervoso. Muito mais nervoso do que um pai ficaria se soubesse que sua filha estava envolvida com um professor. Ele não sabia. Puta merda, ele não sabia. — Queria lhe pedir um favor.

Arqueei uma sobrancelha e recostei-me na cadeira.

— O que posso fazer por você?

— Bem, como você sabe... — Ele levantou um porta-retratos que estava de frente para ele e o olhou. Quando sentou-se de novo, tive um vislumbre da fotografia: as gêmeas. Elas estavam lá o tempo todo, de frente para Henry. — Ashlyn é minha filha. Ela está passando por muita coisa com a perda da irmã...

— Sinto muito — sussurrei, e realmente sentia.

Ele limpou a voz e se esforçou para dizer o que queria.

— Obrigado. Mas o fato é que a mãe dela está lidando com alguns problemas pessoais e precisava de espaço. Então Ashlyn veio ficar comigo. Sua mãe, Kim, me ligou há pouco e me disse que chegou uma carta da faculdade dos sonhos de Ashlyn, na Califórnia. Eles estão pedindo mais uma carta de recomendação. Ela acabou de passar por tanta coisa...

Califórnia.

A palavra se repetia na minha cabeça. Ela arrepiou minha pele, me atropelando com a verdade que havia por trás dela.

Assenti lentamente, louco para sair correndo daquela sala para encontrar Ashlyn e abraçá-la. Queria dizer que ela não podia ir. Que ela devia ficar comigo. Que, depois que o ano letivo terminasse, poderíamos ficar juntos. Mas não podia. Henry continuou:

— E sei que isso pode ser um pouco demais, mas... não acho que ela conseguiria lidar com mais uma decepção. Pretendo contar sobre a carta no fim desta semana. Mas você acha... somente se achar que pode, você acha que poderia escrever uma carta de recomendação? Mais uma vez, você não tem obrigação nenhuma. Só preciso que ela tenha mais altos que baixos na vida.

Coloquei as mãos na borda da mesa. Se poderia escrever uma carta para ajudar Ashlyn a entrar na faculdade dos seus sonhos na Califórnia? Minha garganta secou e uma ardência aguda atingiu meus olhos. Pisquei várias vezes, querendo gritar: "Não! Ela não pode ir! Ela não pode me deixar!"

Meus olhos se fecharam de novo. E quando reabriram, eu disse que tudo bem. Concordei em ajudar a mandar Ashlyn embora para viver sua própria vida.

— Seria uma honra.

≈

Quando me virei para a mesa de Ashlyn no refeitório, ela estava olhando na minha direção. Ela deu um suspiro de alívio quando percebeu que estava tudo bem em relação a Henry. Meus pés me levaram à sua mesa, onde Ryan e Hailey almoçavam com ela.

— Oi, Sr. D, vai se juntar a nós para o almoço? — brincou Ryan.

Eu sorri e fiz que não com a cabeça.

— Ah, não. Em uma escala de 1 a totalmente inadequado... isso estaria no topo. — Vi Ashlyn rir do meu comentário, o que fez tudo parecer bem. Eu sentia tanta falta daquele sorriso. — Ashlyn, tenho que levar você à sala do vice-diretor. — Hailey perguntou por quê. Eu pareci perplexo. — Não sei. Ele apenas pediu para que ela fosse até lá.

— Talvez Henry tenha visto o chupão. — Ryan sorriu.

Vi como as bochechas de Ashlyn coraram e ela ajeitou o cabelo para que cobrisse o pescoço. Ela se levantou, pegou sua mochila, e seguiu-me para fora do refeitório.

— Venha atrás de mim — sussurrei para ela.

— O que está acontecendo? — perguntou.

Eu me virei e notei a confusão em seus olhos, que pareciam tristes e inquisitivos.

— Você confia em mim?

Ela soltou um suspiro. Os cantos de seus belos lábios carnudos se curvaram para cima.

No entanto, ela não foi atrás de mim.

Caminhou ao meu lado, nossos passos em perfeita sincronia.

Descemos uma escada, que nos levou a outra escada, até o porão. O espaço estava completamente silencioso, exceto pelos canos e armários onde estavam todos os disjuntores. Caminhamos para um canto escuro onde algumas portas soltas estavam apoiadas numa área fechada.

Levantei a porta que bloqueava a entrada da área fechada e a tirei do caminho. Ashlyn baixou o livro que segurava junto ao peito e entrou.

— O que o Henry queria? — perguntou em voz alta.

Hesitei em dizer a ela. Eu não queria contar, porque se o fizesse, significaria que a Califórnia era realmente uma possibilidade.

— Você humm... — *Merda.* — Você está tentando entrar numa faculdade na Califórnia? — perguntei.

Seus olhos se arregalaram e ela virou de costas para mim. Nervosa, seu corpo tremia.

— Universidade do Sul da Califórnia. Gabby fez com que eu me inscrevesse. Eu não achava que iria conseguir. — Ela virou de volta, seus longos cabelos loiros voando em seu rosto. — Eu fui aceita?

Eu o vi, o olhar de pura alegria em seu rosto. Seus olhos sorriram com tanta intensidade.

Gabby pode ter feito com que ela se inscrevesse, mas era o sonho de Ashlyn.

— Eles precisam de mais uma carta de recomendação — desabafei. Sua expressão mudou para uma de decepção. — Ashlyn, isso é incrível. Eles estão interessados! — Queria que ela ficasse feliz com a notícia. Gostava mais quando ela estava sorrindo. — Isso é incrível!

Seus lábios se transformaram. Ela foi incapaz de esconder a sua alegria.

— É incrível, né? Então, o que você tem a ver com isso?

— Henry quer que eu escreva a carta.

— E você vai fazer isso? — Ela questionou nervosamente.

— É claro que vou.

— Não faça por causa... disso... — Ela fez um gesto entre mim e ela. — Não faça por causa de seja lá o que isso for. Só faça se achar que eu mereço.

Cruzei os braços e fiz que sim com a cabeça.

— Colocando os sentimentos de lado, deixando nossa situação de fora... você merece. Você trabalha duro, e é mais do que talentosa. Você merece.

O rosto dela desmoronou.

— O que está acontecendo com você, Daniel? Com a gente?

Ela merecia uma resposta, mas eu não tinha certeza de que tinha uma boa.

— Depois que descobri que você era minha aluna... fiquei meio louco. — Eu suspirei. — Então, meu irmão Jace apareceu e fodeu meu mundo... e agora te vejo com outros caras e isso acaba comigo, Ashlyn. Acaba comigo saber que você já passou por tanta coisa e que eu não posso te consolar, não posso te abraçar. Acaba comigo saber que há outras pessoas que *podem* te confortar e te abraçar.

Ela colocou sua mochila e seu livro no chão. Aproximou-se de mim e pegou minhas mãos. Abracei seu corpo pequeno e puxei-a para perto, sentindo seu cheiro, seu xampu de morango, seu perfume. *Ela.*

— Estou tão brava com você — sussurrou ela junto ao meu peito.

Abri um meio-sorriso.

— Eu sei. Estou com raiva de mim também.

Ela olhou para mim, balançando a cabeça.

— Não, só estou com raiva de você porque sei que está tentando me proteger de alguma coisa. Mas não preciso da sua proteção.

— Não sei o que fazer, Ash. Está tudo uma bagunça.

— Então se abre comigo. Você precisa me deixar entrar.

Eu suspirei, abraçando seu corpo.

— Você merece muito mais do que ficar se escondendo nos porões da escola. Você não merece ser o segredo de ninguém, Ashlyn. Você merece ser o refrão da música favorita de uma pessoa. Você merece ser a dedicatória no livro favorito de alguém. E nesse momento? Nesse momento, não posso te dar isso. Você merece uma chance de um último ano no ensino médio normal. E eu só estou complicando as coisas.

Ela se afastou de mim, franzindo a testa.

— Pare com isso, está bem? — Ela ergueu os olhos com lágrimas. — Pare de me dizer o que mereço. O que é bom para mim. O que é certo para a nossa situação. Não me importo com essas coisas. — Suas lágrimas rolavam pelo rosto. — Não há nada de normal na minha vida. Minha irmã gêmea está morta. Minha mãe me abandonou. Que diabos, acho Hemingway extremamente terapêutico.

"E você, você tem uma banda que faz músicas inspiradas em Shakespeare! Sua mãe foi assassinada e você estava tocando uma semana depois da morte do seu pai. A. Gente. Não. É. Normal. Não quero um último ano do ensino médio normal. *Eu quero você.*

"Se aprendi alguma coisa nestes últimos meses foi que a vida é uma merda, Daniel. *É uma merda.* É má, é perversa, e implacável. É triste e cruel. Mas então, às vezes, fica tão bonita que afasta toda a escuridão de seu corpo com a luz.

"Eu estava tão sozinha... — Ela fez uma pausa e bateu com a ponta dos dedos no lábio inferior. — Eu estava tão sozinha antes de chegar ao Bar do Joe. E então você se sentou no palco e cantou para mim. Você me trouxe a luz em meus dias mais nebulosos. Mas você nunca se abre para mim. Você nunca me deixa entrar."

Fui até ela e passei meus polegares debaixo de seus olhos.

— Eu estava voltando de Chicago quando te vi pela primeira vez. Fui passar uns dias com a minha avó, para ver se ela estava bem depois da morte do meu pai. Entrei naquele trem, a segundos de cair aos pedaços. Então olhei para cima e vi esses olhos verdes, e soube, de alguma forma, de alguma maneira, que as coisas ficariam bem. — Quando ela inclinou a cabeça para cima, nossos lábios se tocaram. — Você não me trouxe a luz, Ashlyn. Você *é* a luz.

Ela abriu aquele sorriso perfeito e riu.

— Ser normal não é a coisa mais importante na vida. Tragam os malucos e esquisitos. — Ela fez uma pausa. — Não tenho que ir para a Califórnia. Posso ficar aqui com você depois de terminar a escola. Posso ir para uma faculdade daqui e nós podemos reformar sua casa. Podemos ficar juntos.

Olhei para o chão. Limpei a garganta. *O que eu estou fazendo?* Eu sabia que estava enviando os sinais errados para ela, sabia que a estava confundindo. Mas eu não a levara até o porão para fazer as pazes. Eu estava com a cabeça na carta que Gabby tinha me dado e nas ameaças que Jace tinha feito. E agora Ashlyn estava pensando em desistir de seu sonho por mim.

— Nós não podemos mais fazer isso, Ashlyn — sussurrei. Ela arregalou os olhos, surpresa com minhas palavras.

— O quê?

— Não posso mais te ver. — Fiquei me perguntando se aquelas palavras a machucavam tanto quanto estavam me machucando.

— O que está fazendo, Daniel? — Ela perguntou, se afastando de mim. — Você me trouxe até aqui para... para terminar comigo? — Seus olhos ficaram embaçados, mas ela não deixou as lágrimas caírem.

Eu não respondi. Achei que se dissesse as palavras, carregariam mais verdade do que eu estava interessado em admitir.

— Diga! — gritou ela, aproximando-se de mim. Ela me empurrou com força contra o peito. — Diga! Diga que não quer ficar comigo!

— Ashlyn — balbuciei. Eu estava fazendo isso com ela, eu estava partindo seu coração.

As lágrimas começaram a transbordar de seus olhos e seu corpo começou a tremer.

— Diga que não me quer mais! Diga! — gritou enquanto batia no meu peito. A cada golpe, uma parte de mim morria A cada soco, uma parte dela desaparecia também.

Agarrei seus pulsos e a puxei para mim, abraçando-a.

— *Eu te deixei entrar* — soluçou ela em meu peito, me batendo com os punhos. — Deixei você entrar e você está me abandonando.

— Eu sinto muito — falei, segurando-a em meus braços. Fiz de tudo para consolá-la, mas era inútil, uma vez que era eu quem a estava magoando. — Eu te amo tanto.

— Não. — Ela se soltou de minhas mãos. — Você não tem o direito de fazer isso. Você não vai me magoar e me abraçar, Daniel. — Ela respirou fundo e enxugou as lágrimas que ainda escorriam de seus olhos. — Essa foi a primeira vez que você disse isso. Você não pode dizer que me ama e, em seguida, partir meu coração. Então diga o que realmente precisa dizer. Diga e eu vou embora.

Respirei fundo e olhei para o chão. Quando meus olhos se levantaram, fitei seu olhar injetado. Eu expirei.

— Eu estou terminando com você, Ashlyn.

Ela choramingou antes de toda a cor ser drenada de seu rosto. Seu corpo tremeu por um momento. Ela virou-se em direção à saída e começou a se afastar.

— Vá para o inferno, Daniel.

Capítulo 24

Ashlyn

Não acredite nas mentiras.
Romeo's Quest

Que tipo de idiota termina com uma pessoa depois de lhe dar esperanças? Eu precisava de um banho frio para me acalmar porque meu sangue não tinha parado de ferver o dia todo. Segui para o banheiro para tomar uma chuveirada e fiz uma pausa quando ouvi a voz de Henry.

— Eu sei... Não, ela não sabe. Kim, não importa! Ela vai ficar aqui.

Um nó se formou na minha garganta.

Kim.

Tipo, minha mãe Kim?

— Está bem. Está bem. Tchau. — Sua voz se desvaneceu e a maçaneta girou. Quando ele abriu a porta e me viu, recuou. — Ashlyn. O que você está fazendo?

— Desde quando você usa o banheiro do andar de cima, Henry?

Ele passou por mim e deu de ombros.

— Rebecca estava no de baixo.

— Ah. — Analisei-o em busca de um sinal de emoção em sua linguagem corporal. Nada. — Então por que estava falando com a mamãe?

Ele se virou para mim. Notei uma contração súbita em seus lábios e seus olhos se moveram de um lado para o outro.

— A Universidade do Sul da Califórnia está interessada em você. O Sr. Daniels vai ajudar escrevendo uma carta de recomendação.

— Não mude de assunto! E eu não quero a ajuda dele! — gritei como uma criança. Eu me sentia assim. Minha angústia e meus instintos imaturos exacerbando minhas emoções.

Henry deve ter ficado surpreso com minha reação. Seu rosto mostrava perplexidade.

— Calma, Ashlyn.

Eu não podia ficar calma. Era como se o mundo estivesse tentando me empurrar até um precipício, e eu queria pular. Como mamãe podia ligar para Henry, mas não ligava para mim? Nem uma mensagem de texto?

— Eu não vou me acalmar! Estou cansada de todo mundo tentando me ajudar sem que eu peça ajuda. Vocês não sabem o que é melhor para mim. Eu não queria me mudar para cá. Não queria ir para a sua escola idiota. Não queria ter nada a ver com você. Por que as pessoas simplesmente não conversam comigo? Tenho 19 anos, e não 5! Sou adulta, droga! Vocês estão arruinando a minha vida! — Corri para longe aos prantos e bati a porta do quarto.

Hailey estava sentada em sua cama com uma caixa de Kleenex ao seu lado. Tinha estado doente durante os últimos dias, e seu nariz estava mais vermelho que nunca.

— Ashlyn, o que houve?

Antes que eu pudesse responder, Henry abriu a porta do quarto e entrou.

— Hailey, Ashlyn e eu precisamos conversar.

— Eu não quero falar com você! — gritei, sentindo as lágrimas escorrendo pelo meu rosto. Atirei-me na cama e chorei em meus travesseiros. — Não vejo por que vocês todos simplesmente não me dizem a verdade! Alguém precisa me deixar entrar!

— Ela está numa clínica de reabilitação, Ashlyn.

Suas palavras estavam carregadas com uma grande dose de culpa. Olhei para cima, os olhos vermelhos, confusa. Hailey pegou sua caixa de lenços de papel com os olhos arregalados.

— O que foi, Ryan? Precisa de mim? Estou indo. — Ela contornou Henry desajeitadamente e desapareceu.

— O quê? — murmurei. Meu estômago estava cheio de nós. Apertei tanto o travesseiro que pensei que o estofado ia rasgar com a pressão. Pisquei rapidamente, tentando controlar meus pensamentos. — O que quer dizer com "ela está numa clínica de reabilitação"?

Henry afundava os pés no carpete com cada passo que ele dava para mais perto de mim.

— Ela começou a beber muito mais depois que descobrimos que Gabby estava doente.

— Ela tinha tudo sob controle — sussurrei.

Sua cabeça balançou.

— Não. Ela não tinha. No funeral, ela me disse que ia entrar em um programa de três meses. Vai sair de lá perto do Natal. Ashlyn, a sua vinda para cá não teve nada a ver com sua mãe não te querer. Foi iniciativa de Kim porque ela queria ser a mãe que você merece.

Fiquei com raiva.

— Então, me despachar para uma pessoa que nem se preocupa com o meu paradeiro foi escolha dela? Eu poderia ter ficado com Jeremy! Ele é mais meu pai do que você jamais foi! — Senti o gosto amargo de minhas palavras. Eu me odiava por gritar aquilo para Henry, mas ele era o único ali. E sempre foi tão fácil culpá-lo por todas as minhas desilusões na vida.

Henry pigarreou e engoliu em seco.

— É engraçado. Você implora às pessoas que conversem com você, que deixem você entrar porque já é adulta. Então, quando te deixam a par da realidade da vida adulta você se transforma imediatamente na menina de 5 anos de idade que negou ser.

Eu sabia que ele estava certo, mas odiava a ideia de ele estar certo. Eu *era* aquela menina magoada de 5 anos de idade. Tudo o que passava pela minha cabeça tinha como objetivo magoar Henry. Porque ele tinha me ferido por estar certo. Eu não queria que ele estivesse certo! Queria que ele fosse o pai ausente, que tinha me abandonado!

— Pelo menos eu não traio ninguém!

Seus olhos se encheram d'água e ele cambaleou para trás, atordoado.

— Você está de castigo. — Suas palavras não faziam sentido para mim. Será que ele podia me colocar de castigo? Será que tinha esse direito?

— Eu vou sair hoje à noite. — Cruzei os braços sobre o peito, sentando-me reta.

— Não. Você não vai. Enquanto morar aqui, você segue as minhas regras. Estou cansado disso, Ashlyn! — Ele levantou a voz, e eu senti calafrios. — Estou farto dessa atitude. Estou farto dessa culpa. Estou cansado de me sentir como se não pudesse perguntar aonde você está indo porque pode ficar zangada. Estou farto de tudo isso. É, eu não estava por perto quando você era mais nova. Eu não estava por perto quando você mais precisou de mim. Eu estraguei tudo. Mas agora? Agora, você não vai falar comigo da maneira que quiser. Agora, eu estou no comando.

— Mas...

— Não quero saber. Semana que vem você vai à igreja, à escola, e volta direto para casa. Assunto encerrado. O jantar é em uma hora.

— *EU. NÃO. ESTOU. COM. FOME!*

— *EU. NÃO. ME. IMPORTO!* — Ele saiu como um raio, deixando suas pegadas no tapete e batendo a porta, me fazendo gritar de raiva em meu travesseiro.

≈

Sentei-me à mesa do jantar, enquanto todos faziam suas orações novamente. A cadeira dobrável ainda machucava minhas coxas, e me ajeitei no assento.

Ryan se inclinou para mim.

— Quer trocar?

Eu recusei a oferta. Ele me perguntava aquilo quase todas as vezes que comíamos.

— Amém — murmuraram.

Henry estava sentado de frente para mim, por isso tratei de não olhar naquela direção. Eu odiava a ideia de estar no mesmo ambiente que ele. Eu nem sabia por que estava. *Levanta! Vai! Vai embora!* Meu cérebro gritava para que eu fosse embora, dizendo um "foda-se" para Henry. Mas meu coração era bobo, e atualmente falava mais alto do que minha cabeça.

Uma parte de mim estava satisfeita com o imbecil por me punir. Ele nunca tinha se parecido tanto com um pai quanto naquele momento.

— Ashlyn, eu soube que você está de castigo por um tempo — disse Rebecca sem rodeios, comendo seu jantar.

Olhei para minhas ervilhas, que eu revirava no prato.

— Parece que sim.

— Bem, você vai ter companhia. Ryan também está de castigo.

Ele se afastou da mesa, que balançou.

— O quê? O que foi que eu fiz?

A voz de Rebecca permanecia calma como sempre.

— O que foi que você não fez, não é, Ryan? Ouvi dizer que você foi a uma festa na semana passada.

Ryan ficou de queixo caído e revirou os olhos.

— Sério? Você está me colocando de castigo porque eu fui a uma festa? Eu fui a cinquenta festas este ano!

— Não. Estou colocando você de castigo por causa das drogas que encontrei na máquina de lavar.

Meus olhos dispararam para Hailey, que ficou imóvel de susto. A confusão estava estampada no rosto de Ryan. Quando se virou para Hailey, ele mudou a expressão e suspirou, sabendo que as drogas eram da irmã.

— Tá. Estou de castigo. Grande coisa. — Ele passou as mãos pelo cabelo e manteve a calma. Eu não sabia que era capaz de amá-lo ainda mais até testemunhá-lo assumindo a culpa por sua irmã mais nova.

— O mês inteiro. — Rebecca o estava punindo duramente, e me encolhi diante do ódio em seu tom de voz. — Na verdade, dois meses.

— Qual é o seu problema? — gritou Ryan, empurrando-se para longe da mesa. — Sério. O que foi que eu fiz pra você, caralho?

— Feche essa boca suja. — Sua mãe estava com raiva, mas parecia que não tinha nada a ver com as drogas que havia encontrado.

— Por quê?! Mesmo que eu não falasse palavrão e fizesse todas as coisas de "bom menino" que você quer que eu faça, ainda não seria suficiente para você. Pelo amor de Deus, admita. Diga logo que você me culpa pela morte do papai e assim, talvez um dia, você possa parar de agir como uma megera! — As palavras voaram da boca de Ryan tão rápido quanto a mão de Rebecca em seu rosto.

Henry levantou-se, atordoado, e se colocou entre os dois.

— Fiquem calmos! Está bem? Todo mundo respirando fundo! — Rebecca o empurrou para passar por ele, mas Henry a deteve.

— Você é um menino ingrato que não sabe o quanto te ajudei. Eu salvei você, Ryan! — Suas lágrimas escorriam pelo rosto.

— Me salvou? Você está louca!

Hailey saltou de sua cadeira.

— As drogas eram minhas.

A sala ficou em silêncio até que Rebecca riu.

— Não proteja seu irmão, Hailey.

— Não estou protegendo. — Ela se virou para a mãe e seu rosto ficou pálido. — Theo me deu. Pensei que iriam ajudar no nosso relacionamento, porque eu queria transar antes de ele ir para a faculdade. Ele me disse que me amaria se eu tentasse fazer o que ele queria.

Rebecca arregalou os olhos de horror. Ela esfregou as mãos em seus quadris, andando de um lado para o outro. Quando seu corpo congelou, ela balançou a cabeça.

— A culpa é sua! — Ela gritou com Ryan. — V-você é um mau exemplo para sua irmã, com esse seu jeito diabólico!

— Rebecca! — gritou Henry, olhando para ela como se fosse um monstro.

— É verdade! Ele matou o pai e agora está tentando matar a irmã!

— Cala essa boca! — gritei, incapaz de me controlar após ouvir as palavras de ódio que Rebecca tinha acabado de cuspir em Ryan.

Aquele foi o ponto alto da noite.

Os ombros de Ryan se curvaram para a frente de espanto ao ouvir as palavras de sua mãe. Ele começou a bater palmas lentamente, um sorriso triste nos lábios.

— E é isso, gente. — Ele fez uma reverência final e saiu batendo a porta da casa.

Nós todos ficamos lá, as palavras de ódio ecoando nas paredes.

— Como você pôde? — sussurrou Hailey. — A morte do papai já o destruiu. Ele já tinha medo de que você o culpasse.

Ela seguiu Ryan, e fui logo até a varanda da frente também.

Ele estava sentado lá com sua caixa de cigarros falsos nas mãos, batendo-a no joelho.

— Estou bem, meninas.

Nós nos sentamos na varanda ao lado dele, o vento cortante e frio de inverno açoitando nossos rostos. Hailey continuava fungando, seu nariz vermelho, e Ryan abraçou a irmã, tentando aquecê-la. Mas ela não fungava por causa da gripe. Era por causa do choro.

Naquela noite, cada um de nós acendeu um cigarro falso. Pelas mágoas do passado e pelas dores do presente.

# Capítulo 25

Ashlyn

Nunca perca de vista as coisas que fazem sentido.
Romeo's Quest

Dezembro começou com muita neve. Ryan e Rebecca não tinham trocado uma palavra desde a grande discussão. Fazia semanas que ele vinha batendo sua caixa de cigarros falsos na perna.

Jake ia dar uma festa naquela noite, e eu não estava nem um pouco a fim de ir. Mas eu ia por Ryan, que não tinha parado de falar nas nossas identidades falsas desde que elas chegaram. Além disso, ele realmente precisava de uma noitada, embora estivesse tecnicamente de castigo.

E também havia meu grande problema, que não parecia tão grande comparado ao restante, mas que no meu coração era gigantesco.

Eu sentia falta de Daniel. Odiava sentir tanta falta dele, mas era um fato. Às vezes chorava no chuveiro. Outras vezes chorava no meu travesseiro. Também chorava porque tinha certeza de que ele não estava chorando por mim.

Antes de ir para casa encontrar Hailey e Ryan para a festa, passei na biblioteca para devolver meus livros e escolher outro para ler em um canto na casa de Jake.

Enquanto procurava minha próxima leitura, ouvi alguém chamar meu nome.

— Ashlyn?

Ergui o olhar e vi um rosto familiar que me fez querer chorar ainda mais, porque estava ligado a Daniel.

— Oi, Randy. Tudo bem? — sussurrei, na esperança de não chamar atenção do bibliotecário.

Ele se apoiou na estante, que balançou um pouco. Senti um nó na garganta só de pensar em todas aquelas páginas de histórias caindo no chão.

— Estou bem. — Ele ergueu um livro. — Só pegando material para músicas. Não tenho visto você ultimamente. Você e Dan brigaram?

Não. Foi mais uma coisa do tipo "não é você, sou eu".

— Nós não estamos mais juntos.

Randy pareceu surpreso.

— O quê? Ele não disse nada sobre vocês terem terminado.

Meu coração se apertou no meu peito.

Aquilo doeu.

— É, bem... — Dei um sorriso tenso. Um gosto ruim encheu minha boca enquanto estava ali com Randy. Eu não queria falar com ele sobre Daniel. Especialmente sobre como Daniel não estava pensando em mim.

Randy cruzou os braços e se aproximou.

— Acho que você me entendeu mal, Ashlyn. Quando Dan está sofrendo, ele não fala nada. Ele se fecha. E, desde a morte dos pais, você foi a única capaz de fazer com que ele se abrisse de novo... Foi por causa dessa coisa de aluna-professor?

Eu desviei o olhar. Como Randy sabia disso? Achei que Daniel não quisesse contar a ninguém.

— Acho que não devemos falar sobre isso. — Pela primeira vez desde que conheci Randy, realmente prestei atenção nele. Seu cabelo desgrenhado balançava sobre a parte superior das sobrancelhas. Os lábios finos formavam uma curva leve quando ele sorria, e seus olhos eram mais escuros do que uma caverna.

Randy estreitou os olhos cor de caverna e franziu os lábios.

— Ashlyn, você está bem? Parece que vai desmaiar.

Meus joelhos bambearam, mas coloquei minha mão na estante para me manter firme.

— Eu estou bem.

Ele apontou o polegar em direção à saída da biblioteca.

— Posso levar você para casa se precisar.

— Não, está tudo bem. — Olhei ao redor, sentindo uma ansiedade extrema. Dei outro sorriso forçado. — Eu tenho que ir.

— Tá — disse ele, segurando seus livros. — Eu também. Temos um show hoje à noite. Se cuida, tá?

Me cuidar. Tá legal.

≈

Voltando para a casa de Henry, por volta de quatro e meia da tarde, estreitei os olhos quando vi Hailey chorando nos degraus, enquanto Ryan rolava no gramado da frente cheio de neve.

— O que está acontecendo? — perguntei a mim mesma em voz alta, caminhando em direção à casa.

Ryan riu quando viu que eu me aproximava. Ele jogou as mãos para o ar com um largo sorriso no rosto.

— Eu sou uma estatística ambulante! — gritou, correndo até mim.

Eu abri um sorriso curto, sem saber do que ele estava falando, mas adorando sua natureza exagerada.

— Como assim? — perguntei, vendo-o pular. Ele pegou minhas mãos e começou a me girar, me fazendo pular também. Não pude deixar de rir. — O que diabos está acontecendo, Ryan?!

Suas gargalhadas enchiam o ambiente e ele se curvou para a frente, cobrindo o abdômen com os braços, de tanto rir.

— Minha mãe bisbilhotou meu celular e encontrou todas as minhas mensagens de texto. *Dos Tonys!* Puta merda! Ela me xingou, orou por mim, e depois me expulsou de casa. Tenho 18 anos, sou gay, e moro no carro da minha irmã! — Ele abriu um sorriso largo e se virou para Hailey, que chorava descontroladamente. — Obrigado mais uma vez pelas chaves, Hailey.

Parei de rir, mas ele continuou.

— Ai, meu Deus, Ryan, isso não é engraçado...

Lágrimas rolavam de seus olhos, e ele estava balançando a cabeça de um lado para o outro, rindo ainda mais alto.

— Eu sei! Eu sei! Mas se eu parar de rir vou me dar conta de como isso tudo é uma grande merda. E vou me dar conta de que tenho uma vontade imensa de parar de respirar. Tantas vezes na última hora eu só quis parar. Então, por favor...

Ele continuou rindo, mas agora eu podia ouvir o medo em cada risada, a dor no brilho dos olhos dele. Abri um sorriso triste. Rimos juntos enquanto ele me rodopiava mais uma vez. Acenei chamando Hailey, e suas mãos estavam encharcadas de lágrimas, mas ela nos deu as mãos e girou conosco. Rindo descontroladamente. Minhas costelas começaram a doer depois de um tempo, mas eu não parei, porque se parasse tinha a sensação de que Ryan cairia instantaneamente no chão e de que seus pulmões iriam simplesmente desistir de respirar.

E eu precisava desesperadamente que ele respirasse.

Apenas respirasse.

≈

— Nós não vamos à festa — declarei, sentada no banco do motorista do carro de Hailey. Ryan estava determinado a afogar suas mágoas, mas eu tinha uma forte sensação de que era a pior coisa a se fazer.

— Ah, nós vamos, sim — argumentou Ryan.

— Não, não vamos, não.

— Minha mãe acabou de me expulsar de casa. É claro que eu vou a uma festa hoje.

Hailey veio para o carro com alguns pertences de Ryan em uma mala. Ela jogou-a no banco de trás e, em seguida, entrou.

— Só peguei algumas roupas. Porque isso vai passar. — Ela fez uma pausa e olhou para nós dois. — Isso tudo vai passar, não vai?

Ryan olhou para mim e, em seguida, para a casa.

— Você devia voltar lá para dentro, Hailey — suspirou ele.

— O quê? De jeito nenhum! Mamãe está agindo como uma louca! — Ela gritou, jogando as mãos para cima de irritação. — Eu não vou deixar você.

Ryan virou-se para olhar sua irmã e abraçou a cabeça dela.

— Eu também não vou deixar você. — Ele se aproximou e beijou sua testa. — Agora volte lá para dentro, porque você é boa demais para o Theo. E boa demais para deixar a mamãe agora.

— Mas eu a odeio. — Ela franziu a testa.

— Ah, não a odeie por causa dela e dos meus problemas. — Ryan riu. — Conte a ela que você é budista, e então pode odiar a mamãe pela reação que ela vai ter a esse assunto.

Hailey deu uma risadinha e Ryan enxugou as lágrimas da irmã.

— Quando eu completar 18 anos vou fugir com você e com Ashlyn.

— Nós vamos para a Califórnia. Você pode se tornar instrutora de ioga. Ashlyn será uma autora de best-sellers, e eu vou me prostituir na Hollywood Boulevard.

Ele fez a irmã rir de novo, e vi um pequeno sorriso em seu rosto também. Hailey se endireitou.

— Sonhe alto, ou nem sonhe, certo?

Ryan cutucou a irmã no ombro.

— Volte para casa, Hails.

Ela suspirou e assentiu. A porta se abriu e ela sorriu para o irmão.

— Eu amo...

— Você — completou Ryan.

— Promete que vai cuidar dele, Ashlyn?

Eu prometi.

Henry saiu de casa depois que Hailey entrou. Ele olhou para mim, me chamando com um aceno.

— Eu já volto, Ry.

Saí do carro e fui até Henry, cruzando os braços.

— O que foi que aconteceu? — sussurrei, virando de costas para Ryan.

Os olhos de Henry estavam pesados, e ele esfregava a nuca.

— Rebecca... Ela... — Ele abaixou a cabeça. — Como está o Ryan?

— Bem, na medida do possível, eu acho.

Henry colocou a mão no bolso e tirou um maço de dinheiro.

— Aqui tem trezentos dólares. Dê para o Ryan passar o fim de semana. Vou tentar encontrar um apartamento para ele.

Peguei o dinheiro de Henry e assenti.

— Ela não vai mudar de ideia, vai?

— Ela o culpa pela morte do pai dele. — Henry passou os dedos pela barba por fazer. — Isso não teve nada a ver com o Ryan ser gay. Tem tudo a ver com Rebecca nunca ter enfrentado seus próprios demônios. Ela teria encontrado outro motivo para expulsá-lo, de qualquer jeito.

Eu sabia como era ser expulso quando você mais precisava de alguém. Lembrei da minha mãe e da escolha que ela fez ao me mandar para Henry. Então fiz uma pausa, percebendo quão sortuda eu era por ter um lugar para ir. Ryan não tinha ninguém, ninguém a quem recorrer.

— Fique perto dele, está bem? E me dê notícias — pediu Henry.

— Tá, tudo bem. — Eu me virei para voltar para o carro e parei. — Obrigada, Henry. Por ajudar o Ryan.

Ele deu um meio-sorriso e seguiu para casa.

Voltei para o carro, entrei, e dei a partida.

— Para onde, companheiro?

Ryan sorriu e deixou-se afundar no banco, apoiando os pés no painel. Estava segurando sua identidade falsa.

— Para uma loja de bebidas!

≈

Andamos pelos corredores da loja, enchendo nosso carrinho com tudo o que Ryan queria.

— Nós não precisamos mesmo nos preocupar com as identidades falsas — disse Ryan. — Dei ao cara no caixa o primeiro boquete dele no ano passado.

Eu não sabia se devia rir ou chorar. Então não fiz nenhum dos dois.

Quando viramos o corredor na seção dos vinhos, ele parou de empurrar o carrinho. Um casal de idosos estava na nossa frente, e Ryan congelou.

Eles olharam para Ryan, e uma expressão de surpresa tomou conta de seus rostos.

— Ryan — disse a senhora mais velha, abrindo um sorriso torto. Ela olhou para o nosso carrinho cheio de bebidas, mas tentou não mostrar preocupação. — Como você está, querido?

Ela era linda. Cabelos loiros na altura dos ombros, os mais doces olhos castanhos. Seu pequeno corpo estava coberto por um sobretudo.

Os olhos de Ryan marejaram.

— Que bom ver vocês, Sr. e Sra. Levels.

O homem sorriu da mesma forma que sua esposa fizera.

— Avery falou de você na semana passada. Eu ia ligar para ver como estava...

Ryan o interrompeu, encostando no carrinho.

— Estou bem. Eu estou bem.

O homem assentiu e franziu a testa.

— Foi bom ver você. Se precisar de alguma coisa, é só ligar, está bem?

— Obrigado. Foi ótimo ver vocês dois.

A Sra. Levels se aproximou de Ryan e puxou-o para um abraço, sussurrando algo em seu ouvido. No momento em que ela o soltou, ambos tinham lágrimas rolando em seus rostos.

— Você também, Sra. Levels. — Ryan sorriu.

O casal se virou, sem fazer perguntas sobre as bebidas. Sem questionar coisa alguma, na verdade.

— Quem eram eles?

— Os pais de Avery — suspirou ele, voltando a empurrar o carrinho. Passou os dedos debaixo do nariz e fungou.

Pagamos pelas bebidas, voltamos para o carro e fomos direto para a casa de Jake.

Apesar de não estarmos nem um pouco em clima de festa.

Capítulo 26
Ashlyn

Melhorando a cada dia.
Respondo mentindo contra minha vontade.
Romeo's Quest

— Ele me disse há alguns meses que queria se assumir. Que ele não ligava para o que as pessoas pensavam. Disse que me amava e que não se importava com quem soubesse. — Ryan deu uma risada e tomou outra dose de vodca, nós dois sentados encostados em uma parede.

A garrafa em sua outra mão estava quase na metade, e eu planejava tirá-la dele a qualquer instante. Havia um casal qualquer se beijando a cerca de três metros, e música tocando por toda a casa. Este era o último lugar no qual Ryan e eu precisávamos estar.

Avery dobrou o corredor, e quando ele se deparou com Ryan, vi as partes despedaçadas que formavam aquelas duas almas perdidas. O lábio inferior de Avery tremeu antes de ele ir embora. Ryan olhou para mim, seus olhos lacrimejando, as pernas bambas.

— Eu disse a ele que não estava pronto para isso, para me assumir. Mas ele queria contar a seus pais de qualquer maneira. O resultado foi um monte de lágrimas, abraços e compreensão. Odeio compreensão, abraços, famílias chorosas. Tragam os malucos disfuncionais.

Ele sorriu, mas havia muito mais por trás daquilo e eu ouvi a dor em suas próximas palavras.

— Ele foi expulso dos estudos bíblicos porque algumas pessoas na igreja descobriram. Seus pais foram para outra igreja. Então terminei com ele. Porque me assustou; esse amor por ele. E não queria perder a minha mãe. Eu o amo tanto que me lembro dele toda vez que respiro. Então, às vezes eu prendo a respiração. Tento parar. Tento não ser assim. — Seu choro se intensificou. Sua tristeza só aumentava. — Quero que essa merda acabe.

— Ryan... — Eu chorava, me sentindo completamente impotente. Pegando a bebida dele, eu a entreguei a uma pessoa qualquer que passava. Ela aceitou, sem perguntar nada.

Ryan sentou-se e virou a cabeça para mim. Seus dedos correram pelo meu cabelo e seus olhos azuis continuaram marejados. Ele se aproximou, me beijando na boca, envolvendo-me em seus braços. Eu não me afastei. Nossos lábios estavam cobertos de lágrimas salgadas.

— Dê um fim nisso, Ashlyn. Me conserte — sussurrou ele, me beijando de novo.

— Eu não posso te consertar, Ryan — expliquei. — Você não está quebrado.

Ryan chorou por mais algum tempo, tremendo incontrolavelmente. Eu chorei, também, porque chorar sozinho sempre me pareceu muito deprimente e triste.

≈

— Vamos para casa — sussurrei no ouvido do meu amigo cansado. Ryan riu.

— Que casa? Eu moro em um carro!

Fiz uma careta e beijei sua testa. Ele assentiu e, bêbado, se levantou.

— Você fica aqui. Vou pegar nossos casacos.

Fui até o quarto de Jake e quando abri a porta havia mais pessoas se agarrando. Que novidade! Comecei a vasculhar a pilha de casacos em cima da cama, e quando me virei para sair com os nossos, esbarrei em Jake. Seus olhos estavam vermelhos, seu cabelo estava uma bagunça, e tinha certeza de que havia mais pingos ainda úmidos em sua camisa do que manchas secas de cerveja derramada. Mas, de alguma forma, ele ainda parecia amigável como sempre.

— Ei! Não vi você a noite toda! Pensei que havia faltado a mais uma incrível festa de Jake Kenn. — Ele abriu um sorriso doce e me cutucou no braço.

Tentei ao máximo parecer feliz.

— É. Foi ótima! Mas tenho que levar Ryan para casa... — *Que casa?* — Obrigada por ter convidado a gente.

— Não há nada que eu possa fazer para você gostar de mim, né? — Jake deixou escapar. Péssima hora. Ele deve ter notado meu olhar surpreso. — Foi mal. Estou bêbado e muito chapado, então tomei coragem.

— Jake, você é um ótimo amigo — comecei, mas ele riu.

— Mas...

Meus ombros subiram e desceram.

— Mas eu emprestei meu coração a alguém. E ele ainda não me devolveu.

Ele respirou fundo e jogou as mãos para cima.

— Você não pode culpar um cara por tentar.

Eu ri e beijei-o no rosto.

— Boa noite, Jake.

— Ele não vai devolver, você sabe. Seu coração. — Ele olhou para o chão. — Porque quando um cara conquista um coração como o seu, ele fica com essa merda para sempre.

Para sempre.

Que palavras terríveis.

Saí do quarto e vi alguém que desejava nunca ver novamente.

— Jace — sussurrei para mim mesma, vendo o irmão de Daniel parado com um grupo de garotos, segurando um saco de pílulas. Para cada pílula que ele distribuía, tomava uma.

Minha cabeça girava. Meu rosto estava quente.

Ele levantou a cabeça e nossos olhos se encontraram. Meu coração acelerou e me virei, correndo ao encontro de Ryan. Joguei o casaco para ele com pressa.

— Vamos embora. *Agora*.

≈

Eu poderia estar louca, mas não me importava. Ryan precisava de um lugar para passar a noite. Ficamos no carro do lado de fora da casa de Daniel. Ele ainda não tinha chegado, mas imaginei que logo estaria estacionando. Seu show já deveria ter acabado.

Ryan deitou-se no banco do carona.

— Então, você e o Sr. Daniels são...

— Éramos. — Eu suspirei.

— E o chupão foi...

— Dele. — Suspirei de novo.

— E ele terminou...

— Comigo.

Desta vez, Ryan suspirou.

— Que imbecil do caralho. Ele já viu seus peitos?

Eu sorri com o seu comentário.

O jipe de Daniel se aproximou da casa e os faróis iluminaram nosso carro. Saltei para ele poder ver logo que era eu. Ele estacionou o jipe e rapidamente desceu, correndo ao meu encontro.

— Ashlyn, o que... o que aconteceu? Você está bem? — Ele viu meus olhos inchados e seus dedos os tocaram. Tremi com seu toque. Ele me abraçou como se nunca tivéssemos terminado. — Você está machucada?

Balancei a cabeça dizendo que não.

— Eu... preciso da sua ajuda. — Ryan saltou do banco do carona e senti o medo de Daniel em seu toque. Ele reagiu com um aperto súbito de raiva.

— Ashlyn, o que você fez? — Sua voz era baixa, cheia de pânico. Ryan levantou as mãos em um gesto de rendição.

— Não se preocupe, Sr. D. Quer dizer, não vou dedurar você. — Ele, então, começou a rir. — Puta merda, você está dormindo com o nosso professor!

— *Ryan*! — sussurrei, lançando-lhe um olhar severo. Ele continuou rindo. Virei-me para Daniel. — Ele está bêbado.

— É, não me diga? Meu Deus! Você está tentando fazer com que todo mundo descubra sobre nós?

— Não fode, Daniel. Eu contei para uma pessoa! Você não teve problema em contar para o Randy! Então estamos quites.

— Do que você está falando? Como sabe que eu contei para o Randy? — Ele estreitou os olhos para mim. Aqueles lindos olhos azuis. Não. Espere. *Não olhe em seus olhos*. Eu ainda o odiava.

— Não importa. E, de qualquer maneira, não somos mais "nós". — Fiz uma pausa. — Ryan pode ficar aqui?

— O quê? — perguntou ele, confuso com meu pedido súbito.

Eu tinha de admitir que quase sorri com sua confusão, até lembrar por que Ryan precisava de um lugar para ficar. Contei a Daniel sobre a situação e vi sua perplexidade se transformar em total descrença.

— O que ele vai fazer? — sussurrou, olhando para Ryan, que agora estava em pé na varanda. Encolhi os ombros. — Isso não é justo, Ash... — Ele piscou, e quando seus olhos azuis fitaram os meus verdes, tive vontade de chorar. — Porque você sabe que faço tudo por você.

— Menos me amar. — Eu ri nervosamente. Ele abriu a boca para protestar, mas não lhe dei chance. — Olha, você pode dizer não, okay? Sei que pode perder o emprego se fizer isso.

— Acho que vou perder ainda mais se não fizer. — Daniel andou até a varanda e abriu a porta da casa. — Ryan, tem um quarto de hóspedes seguindo o corredor à esquerda. Vá para a cama.

Ryan sorriu e deu um tapinha no braço de Daniel.

— Sempre gostei de você, Sr. D. Não de um jeito homo... — Ele fez uma pausa e riu de si mesmo. Levantou o polegar e o dedo indicador muito próximos um do outro. — Bem, talvez um pouquinho homo.

Então Ryan entrou na casa. Daniel apontou para a porta.

— Venha. Está congelando aqui fora.

Eu não me mexi.

Daniel olhou para trás, para mim, perplexo. Olhei para a neve caindo sobre nós. Dei um pequeno passo na direção dele.

— Isso não significa que não odeio mais você, porque ainda odeio. Eu te odeio.

— Eu sei.

Outro pequeno passo.

— Mas gosto um pouco de você por acolher o Ryan.

Com "odeio", quis dizer amo. Com "um pouco", quis dizer muito.

Capítulo 27
Ashlyn

Descubra um jeito de ficar muito bem.
Ou descubra um jeito de ficar só bem.
Seja qual for a sua escolha, para você eu serei ninguém.
Romeo's Quest

Entrando na casa, não pude deixar de sorrir quando Daniel e eu fomos ver como Ryan estava.

— Ele foi para a direita em vez de ir para a esquerda — sussurrou Daniel, olhando para Ryan dormindo em seu quarto. — Você pode ficar no quarto de hóspedes.

— Vou dormir no sofá — sugeri.

É claro que ele não deixou. Ele foi buscar alguns cobertores e travesseiros. Afundei na cama por um momento. Meu corpo estava totalmente dolorido, exausto. Peguei meu celular e enviei uma mensagem para Henry. Ele já havia me mandando muitas mensagens, mas esta foi a primeira vez que eu realmente tive a chance de responder.

Eu: Estamos seguros. Estamos abrigados. Estamos bem.

Henry: Graças a Deus. Te ligo amanhã. Boa noite, Ash.

Eu: Boa noite.

Poucos minutos depois, ergui o olhar e vi Daniel entrar de novo no quarto. Ele colocou os travesseiros e cobertores na cômoda.

— Venha comigo — disse ele, os olhos brilhando como brasas azuis. — Tenho uma coisa para você.

Estreitei os olhos e o acompanhei. Ele me guiou pelo corredor, e paramos em frente ao banheiro. Ele abriu a porta e deu um passo para trás.

— Um banho de banheira — disse ele. — Randy tinha uns sais de banho estranhos no armário. Toda semana ele tenta me preparar um banho de banheira com alguns óleos essenciais para me relaxar. — Ele riu, mas franziu a testa. — Peguei uma camisa e um short meus para você. Estão na bancada da pia, junto com uma toalha.

Fiz uma careta.

— Por que está sendo tão bom para mim?

Daniel não respondeu de imediato. Suas sobrancelhas arquearam enquanto buscava as palavras certas.

— Não confunda meu distanciamento com desprezo. Na verdade, é o oposto. — Ele me fez entrar no banheiro e me fechou lá dentro.

Minha mão ficou por um tempo na porta. Meus olhos estavam fechados.

— Ainda está aí? — perguntei.

— Ainda estou aqui.

Suspirei enquanto tirava minhas roupas. Fui até a banheira e vi pequenas margaridas flutuando nas bolhas.

— Daniel — sussurrei, colocando uma das mãos no peito.

Toquei a água quente, primeiro com os dedos, e então permiti que todo o meu corpo se afundasse no banho de espuma. Estava quente, mas não escaldante. Confortável. Relaxante. Fechei os olhos e respirei fundo. A água se agitava de um lado para o outro com cada pequeno movimento que eu fazia.

Virei a cabeça para a porta do banheiro quando ouvi os acordes do violão. Meu coração pulou no peito quando a voz de Daniel viajou por baixo da porta.

O "pra sempre" me assusta porque nunca chegou.
Deixei de ter medo quando seu nome ela sussurrou.
As lágrimas nem me deram a chance de contê-las.
Sua voz era tão suave, parecia tão distante.
Mas, mesmo assim, eu ouvia suas palavras
no meu coração, na minha alma.
O mundo gira mais rápido,
Mas ela desacelera o tempo.
Não sei como, mas preciso que ela seja minha pra sempre.
Eu a perdi por causa de rumos equivocados.
Eu a perdi por causa de segredos não revelados.
Eu a perdi e acabei por me perder.
Preciso de ajuda nessa missão
Para encontrar
Encontrar, encontrar, encontrar
Minha Julieta.

Apoiei minha cabeça na borda da banheira e relaxei completamente. Ele continuou a dedilhar as cordas do violão. Uma sensação de paz me atravessou enquanto lembrava como Gabby costumava tocar para mim sempre que eu estava me sentindo mal e estressada.

Queria que ela pudesse ter tocado para Ryan. Sua pobre mente estava uma bagunça, e eu sabia que ia demorar um pouco até que ele ficasse bem.

Esfreguei os dedos uns nos outros, já murchos depois de quase uma hora. Levantando-me, observei a água escorrer do meu corpo. Eu me enrolei na toalha e dei um passo à frente, me olhando no espelho.

— Sinto falta de você, Gabby. — Eu suspirei. Ainda via seu reflexo em meus olhos.

Passei os dedos pelas mechas de meu cabelo antes de pegar o elástico molhado do meu pulso e prendê-lo em um coque. Depois de me secar com a toalha, comecei a me vestir. O short de Daniel era grande demais, mas caiu muito bem em mim. Quando desdobrei a camisa, lembranças abalaram todo o meu ser.

Olhei para uma das mangas da camisa faltando e sorri, lembrando daquela primeira noite em que Daniel a havia cortado para mim. Havia muitas coisas que ele não estava me dizendo. Tantos segredos que escondia de mim.

Mas, no fim das contas, deixando todo o drama de lado, ele foi o cara que tinha ajudado uma menina a sair da escuridão.

Abrindo a porta do banheiro, vi Daniel de pé. Seu violão estava encostado na parede, e ele abriu um pequeno sorriso.

— Acho que devíamos conversar — falei.

Ele balançou a cabeça e enfiou a mão no bolso. Tirou dele o canivete do pai e se aproximou de mim. Arqueei uma sobrancelha, e ele continuou sorrindo. Cuidadosamente, começou a cortar a outra manga da camisa.

— Nós vamos conversar. Eu prometo. Mas agora... — Ele pegou a manga e colocou-a em minhas mãos. — Neste momento, Ryan precisa de você.

Olhei para o corredor na direção do choro contido que vinha do quarto. Senti um frio na barriga. Abaixei a cabeça.

— O que eu digo a ele?

— Você não tem que dizer nada. Basta ficar do lado dele.

Meus passos foram lentos, aterrorizados pela dor do meu amigo. Quando entrei no quarto, eu o vi caindo aos pedaços. Ele estava abafando seus soluços no travesseiro, se entregando à tristeza debaixo dos lençóis.

Fui até ele e me sentei na cama. Seus olhos vermelhos e cansados voltaram-se para mim. Segurei a manga da camisa, e ele franziu a testa. Pegou a manga das minhas mãos e chorou de se acabar nela, dolorosamente, com todo seu ser. Abracei seu corpo e puxei-o para bem perto de mim. Suas lágrimas me encharcavam, sua cabeça deitada no meu ombro.

— Está tudo bem, Ryan — menti, esperando que minhas mentiras um dia se tornassem verdade. — Você está bem. Você está bem. *Você está bem.*

Capítulo 28
Daniel

Arriscando para você me aceitar de volta.
Estraguei tanto as coisas que vou entender,
Se você não quiser nem minha amiga ser.
Romeo's Quest

Não havia a menor chance de eu pegar no sono tão cedo. Ashlyn e Ryan tinham finalmente adormecido lá pelas três da manhã. Agora eram quatro. Eu estava de frente para a pia da cozinha esvaziando uma garrafa de vodca. Em cima da bancada havia mais três garrafas de uísque, rum e Bourbon vazias.

Tudo pelo que Ryan havia passado naquele dia era perigoso. A emoção que estava sentindo era mortal. A última coisa de que ele precisava era acordar no meio da noite e achar uma maneira de calar os ruídos em sua cabeça.

Eu tinha visto meu pai afogar seus problemas dessa maneira. A última coisa que eu queria era que Ryan seguisse o mesmo caminho de destruição. Ele era um bom garoto. Os textos que tinha escrito em aula mostraram como ele estava perdido, mas ao mesmo tempo se mantinha corajoso. Só esperava que ele pudesse permanecer corajoso.

Levantei a cabeça quando ouvi a porta da cozinha se abrir. Randy entrou, seguido por Jace, que carregava uma mochila. Quando Randy me viu, seus olhos se estreitaram.

— Dan, o que ainda está fazendo acordado? — Ele viu as garrafas vazias sobre a bancada. Em seguida, recebi um olhar confuso. — O que está acontecendo?

Eu suspirei e me virei para Jace, cujos olhos estavam vermelhos, o corpo suado. Ele nem estava de casaco naquele frio. A maneira como mexia os dedos e piscava me deixou transtornado.

Ele estava usando.

Randy percebeu minha consternação.

— Encontrei o Jace caminhando pelas ruas em Edgewood. Não podia não fazer nada, você sabe...

Jace foi até a mesa da cozinha e puxou uma cadeira, deitando a cabeça na mesa.

Randy franziu a testa, aproximando-se de mim.

— Ele não para de falar de um tal de Red. Danny, você não acha que ele está vendendo de novo, acha? — Não respondi. O que já foi resposta suficiente. — Merda. — Randy arqueou as sobrancelhas.

— Randy, me dê alguns minutos com o meu irmão — pedi, a raiva evidente no meu tom de voz. Ele assentiu e saiu da cozinha.

Jace levantou um pouco a cabeça e riu.

— Ah, merda. Não me venha com aquele discurso de irmão mais velho, "estou decepcionado com você, Jace". Por favor, me poupe. — Ele riu de novo. — A propósito, vi sua namorada na festa. Ela é gostosa, não é?

Cerrei os punhos e soquei a bancada da pia.

— Para quantos alunos meus você vendeu hoje? Ou será que tomou tudo sozinho?

— Vá se foder, Danny — murmurou Jace, abaixando a cabeça.

Sim. Vou me foder. Fui até ele e peguei a mochila, o que o fez levantar a cabeça de susto.

— Larga! — resmungou, tentando me afastar da mochila.

Revirei os olhos, sabendo que Jace não poderia me enfrentar nem estando sóbrio, e que, portanto, ele pensar que podia fazê-lo chapado era quase cômico. Empurrei-o de volta para a cadeira antes que ele pudesse piscar.

Abri a mochila e encontrei sacos com pílulas e mais pílulas.

— Você é tão burro, Jace! — gritei, indo até a pia. Ele tinha ficado andando pela rua, chapado até não poder mais, com uma mochila cheia de drogas. É evidente que não estava em seu juízo perfeito.

— Nem pense nisso! — gritou Jace, levantando às pressas, derrubando a cadeira.

Liguei o triturador e derramei o conteúdo de um dos sacos na pia.

— Você é louco, Danny! Sabe quanto isso custou? — gritou ele, vindo em minha direção, recuperando a mochila. — Red vai me matar! Ele vai me matar, Danny! Por sua causa!

— Não, você fez isso, Jace. Não vai colocar essa culpa em mim! — Enchi um copo de água e joguei no seu rosto. — Acorda, Jace! Acorda, merda!

Ele cuspiu nos meus pés.

— Vai para o inferno.

— Dá o fora daqui.

— É a casa dos meus pais também! — Ele tropeçou, mas não caiu. — Posso ficar se eu quiser!

Agarrei seu braço e o puxei até a porta, empurrando-o para fora.

— Você pode ficar no galpão do barco. Mas juro por Deus... se trouxer essa merda para a casa da mamãe e do papai de novo, vou mandar você para a cadeia.

Seus dedos não paravam, e ele balançava a cabeça de um lado para o outro.

— Espero que tenha se divertido com sua aluna. Porque se eu for pego, o mesmo vai acontecer com vocês dois.

Bati a porta e dei um grito enquanto chutava e derrubava a lata de lixo.

— Droga! — resmunguei, esfregando o rosto. Abri os olhos e vi Ashlyn de pé na entrada da cozinha. Seus olhos estavam cheios de preocupação e medo. — Você já conheceu o drogado do meu irmão Jace? — Eu ri sarcasticamente.

Ela franziu a testa.

— Preferia não ter conhecido. Ele chantageou você, não foi? Para ficar longe de mim?

— Ele ia acabar com a sua reputação, Ashlyn...

Ela caminhou até mim e passou a mão no meu rosto. Em seguida, ficou na ponta dos pés e me beijou demorada e apaixonadamente. Coloquei o braço nas costas dela.

— Vamos para a cama — sugeriu ela.

— Ashlyn — comecei a objetar. Seus dedos pararam em meus lábios.

— Não. Não agora. Não vamos tentar resolver as coisas agora. Não vou chorar, e você não vai ficar pensando demais nas coisas. Não vou me preocupar com Ryan e você não vai se estressar com Jace. Vamos para a cama. Vou colocar um de seus CDs. Você vai apagar as luzes. Vamos tirar a roupa. Vamos entrar debaixo dos lençóis. E você vai fazer amor com cada centímetro do meu corpo, da minha mente e do meu espírito até o sol nascer. À luz do dia, vamos pensar em tudo. Na escuridão, vamos apenas nos abraçar.

Ela não sabia o quanto eu a amava. Palavras não poderiam expressar. Então, prometi a mim mesmo que usaria a linguagem corporal para mostrar meu amor por ela. Iria amá-la de todos os jeitos, em todos os estilos, de todas as maneiras. Iria amá-la na cama, contra a parede, em cima da cômoda. Iria amá-la devagar, com paixão e com desejo. Iria amá-la com riso, tristeza e alegria, até que a luz do sol entrasse pelas janelas.

≈

Ela foi até a minha coleção de CDs, escolheu um deles e o inseriu no CD player. Ela apertou o play, e sorri quando escutei minha banda tocando baixinho dos alto-falantes.

— Não conseguiu encontrar nada melhor? — Eu ri.

Seu corpo se moveu em uma dança hipnótica, e a observei dançando com cada batida, movimentando-se com cada som. Não demorou muito para parecer que a música era uma parte de Ashlyn. Ela suspendeu a camisa de malha, exibindo sua pele perfeita.

Fiz menção de apagar as luzes e ela fez que não com a cabeça.

— Luzes acesas.

Luzes acesas.

— Jogo de Shakes? — sugeriu ela.

Eu ri, abaixando a cabeça.

— Sério? Agora?

Ela abriu um sorriso largo, assentindo.

Fiz uma careta.

— Porque, sério, só o que eu quero é arrancar sua roupa e fazer amor com você até não poder mais.

Ela sorriu com o meu comentário. Eu podia ver que ela imaginava a cena, pela maneira como seus olhos brilhavam. Ela passou a língua no lábio inferior e balançou a cabeça.

— Jogo de Shakes.

Shakes era um jogo que Ashlyn tinha inventado. Ele só tinha algumas regras. Regra número um: uma pessoa citava uma passagem de uma peça de William Shakespeare. Regra número dois: a outra pessoa tinha que adivinhar de que peça era. Se o jogador número dois acertasse, o jogador número um tirava uma peça de roupa. Se não, as roupas ficavam do jeito que estavam até a próxima rodada.

Ficamos de frente um para o outro, o corpo dela ainda balançando para a frente e para trás, um belo sorriso em seus lábios carnudos. Ela levantou mais sua camisa, sedutoramente, puxando-a para cima do umbigo.

— "Os covardes morrem muitas vezes, antes de morrerem verdadeiramente! O valente só uma vez prova a morte!"

Eu sorri, coçando o queixo.

— *Júlio César*.

Ashlyn tirou totalmente a camisa, deslizando-a por seus belos peitos e pela cabeça. A peça caiu no chão entre nós dois. Ela arqueou a sobrancelha e ficou ali parada, só com o sutiã cor-de-rosa.

Por um momento, fiquei admirando suas curvas deslumbrantes. Ashlyn Jennings era uma deusa. E eu era um reles mortal, completamente dominado por minha bela deusa. Não havia nenhuma dúvida em minha mente. Minha única função nesta vida era amá-la.

— Daniel. — Ela riu, corando com meu olhar fixo.

— "Se a música for alimento para o amor, continuai tocando."

Ela acariciou as próprias pernas enquanto pensava. Senti um desejo louco ao vê-la tocar o próprio corpo com os dedos.

— *Noite de Reis* — respondeu ela com segurança.

Tirei minha camisa. Joguei-a no chão. Ouvi Ashlyn gemer baixinho, enquanto olhava para mim. Seus olhos estavam sedentos, e prometi para mim mesmo que satisfaria o seu desejo. Ela mordeu o lábio inferior, e eu quis muito envolver seu corpo no meu, mas fui paciente.

— "Falai baixo se estais falando de amor." — Ela citou *Muito barulho por nada*.

Quando respondi corretamente, ela assentiu duas vezes. Seus dedos deslizaram para a lateral do short e ela mexeu os quadris, deixando a peça cair no chão. Ela usou os dedos dos pés para chutá-lo para a nossa pilha crescente de roupas.

— "Minha bondade é tão ilimitada quanto o mar, e tão profundo como este é o meu amor. Quanto mais te dou, mais tenho, pois ambos são infinitos." — Citei o verso querendo dizer aquilo mais do que ela poderia imaginar. Seus olhos ficaram marejados e ela colocou as mãos no coração. — Não chore. — Sorri.

Ela riu, encolhendo os ombros, enquanto uma lágrima caía pelo seu rosto.

— Eu choro à toa. Você precisa aceitar isso. — *Eu aceito*. Seus lábios se abriram novamente e ela suspirou. — *Romeu e Julieta*.

Desabotoei e abri o zíper do meu jeans, e ela levantou um dos dedos, me detendo. Estreitei os olhos. Ela andou na ponta dos pés até mim e suas mãos seguraram minha calça. Ela a deslizou para baixo, dobrando o corpo mais e mais a cada centímetro que o jeans descia. Seus lábios tocaram o cós da minha cueca, e ela me deu alguns beijinhos.

Senti sua respiração quente na minha pele. Meu corpo reagiu àquele breve contato. E reagiu ainda mais quando ela abaixou uma parte da minha cueca. Sua língua percorria o meu corpo para cima e para baixo, fazendo o meu desejo por ela se expandir. *Só para ela.*

— Eu provoco isso em você? — Ela sussurrou, sua mão deslizando sobre o tecido, me tocando de leve. Fechei os olhos, respirando fundo. *Você provoca isso em mim.* Ela estudou meu corpo, deslizando a mão para dentro da minha cueca.

— Ash... — murmurei, adorando o jeito como ela me conhecia. Eu a abracei e puxei-a para mim. Fitei seus olhos verdes e a beijei. Nossas línguas faziam uma dança sensual durante o beijo.

Segurando-a pela cintura, encostei-a na parede. Ela gemeu quando pressionei meu corpo no dela. Sua calcinha encostou na minha cueca e ela gritou quando empurrei meus quadris contra os dela. Ela mexeu os quadris para a frente e para trás, o que me fez gemer durante o beijo.

— Você me ama? — Ela soltou o ar pesadamente.

— Amo — suspirei em seu pescoço, deslizando os dentes por sua pele.

— Então me mostre. — Ela abaixou a calcinha. Em seguida, tirou minha cueca, me libertando. — Me mostre o quanto você me ama.

Levei as mãos até as costas dela e abri o sutiã, deixando que ele caísse no chão. Segurei sua coxa direita, levantando sua perna. Botei sua perna na minha cintura, e ela colocou os braços em volta do meu pescoço. Minha rigidez a pressionou, e a ouvi gritar de prazer.

— Eu te amo devagar — falei, apertando sua bunda. Eu a penetrei, amando o jeito como Ashlyn me convidava a entrar. Sua boca se abriu e fiz uma pausa, permitindo que me sentisse inteiro dentro dela. — Eu te amo profundamente. — Puxei a outra perna para a minha cintura, sustentando-a. Minha boca foi até sua orelha, e sussurrei enquanto chupava o lóbulo. — Eu te amo em silêncio. — Meus quadris ondulavam contra ela, minha respiração pesada, faminta. — Eu te amo com força. — Ashlyn apoiou a cabeça na parede, sua respiração ofegante. — Eu te amo incondicionalmente.

Meus lábios desceram até seus peitos, beijando-os, lambendo-os, sugando-os. Mordisquei seu mamilo esquerdo e, em seguida, passei a língua nele várias vezes antes de chupá-lo, adorando como ela gemia meu nome. Ela acelerou seus movimentos enquanto eu a penetrava.

— Eu te amo delicadamente e com fervor, devagar e depressa. Antes dos tempos e depois. — Segurei sua nuca e a levei para a cama, deitando-a, ainda dentro dela. — Eu te amo porque nasci para isso. — Nossos quadris se moviam em harmonia, nossos corpos se tornando um. Seu amor enchia de vida todo o meu ser.

Antes dela, eu não sabia o que era a vida. Depois dela, eu nunca conheceria a morte.

Nossos corpos atingiram o clímax diversas vezes. Fizemos amor enroscando os dedos no colchão, nossos corações batendo forte no peito.

Nada mais importava no mundo. Todos os problemas foram silenciados dentro daquele quarto naquela noite fria de dezembro. Bloqueamos todo o barulho, todas as dores.

Continuei amando a Srta. Jennings até que nossos olhos se fecharam e nós dormimos.

E então a amei em meus sonhos.

Capítulo 29
Ashlyn

Vou te escrever quando estiver sozinha,
Se me escrever quando eu tiver medo.
E vou te amar mesmo depois que no
mundo só houver desespero.
Nosso amor vive.
Nunca morre.
Sempre voa, sempre voa.
Romeo's Quest

Fiquei deprimida com o sol. A luz do dia significava ter de enfrentar a realidade. Não tinha certeza se estava pronta para isso. Mexi meu corpo nu sobre as cobertas e fechei os olhos pela última vez. Permiti que minha mente voltasse à noite anterior com Daniel. Como me fez sentir segura, como havia sido libertador quando me amou.

O som do meu celular apitando com uma mensagem de texto me obrigou a abrir os olhos. Sentando na cama, esfreguei o rosto com as palmas das mãos. E olhei para o lado. *Ele ainda está aqui.* Era bom saber que ele ainda estava ali, dormindo tranquilamente. Por um tempo fiquei apenas observando sua respiração, a maneira como seu peito se expandia e retraía sob os lençóis.

Ding. Ding. Ding.

Endireitei-me na cama ao ouvir meu telefone tocando mais três vezes seguidas. Estendendo uma das mãos até a cômoda ao lado da cama, tomei um susto.

A caixa de cigarros falsos de Ryan.

Estava ao lado do meu telefone. Apanhei-a com cuidado, como se algo terrível pudesse acontecer se ela quebrasse na minha mão.

Abri a caixa, e dentro dela havia um bilhete. O mundo começou a girar. Eu não tive coragem de ler.

Meu celular apitou novamente. Minha garganta apertou.

— Daniel, acorda — sussurrei, e ele quase não se mexeu. — Daniel — falei mais alto, incapaz de me mover. — Acorda!

Ding.

Daniel se virou e me viu tremendo com a caixa nas mãos. Eu sabia que devia ter lido as mensagens que recebi. Mas eu não podia. Estava com medo. Ele se sentou quando viu a preocupação em meus olhos.

— O que foi?

— Aconteceu alguma coisa — murmurei. Comecei a tremer mais, e o medo tornou-se mais intenso.

— Meu amor... — Ele colocou as mãos nos meus ombros. — Fala comigo.

— Pega meu celular — implorei.

Ele estendeu a mão sobre mim, roçando de leve minha barriga, e pegou meu telefone. Quando ele o abriu, vi seus olhos estudando as palavras.

— São de Henry e Rebecca.

— Leia para mim, por favor.

— "Ash, Rebecca quer que vocês dois voltem para casa" — disse ele. — "Ash, onde você está?" — Ele fez uma pausa. — "Ashlyn, é Rebecca. Por favor, diga para Ryan voltar para casa..." — Daniel parou novamente. — "Por que vocês dois não respondem? Por favor. Por favor. Liguei quinze vezes. Traga o meu menino para casa, por favor..." — Pausa. — "Ashlyn, vocês dois estão bem? Estamos preocupados..."

As mensagens continuavam. Rebecca queria que ele voltasse para casa. Ela havia pensado no assunto e percebido sua estupidez.

Mas e se ela a tivesse percebido tarde demais?

— Ele se foi — gritei, a caixa tremendo em meus dedos.

Daniel olhou para mim, sem entender minha reação.

— Ash... está tudo bem. Eles querem que ele volte. — Ele acariciou meu cabelo e beijou minha testa, mas eu sabia que não devia ser otimista.

— Não, não está.

Continuei chorando, sabendo que algo estava errado, sentindo a mesma coisa que senti quando Gabby...

Pisquei com força. Eu não podia pensar naquilo.

— Precisamos nos vestir — ordenou Daniel.

Ele saiu do quarto e voltou com a minha roupa do dia anterior. Eu não conseguia me mover da cama. Ele começou a me vestir, colocando cada peça de roupa, uma por uma. Cada vez que ele colocava uma peça, mais pesada a situação parecia.

Atravessamos o corredor e, claro, a cama de Daniel estava vazia.

— Ele se foi, Daniel, eu sei. — Ele não falou nada. Quando olhamos para o quintal e vimos que o carro de Hailey não estava mais lá, tenho certeza de que o ouvi engasgar com o ar. Ele pegou uma mochila que estava aberta na varanda da frente.

— Ele tinha dinheiro? — perguntou Daniel.

Minha mente congelou, confusa. Ele repetiu a pergunta, desta vez mais sério.

— Henry lhe deu trezentos dólares...

— Jace... — murmurou antes de correr até o galpão do barco.

Corri atrás dele. As portas se abriram e Daniel marchou até o barco, sem parar para respirar. Ele pegou o dinheiro que estava no deque. Trezentos dólares. Seu irmão estava dormindo e Daniel começou a sacudi-lo.

— Jace! Juro por Deus, se você fez isso...

Jace abriu os olhos, se mexendo.

— O que foi?

— Você vendeu para um garoto! *Meu aluno*, Jace! — Ele jogou a mochila vazia no rosto de seu irmão. Meu rosto ardia. Minhas pernas estavam dormentes. Meu estômago tinha dado um nó. — O acidente de Sarah não foi culpa sua. A morte da minha mãe não foi culpa sua. Mas eu juro por Deus que, se alguma coisa acontecer com aquele menino, a culpa vai ser sua! Vai ser sua, Jace!

Jace se sentou, confuso, sem nem saber onde estava.

— De que diabos você está falando? Danny, eu não fiz nada.

— Temos que ir — disse Daniel, agarrando meu braço para me arrastar para fora do galpão. — Se ele morrer, Jace... Se ele morrer, foi você! *Foi você!*

Se ele morrer?

Comecei a chorar de novo.

Porque eu sabia que ele já estava morto.

Capítulo 30

Ashlyn

Nº 56. Deixe-o ir.

Ashlyn,

Ontem à noite ouvi o Sr. Daniels brigando com o irmão por causa de drogas. Peguei algumas pílulas do cara. Por favor, diga a ele que deixei dinheiro.

Queria acordá-la, mas você parecia feliz ao lado dele. Ele parecia mais feliz ainda. Não deixe que essa felicidade acabe. Se há alguém que merece isso, é você.

Pode queimar a caixa para mim? Não preciso mais desse lembrete.

Por favor, diga a Hailey que ainda estou aqui.

Sempre aqui.

Ryan

Capítulo 31
Ashlyn

Estrelas explodiram, eu nasci.
Por favor, me chame de Tony.
Ryan Turner

A manchete do jornal foi um eco da de seu pai.
Ryan Turner, filho de Rebecca Turner, morre em terrível acidente de carro, na esquina da avenida Jefferson com a rua Pine.
A história às vezes se repetia.
Hoje à noite, almas choraram tanto na Terra quanto no Céu.

Capítulo 32
Ashlyn

Não importa o que você sente.
Saiba apenas que é real.
Romeo's Quest

O funeral foi como todos os outros. Triste, doloroso e envolto em desespero. Rebecca estava no canto falando com o padre, e Henry estava cumprimentando as pessoas e agradecendo sua presença. O lugar estava lotado — a maior parte da nossa turma foi.

Olhei para trás e vi Avery de pé com Hailey, que tinha lágrimas escorrendo pelo rosto. Hailey abraçou Avery e não se atreveu a dizer que tudo ia ficar bem.

— Olá a todos. Sou o padre Evans. Se puderem entrar, acredito que estamos prontos para começar a cerimônia.

Passei as mãos no vestido preto que eu tinha usado no funeral de Gabby, e me orgulhei da minha capacidade de reprimir o choro até agora o dia todo. Tantas lágrimas já tinham caído no quarto do hospital, no carro e em casa. Então, prometi a mim mesma fazer o máximo para ser a mais forte na igreja. Quando os outros desabassem, queria estar forte para eles.

A cerimônia transcorreu, e muitas lágrimas foram derramadas. Sentei-me entre Hailey e Rebecca no banco da frente. Rebecca não tinha dito muito desde o acidente, mas me sentei ali, acariciando sua perna, que sacudia o tempo todo. Tentei compreender suas emoções. Ela devia estar se sentindo culpada por ter expulsado Ryan de casa. Por tê-lo isolado de tal maneira. Devia estar desejando que tivesse sido ela no carro e não seu filhinho. Devia estar morta por dentro.

Mas culpa não faria bem a ninguém.

Não hoje.

Chegou a hora de as pessoas fazerem breves discursos sobre Ryan e a curta vida que ele teve neste planeta, e muitos o fizeram, alguns com piadas, outros com lágrimas. Virei-me para Hailey, que tinha me falado antes que havia planejado dizer algumas palavras, mas seu olhar voltou-se para o chão.

— Eu não consigo... eu não consigo. — Ela enxugou uma lágrima e se levantou, saindo da igreja.

Eu não sabia se deveria segui-la ou consolar Rebecca, cujos suspiros ficavam cada vez mais profundos. Sua respiração começou a acelerar, e senti como se estivesse prestes a ter um ataque de pânico.

Aproximando-me dela, sussurrei em seu ouvido:

— Ele te amava. Ele ainda te ama. Tudo bem você chorar.

As lágrimas escorriam por seu rosto, e ela assentiu, e a respiração pesada foi ficando mais suave, até parecer novamente um mar sem ondas.

Virei-me e vi Jake sentado em um dos bancos, seus olhos lacrimejando. Franzi o cenho para ele. Ele me deu um breve aceno antes de sair para ver Hailey.

Padre Evans chamou um último orador, e quando olhei para cima e vi Daniel se encaminhando para o altar, minha respiração ficou presa na garganta. Quando chegou ao púlpito, ele olhou para mim. Seus olhos eram dois poços de tristeza e compaixão. Ele enfiou a mão no bolso do terno e tirou uma folha de papel, desdobrando-a.

— Não tinha certeza de que seria capaz de ficar aqui na frente hoje. Conheci Ryan há apenas seis meses, mas com Ryan, um dia era tudo de que precisava para se apaixonar por ele. Ele era um piadista, mas um garoto muito inteligente e sábio. Foi quando ele escreveu seu primeiro texto na minha aula de Inglês Avançado que percebi quão profunda e complexa era a mente de Ryan Turner. Passei uma tarefa para eles no início do ano... — Daniel fez uma pausa, pigarreando, lutando contra as lágrimas. Ele se movimentou, tentando lutar contra as emoções, mas estava perdendo a batalha. — Perdão — murmurou, afastando-se do microfone e passando as mãos no rosto.

Quando se recompôs, eu pude ver a vermelhidão em seus olhos.
— Passei um trabalho para eles no início do ano... Perguntei aos alunos onde eles se viam em cinco anos. Quem eles queriam ser. Eu guardei a resposta de Ryan e gostaria de lê-la para vocês. — Ele encolheu os ombros e endireitou a postura, segurando o papel. — "O que eu quero ser quando crescer? Sr. D., essa parece ser uma pergunta muito pesada para alguém da minha idade. A vida é dura, e os adultos estão sempre dizendo a nós, 'crianças', que ela só piora à medida que o tempo passa. Tenho feito meu melhor para entender o que faz as pessoas seguirem em frente, o que as mantém tentando alcançar algo maior neste mundo. Crença? Esperança? Paixão?

"Eu sou gay, Sr. D. Nunca falei essas palavras para um professor, mas o jeito como você entrou na sala no primeiro dia de aula, com tanta coragem, me fez perceber que posso confiar em você. Você tem medo de algum segredo como eu. Então pensei em compartilhar meu segredo. Mas a minha sexualidade não deve me definir, certo? Há muito mais em mim. Gosto de trovoadas. Amo beisebol. Acho que rock é o melhor tipo de música. Tenho olhos azuis. Odeio ervilha. Meu sangue é vermelho e meu coração chora às vezes, como o seu, imagino.

"Sabe o que não consigo entender? Não consigo entender como as pessoas que deveriam nos amar incondicionalmente são as que se viram contra nós num piscar de olhos. Há pouco tempo tive que me convencer de que não foi contra mim que ela se virou, não foi a mim que ela culpou pela morte de papai, ela me ama. Sei que ama. Simplesmente não consegue compreender as diferentes formas de amor. Formas que só nós, adolescentes, podemos entender antes que o mundo da vida adulta tire a nossa magia, o nosso encanto. Ser adolescente é uma maldição e um presente ao mesmo tempo. É a idade em que contos de fadas e o Papai Noel deixam de existir, mas partes de nossos corações querem dizer: E se...

"É o momento em que você sente tudo, mas todos dizem que você está exagerando. Você, a orientação educacional e a sociedade nos atiram perguntas muito fortes às quais não temos ideia de como responder. Quem somos? Como nos vemos daqui a cinco anos? O que queremos ser? A coisa mais assustadora para mim é a escolha de uma carreira, a escolha de um caminho de vida para seguir com tão pouca idade, sendo tão ingênuos. Ninguém sabe quem é na nossa idade. Ninguém tem a mais puta ideia de onde vai estar em cinco anos. A última pergunta é minha favorita: O que queremos ser? Essa é a mais fácil.

Daniel fez uma pausa e olhou para mim, recitando a última parte da poderosa redação de Ryan.

— Vivo. Quero estar vivo, e não tenho ideia de por que, vendo como hedionda a vida é, às vezes. Talvez seja a crença, a esperança e a paixão, tudo embrulhado dentro do meu peito. Talvez meu coração esteja apenas rezando por um amanhã melhor para substituir todos os ontens de merda. Então, para responder à sua pergunta de forma muito deprimente, cheia de angústia adolescente, quero estar vivo quando crescer. Então, agora eu pergunto, Sr. D. O que você quer ser quando crescer? Porque nunca paramos de crescer, e raramente deixamos de sonhar."

A igreja foi invadida por um silêncio que até os deuses da terra achariam desconfortável. Daniel dobrou a folha de papel e colocou-a de volta no bolso. Ele falou no microfone e deu um sorriso triste.

— Eu não sei o que quero ser quando crescer. Mas se há alguém que quero imitar quando o fizer, é o jovem que escreveu essas palavras. Não quero ter medo do resultado da vida. Quero me lembrar de respirar enquanto sorrir, e valorizar as lágrimas. Quero mergulhar em esperança e cair no amor. Quero estar vivo quando crescer, porque... nunca estive vivo em toda a minha vida. E acho que o mínimo que podemos fazer, para honrar a memória de Ryan, é começar a viver. E nos perdoar por todos os ontens de merda.

≈

Hailey e Jake estavam nos degraus da igreja. A brisa de inverno açoitava qualquer pedaço de pele à mostra. Observei Jake sussurrar algo para ela, e ela assentir com a cabeça.

— Jake. — Ele virou na direção da minha voz. Assenti para que viesse até mim. Ele a olhou e em seguida andou ao meu encontro.

Ele deu um passo para perto.

— Ela está muito mal, Ashlyn.

— Eu sei.

O sorriso triste que ele me deu quase partiu meu coração.

— Ela acha que a culpa é sua.

— Eu sei.

Ele desviou o olhar, as mãos nos bolsos.

— Praticamente todo mundo do último ano veio aqui hoje. Todo mundo adorava o cara. Você sabia que ele foi o rei no nosso baile de formatura no ano passado? — Ele respirou fundo. — Como você chega a um ponto em que se sente tão sozinho?

Não havia uma resposta para essa pergunta. Achava que isso era o que mais feria as pessoas — as perguntas não respondidas.

Ele beliscou a ponta de seu nariz com o polegar e o indicador e fechou os olhos.

— Olha, Ashlyn. Sei que provavelmente não é o momento certo, mas... — Ele suspirou. — O cara a quem você deu seu coração... Por que ele não está aqui?

Minha voz falhou. Desviei o olhar.

— Você está certo, Jake. Não é o momento certo.

— É. Verdade. Mas... — Sua voz tremia. — Ryan está morto. E quando as pessoas morrem você começa a pensar nas coisas por dizer. As coisas que você estava com muito medo de falar. E estou prestes a viajar nas férias de Natal para visitar meus avós em Chicago, então só vou dizer isso agora.

— Jake...

— Eu o odeio. Quem quer que seja o cara que não está aqui com você, eu o odeio por deixar você sozinha hoje. — Meus olhos se encheram de lágrimas com suas palavras. Ele estendeu a mão até a gravata e a afrouxou. — Sei que provavelmente acha que eu gostava de você apenas por causa do seu corpo. Sim, a princípio, era por isso. Você é linda, Ash. Mas, então, toda aula de química você aparecia e falava. E então percebi o quanto gostava do jeito que você falava. E depois percebi o quanto você tinha a dizer e quanto o mundo merecia ouvir suas ideias. E então pensei sobre o quanto te amaria, se você me deixasse. E pensei que talvez se ficasse sóbrio, talvez se parasse de fumar maconha ou entrasse numa faculdade ou tivesse um cartão de biblioteca ou algo assim, então talvez você fosse me amar também.

— Eu amo você, Jake.

Ele riu.

— Não me venha com essa besteira de amizade. Tá tudo bem, mesmo. Eu só... Eu precisava dizer isso. Sem arrependimentos, certo?

Inclinei-me, beijei sua bochecha, e sussurrei:

— Por favor, me dê um abraço. — Ele me abraçou. Respirei seu cheiro e o abracei com força. — Não desista ainda, está bem? — Ele me puxou para mais perto.

Depois do abraço, Jake entrou de novo na igreja. Minhas pegadas marcaram a neve caída enquanto andava na direção de Hailey.

— Ei, Hails.

Ela apertou os braços, que estavam cruzados na frente de seu corpo. Ela apertou os lábios. Parecia que sua cabeça estava em algo do outro lado da rua.

Continuei:

— Eu sinto tant...

— Você sabe o que não entendo? — perguntou ela, interrompendo. — Você deveria estar com ele. — Seu corpo virou-se na minha direção de forma ameaçadora. — Você deveria vigiar o Ryan por uma noite. *Uma noite*! Onde você estava, Ashlyn?

Palavras. Havia tantas palavras diferentes, frases diferentes no mundo, mas eu não consegui dizer nenhuma.

Ela respirou friamente.

— Exatamente.

— Hailey... quando Gabby morreu... — comecei.

— Não! — Ela sussurrou, levantando a mão para mim. — Hoje o assunto não é a culpa de Ashlyn. Hoje o assunto não é Gabrielle. Ryan está morto! Você prometeu! — gritou, engasgando com o ar, com sua própria dor. — Você prometeu cuidar dele, e agora ele está morto! — Os soluços entrecortavam suas palavras, apenas murmúrios. — V-você fere todos de q-quem s-se aproxima — gaguejou ela e olhou para o chão. Ela não quis dizer aquelas palavras. Eu sabia que não.

Se havia alguma coisa que eu lembrava do funeral de Gabby, era que às vezes era mais fácil sentir raiva do que se permitir desmoronar.

— Com quem eu vou almoçar? — sussurrou. Ela colocou as mãos sobre a boca, quando um grito de dor e tristeza escapou de seus lábios. E continuou chorando, seu corpo trêmulo. — Sinto muito, Ashlyn. Não quis dizer o que eu disse.

Abracei Hailey e balancei a cabeça para trás e para a frente.

— Nós não pedimos desculpas aqui — disse, lembrando da primeira vez que me sentei à mesa do almoço. — Porque sabemos que a intenção nunca é má.

— Theo não veio — chorou ela no meu ombro. — É o pior dia da minha vida e ele não apareceu. Ele disse que era contra o seu sistema de crenças. Palhaçada, se quer saber. — Ela enxugou os olhos e se afastou de mim. — O triste é que eu não acredito nisso, sabe? Vir a uma igreja para lamentar desta forma. Sei que Theo não é budista de verdade... mas estou começando a me interessar pelo assunto. Na verdade, estou adorando. E isso... — Ela fez um gesto para a igreja. — Isso não faz sentido para mim.

— Eu posso ajudar. — Uma voz grave foi ouvida, e me virei e vi Randy caminhando em nossa direção. Ele tinha aparecido para não deixar Daniel sozinho depois de perder mais alguém em sua vida. Ele se aproximou de nós lentamente, sem querer interromper. — Eu sei como é, como a morte pode parecer dolorosamente desnecessária. A sensação é de que você quer se vingar do mundo por tirar tudo o que você ama. — Ele abaixou a cabeça e esfregou a têmpora. — Estudei budismo por muitos anos. E se você estiver interessada, podemos fazer uma oração juntos.

Os olhos de Hailey se encheram de lágrimas. Seus ombros caíram. Ela estava à beira de desabar novamente.

— Não sei nenhuma oração. Não estudei tanto assim.

Randy correu para Hailey e a segurou antes que ela caísse, colocando as mãos em seus ombros.

— Está tudo bem. Tudo bem. — Ele enxugou suas lágrimas. — Eu vou guiar você.

Dei um passo para o lado, vendo os dois tentarem encontrar conforto.

Ele pegou suas mãos e seus olhos de caverna fitaram os olhos azuis dela.

— Esta será do capítulo sobre dedicação da Bodisatva de Shantideva. Hailey riu baixinho, fungando.

— Não tenho ideia do que você acabou de dizer.

— Está tudo bem. Basta fechar os olhos. Vou guiar você.

E ele fez. Observei os dois, completos estranhos até então, encontrarem conforto um no outro, no pior momento possível. Eles não se desligaram do desconhecido. Saudaram-no juntos. As respirações dolorosas de Hailey começaram a relaxar enquanto ela segurava as mãos de Randy.

Minha prece favorita das que Randy falou foi:

— Que todos os seres possam ter períodos de vida imensuráveis. Possam eles sempre viver felizes, e possa igualmente a palavra "morte" desaparecer.

Achei maravilhoso.

≈

Todo mundo saiu da igreja em direção ao cemitério. Daniel se aproximou de mim, não como um amante na frente de todos, mas apenas um indivíduo preocupado. No entanto, em meu coração, eu sabia que ele era um amante preocupado, e isso era tudo o que importava.

— Como você está? — sussurrou ele. Dei de ombros. Os lábios de Daniel voltaram-se para baixo, provavelmente vendo o meu olhar angustiado. — Gostaria de poder te abraçar e tirar toda a sua dor.

Sorri para ele e deixei cair algumas lágrimas. Ele se aproximou para enxugá-las.

— Não. — Limpei meus próprios olhos. — Henry — murmurei. Daniel franziu a testa e assentiu.

— Vejo você mais tarde. — Ele seguiu para seu carro.

Girando no sentido da caminhonete de Henry, parei quando vi Jace perto da igreja. Ele fez uma pausa, olhando para mim antes de se virar e caminhar na direção oposta. Fui atrás dele, chamando seu nome.

— Escute, eu entendo — bufou ele, virando o rosto para mim. — Chame a polícia. Mandem me prender. Mas juro por Deus que não fiz isso! Não dei drogas àquele garoto. — Ele andou de um lado para o outro, o suor pingando de sua testa no ar gelado. — Não matei aquele garoto! — Ele sussurrou. Eu não disse nada. Fiquei olhando para ele, seus olhos azuis cheios de emoção. Ele passou as mãos pelo cabelo raspado e se ajoelhou. — Meu Deus. Será que matei esse garoto?

— Você tem os mesmos olhos — comentei. Ele olhou para cima, confuso. — De Daniel. Vocês dois têm os mesmos olhos.

Ele passou as mãos debaixo do nariz e fungou.

— Puxamos de nosso pai. — Ficando de pé, ele fez uma pausa. — Por que não chama a polícia?

— Você não é criança, Jace. Se acha que fez algo errado, então deve ser sua a responsabilidade de se entregar. — Sorri torto. — Além disso, estou tendo um dia muito ruim, então...

Ele riu e assentiu.

— Sinto muito. Sobre tudo isso. — Seus olhos azuis estavam cheios de lágrimas. — Estou tão arrependido.

— É. Eu também. — Minha mente considerou algo que eu não tinha certeza se deveria dizer a ele, mas sabia que ele precisava ouvir. — Não havia nenhuma droga no organismo dele. — Mudei meu peso de uma perna para a outra. — Ryan jogou o carro contra a árvore consciente do que estava fazendo.

— Não foi culpa minha? — Ele suspirou, apoiando as mãos em cima de sua cabeça.

Balancei a cabeça negativamente.

Um sorriso forçado se abriu em seu rosto e ele começou a virar. Vi uma única lágrima rolar quando ele enfiou as mãos nos bolsos da calça jeans. Sabia que ele não queria que eu ouvisse seu comentário seguinte. Ele estava falando sozinho, mas ouvi.

— Eu vou ficar sóbrio. Desta vez vou mesmo... — Tão leves quanto o vento que soprava, suas últimas palavras deixaram seus lábios e flutuaram para longe em direção às nuvens. — Só queria voltar para a banda. Talvez ele me deixe entrar de novo.

Se houvesse um Céu, eu esperava que as palavras de Jace voassem na direção dele.

E se houvesse um Deus, esperava que Ele estivesse ouvindo.

Capítulo 33
Daniel

Despedidas doem mais quando vêm de um lado só.
Romeo's Quest

Tinha sido um longo dia.

No cemitério, fiquei ao lado da mãe de Ryan, que estava desmoronando. Henry segurou sua mão esquerda, e eu a direita. Sabia que ela não me conhecia a não ser como o cara que tinha dado aula para o seu filho, mas ela apertou minha mão.

— Obrigada — sussurrou ela.

Meus olhos se voltaram para Ashlyn, que abraçava Hailey. Ela me deu um sorriso fraco, e franzi o cenho.

E se eu estivesse arruinando sua vida por amá-la? E se, de alguma forma, a estivesse colocando em perigo? Jace era perigoso, e as pessoas com quem ele lidava eram ainda mais.

Eu sabia que era um pensamento idiota, mas a morte estava se tornando comum demais na minha vida. Eu não tinha certeza se conseguiria lidar com isso de novo. Especialmente se algo acontecesse com Ashlyn.

Será que Jace dera a Ryan aquelas drogas? Será que Ryan estaria vivo se eu não o tivesse acolhido na minha casa? Ele estaria vivo agora se eu não estivesse namorando minha aluna.

A culpa era traiçoeira.

E foi enchendo minha cabeça com todas as razões pelas quais eu não deveria amar Ashlyn.

≈

Eu não via Ashlyn há quatro dias. Era o máximo que já havíamos passado sem nos ver. Estava sentado no meu jipe estacionado à porta da biblioteca durante os últimos quinze minutos. O céu estava mergulhado em escuridão, e a neve caía em um ritmo constante. Sob as luzes da rua, eu a vi caminhando na minha direção, um saco de papel grande em seus braços.

Ela dissera a Henry que ia passar a noite na casa de uma amiga, prometendo dar notícias a cada hora. O que significava que eu a tinha por pelo menos quinze horas. A forma como as luzes a iluminavam e a neve dançava em seu rosto me fez pensar por que um dia tudo daria certo.

Porque eu precisava que desse certo com Ashlyn Jennings. Depois que ela se formasse em junho próximo, eu iria amá-la em voz alta, do jeito que ela merecia ser amada. Daríamos um jeito em relação à faculdade, quando chegasse a hora, mas nem um dia antes.

Sim, a culpa era pesada, mas a esperança era uma arma tão poderosa quanto.

Ela abriu a porta do carona e entrou, colocando o saco no colo.

— O que tem aí? — perguntei.

Ela balançou a cabeça negativamente.

— Beijo primeiro, perguntas depois.

Inclinei-me, dei um beijo nela e sorri quando ela lambeu meu lábio inferior.

— O que tem no saco? — repeti.

— Meu baú do tesouro com as cartas de Gabby. E Jack, Jose, e Morgan — respondeu ela. — Vamos ficar bêbados hoje à noite e abrir cartas.

Rindo da sua resposta, revirei os olhos.

— Não, de verdade. O que tem no saco? — Ela arqueou uma sobrancelha e me mostrou o conteúdo. Muita bebida e cartas. — Não acho que seja a noite certa para isso, amor. — Suas pálpebras estavam pesadas pela falta de sono. — Além disso, você não bebe.

Ela sorriu.

— Não, eu não bebo. — Sua mão escorregou para dentro do saco e ela tirou uma carta. — Mas é a exigência do item número 8.

— Ashlyn... — falei, querendo evitar que ela se afogasse em álcool. Ela não tinha lidado direito com a morte de Ryan ainda, e eu temia que ela fosse desmoronar.

— Daniel. Diversão. Lembra? Vamos apenas nos divertir esta noite, está bem?

Respirei fundo e assenti.

— Está bem. — Estreitei os olhos e me inclinei para ela. — Venha aqui.

Ela avançou o corpo para mim. Meu olhar caiu sobre seus lábios. Coloquei minha mão na parte inferior das suas costas, puxando-a para mais perto. Ela suspirou enquanto eu passava o dedo *lentamente* em seu lábio superior e, *lentamente*, em seu lábio inferior. Ela abriu a boca e *lentamente* lambeu meu dedo antes de chupá-lo de um jeito sensual. Envolvi seu pescoço com minha mão e pressionei minha boca na dela.

Olhamos nos olhos um do outro, meu coração batendo forte no peito.

— Eu te amo.

— Eu te amo. — Ela falou, fazendo as palavras reverberarem por todo o meu ser. Suas costas arquearam-se com meu toque, e mordisquei seu lábio inferior. Ela suspirou, repetindo: — Eu te amo, eu te amo, eu te amo.

≈

Quando chegamos à casa do lago, notei que as luzes da sala estavam acesas. Então vi duas mulheres andando de um lado para o outro só de sutiã. *Merda*. Olhei para Ashlyn, que, claro, também tinha percebido. Ela virou o rosto para mim com um sorriso.

— Há mulheres nuas na sua casa.

Suspirei quando vi um Randy sem camisa aparecer na janela. Esfreguei a testa.

— Verdade. Há mulheres nuas na minha casa.

Ela abriu um sorriso malicioso.

— Isso é uma coisa normal... que acontece sempre na casa do Sr. Daniels?

Fechei o punho e mordi a lateral da minha mão. Meus olhos se fecharam com força.

— Não! Não... é só que... Bem, antigamente, Randy costumava me consolar com...

— Com...?

— Com festas do cabide.

Silêncio. Eu não queria abrir os olhos para ver sua reação. Ela riu alto. Abri um pouco os olhos e vi Ashlyn gargalhando.

— *Festas do cabide*? Ai, meu Deus! *Você é uma aberração!* — Ela estava rindo tanto que lágrimas escorriam pelo seu rosto.

— O quê? Não! Randy é a aberração! Eu era apenas um cara... em um quarto... com garotas nuas. — Coloquei o carro em marcha a ré para nos afastarmos da casa. Ashlyn colocou as mãos no meu braço.

— Não se atreva! — sussurrou. — Estamos indo a uma festa do cabide!

— Nós não vamos! — argumentei. Ela colocou o saco de papel no chão na frente dela. Começou a desabotoar seu casaco. — Ashlyn... — murmurei, observando seus movimentos.

— Desligue o motor do carro — instruiu ela.

— Não — falei, mas fiz o oposto. Desliguei o motor do carro.

É claro que desliguei o motor do carro. Porque quando uma garota bonita começa a tirar a roupa dentro dele, você desliga o maldito motor. Calei a boca enquanto a observava tirar o casaco. Suas mãos seguraram a barra do seu suéter e ela o tirou.

— "Estais bem certos de que estamos acordados? Parece-me que dormimos e sonhamos, entretanto." — Ela estava citando *Sonho de uma noite de verão* e seu suéter foi parar no banco de trás.

Ela acariciou o próprio corpo, começando pelo pescoço, até o decote e o sutiã. Seus olhos se fecharam e fiquei assistindo a ela se tocar na minha frente, a boca aberta de excitação.

— Você está me matando, Ashlyn — murmurei, observando, sentindo uma ereção enquanto olhava.

Ela inclinou o banco para trás e recostou. Suas mãos ainda estavam correndo pelo corpo. Observei-a inspirar profundamente e exalar pesadamente.

— "Por montes e vales, por montes e vales eu os levarei" — declamou. Suas mãos deslizaram pelo peito, e viajaram até seu umbigo. Ela virou a cabeça na minha direção e sorriu de olhos fechados. Começou a desabotoar sua calça jeans. — "Sou temido nos campos e na cidade"...

Soltei um grunhido e minhas mãos foram para cima das dela. Seus olhos verdes se abriram e então abriu a boca também ao ver meus olhos cheios de ânsia. Abri sua calça jeans e baixei-a um pouco. Ao passar a mão em cima de sua calcinha, ouvi seu gemido.

— "Conduze-os, Robin, por montes e vales" — terminei sua citação. Meus dedos foram até seu sutiã, passando sobre seus mamilos rijos. Suas mãos voaram sobre a cabeça e ela agarrou o encosto do banco. Com a respiração acelerada, sua excitação aumentava. Deslizando os dedos para baixo, acariciei Ashlyn por baixo da calcinha e a ouvi explodir de prazer quando sussurrei em seu ouvido: — "E vales".

Eu não precisava entrar em casa. Se nunca mais visse o corpo nu de outra mulher de novo, estaria tudo bem, desde que este aqui fosse meu.

Então não entramos em casa a noite toda.

Mas fizemos uma festa do cabide para dois.

≈

Fomos para o barco para beber, sem querer entrar em casa e ver Randy com suas garotas nuas.

— A gente entra depois. Elas não vão ficar a noite toda — falei.
— Randy nunca passa a noite com as meninas. — Peguei cobertores e nos deitamos na parte de cima do barco.

Abrimos o uísque, e depois que Ashlyn tomou sua primeira dose, achei que fosse vomitar. Mas se recusou a parar. Cada vez que tomávamos uma dose juntos, ela fazia a cara feia mais bonita que já vi. E ria muito, como uma garota bêbada.

Eu adorava o som de sua risada. Arqueei uma sobrancelha e tirei as garrafas de perto dela.

— Você está bêbada.

Ela sentou-se ereta. As costas de suas mãos tocaram seu rosto.

— Ah! Estou? — Ela riu um pouco mais. — Tá bem. — Pegou seu saco de papel e remexeu no que havia dentro dele. — Tenho duas cartas para abrir! Número 27. — Houve um momento em que ela olhou para as cartas e suspirou. — Às vezes sinto que a minha vida está sendo movida por essas cartas... — sua voz baixou —, e às vezes acho que elas estão me levando para o caminho errado.

Ashlyn piscou, afastando aquele pensamento, mas eu me agarrei a ele. Ela abriu a carta e começou a ler, tropeçando nas palavras.

— "Querida Ash, se você estiver lendo esta carta em seu vigésimo primeiro aniversário, então é uma otária. Quem espera até fazer 21 anos para beber? Se você está lendo isso antes de fazer 21, então tome outra dose por mim, gata! Eu te amo loucamente. Sinto falta de você. Você está indo muito bem, garota. Gabby."

Ela puxou a carta para o peito e franziu a testa, mas, ao mesmo tempo, sorriu com os olhos.

— Sinto falta dela loucamente.

— Ela sente falta de você também.

— Acha que ela está com Ryan? — Ela fez uma pausa. — Você acredita no Céu? Caramba, não sei se acredito.

Pigarreei e descansei os cotovelos sobre os joelhos.

— Acredito na possibilidade de algo maior do que este mundo. E acredito que os dois estejam juntos, seguros, e sem sofrer.

Ela expirou ruidosamente.

— Aposto que estão andando com Shakes.

— Com certeza. Por que você iria andar com outra pessoa que não Shakes na terra dos mortos?

Ela sorriu. E eu fiquei ainda mais louco por ela. Servindo mais duas doses, ela me entregou uma.

— A Gabrielle Jennings e Ryan Turner. Que eles estejam conversando com William Shakespeare diariamente.

A Gabby e Ryan!

A mão de Ashlyn pegou o próximo envelope.

— Número 12... Fazer sexo dentro de um carro. — Quando ela disse aquilo, seu rosto corou e ela o escondeu nas palmas das mãos.

— *Ai, meu Deus!* Nós fizemos sexo no jipe!

Eu sorri.

— Duas vezes.

Ela olhou para mim, seu cabelo selvagem, indomado, perfeito. Sentou-se com os braços apoiados nos joelhos. Inclinando-se, ela mordeu o lábio inferior.

— Quero fazer amor com você em todos os lugares duas vezes.

Beijei a testa dela e passei as mãos por seus cabelos. Ela segurou a carta para mim e arqueou uma sobrancelha.

— Quer que eu a leia? — perguntei.

— Claro.

Ao abri-la, sorri.

— "Sua piranha."

Ela assentiu.

— Eu sei, eu sei. Agora, o que dizia a carta?

Meu sorriso se abriu ainda mais quando virei a carta para ela.

Nº 12. Fazer sexo dentro de um carro.

Sua piranha.

G

Ashlyn arrancou a carta dos meus dedos e olhou para as palavras no papel. Ela arregalou os olhos de alegria e deu uma risada.

— Que vaca.

Esse devia ser um código para "minha melhor amiga".

Capítulo 34

Ashlyn

Feche a porta.
Tire a roupa.
Revele seus segredos para mim.
Romeo's Quest

Fomos para o quarto de Daniel e adormecemos nos braços um do outro. De manhã, quando acordei, Daniel não estava. E eu sentia uma dor de cabeça intensa. No travesseiro ao meu lado havia uma bandeja. Em cima dela, uma garrafa d'água com margaridas, uma tigela de Cap'n Crunch com marshmallow, um prato com dois analgésicos, e suco de laranja.

Continuei com o sorriso no rosto enquanto assistia à luz da manhã invadir o quarto.

Café da manhã na cama. Outra primeira vez nossa.

Joguei os comprimidos na boca e os engoli com um gole de suco.

Daniel entrou no quarto com uma toalha enrolada na cintura. A forma como o algodão emoldurava seus quadris me permitiu ver mais uma vez como ele era lindo de cima a baixo. A água escorria por seu abdômen tonificado, e corei quando ele me olhou. Amava como ele ainda me fazia corar de vez em quando. Ele sorriu para mim.

— Bom dia. — Ele se aproximou e eu também, abraçando-o, puxando seu corpo molhado para mim. Ele se deitou em cima de mim, me envolvendo. Tinha um cheiro tão fresco, amadeirado. Fiz questão de inspirar bem fundo.

— Você comprou Cap'n Crunch e colocou marshmallow nele para mim? — perguntei.

Ele pegou um marshmallow e o colocou na minha boca.

— Você adora isso. — Ele me deu um beijinho e eu fiz uma careta.

— Preciso escovar os dentes e tomar banho. Você está todo fresquinho e limpo. Não é justo que esteja beijando mau bafo.

— Eu não ligo. — Ele riu de mim.

Cobri a boca com as mãos e me afastei dele.

— Mas eu ligo!

Daniel se levantou e me pegou nos braços, ainda rindo.

— Então vamos deixar você bem limpinha.

Fazer amor no chuveiro.

Outra primeira vez nossa.

Capítulo 35
Ashlyn

A dor não é algo que você deva guardar.
Mas por favor, baby, aguente mais um dia.
Romeo's Quest

As férias de inverno começaram na semana seguinte ao enterro de Ryan. Passei grande parte delas na casa de Henry, para garantir que Rebecca e Hailey estavam destinando parte do seu tempo para comer, para chorar, para o luto. Tinha perdido Gabby em agosto, mas achava que o pior momento para se perder alguém era durante as festas de fim de ano. Faltavam apenas alguns dias para o Natal, ainda que não parecesse.

Daniel me mandava mensagens de texto todos os dias, para garantir que *eu* estava encontrando tempo para comer, para chorar, para o luto. Cada mensagem terminava com a mesma frase: eu te amo.

Eu precisava daquilo.

Na noite da véspera do Natal, eu não consegui dormir. Sentei-me na sala de estar com meu laptop nas mãos, escrevendo sem parar, despejando todos os meus pensamentos em meus personagens imaginários. Ouvi passos se aproximando por trás de mim. Virei-me e vi Henry segurando duas canecas.

— Chá? — ofereceu. — É um daqueles sabores estranhos que Rebecca guarda no armário, mas pensei em experimentar. — Assenti e me ajeitei no sofá para abrir espaço. Ele se sentou e entregou-me uma caneca. — No que está trabalhando?

— No meu livro.

— É sobre o quê?

Mordi o lábio inferior.

— Não tenho certeza ainda. Mas aviso quando tiver. — Fechando o laptop, me virei para ele. — Gabby perdoou você, sabe — falei. — Ela nunca culpou você por ir embora.

Os olhos de Henry se fixaram nos meus.

— E você?

— Eu? — Fiz uma pausa. — Estou trabalhando nisso.

Ele assentiu.

— É um começo.

Logo depois lágrimas escorriam pelo meu rosto, e tremi.

— Eu tenho sido tão cruel com você.

— E eu tenho sido ainda pior, Ashlyn. Não estive presente. Perdi tanta coisa. — Sua cabeça baixou. — O que vamos fazer daqui pra frente?

— Eu não sei. Vamos só tentar sobreviver a esta noite, por enquanto. — Tomei um gole do meu chá e imediatamente o cuspi na caneca. — Ai, meu Deus! Isso tem gosto de mijo de rena!

Henry riu e levantou uma sobrancelha.

— E você sabe qual é o gosto de mijo de rena porque...

Apontei para a caneca dele.

— Experimenta. Você vai ver.

Quando o chá entrou na sua boca, ele teve ânsia de vômito, cuspindo-o de volta.

— Tem razão, isso definitivamente tem gosto de mijo.

Ele sorriu. Eu sorri. *Nós* sorrimos. Não um sorriso constrangido, não um sorriso entre um pai e uma filha sem intimidade, mas um sorriso verdadeiro. O primeiro que compartilhamos em... anos.

— Acho que vou visitar a mamãe. Vou ficar com ela no feriado. Se estiver tudo bem para você, provavelmente irei amanhã.

Ele fez uma careta.

— Eu vou voltar, Henry — prometi.

— Ela vai adorar a visita, Ashlyn. Ela já está muito melhor... — Ele andou até a árvore de Natal no canto da sala e pegou uma caixa de presente. — Para você.

Passei os dedos no papel de embrulho. Vi meu nome escrito, e meu coração pulou.

— Você sempre nos deu cartões de presente — sussurrei.

— Pois é... Pensei em tentar algo diferente este ano. Abra.

Abri o presente lentamente, sentindo como se fosse algum tipo de sonho do qual eu acordaria. Engoli em seco quando vi o CD em minhas mãos. Romeo's Quest.

Henry pigarreou.

— Sei que pode parecer estranho já que é a banda do seu professor e tudo. Mas os vi tocar algumas semanas atrás. Eles são bons, Ashlyn. — Ele fez uma pausa. Seu lábio inferior tremeu. — Dan... — Ele fez uma pausa novamente — O *Sr. Daniels* me contou que eles fazem cada canção inspirada em peças de Shakespeare. Você gosta de Shakespeare, né? Mas, se não gostar do CD, podemos ver outra coisa. Posso levar você para fazer compras...

Respirei fundo. Meus braços se estenderam para Henry e o abracei.

— Obrigada, Henry. É perfeito! — Quando me afastei, voltei para o chá e tomei outro gole, sentindo ânsias.

— Por que continua bebendo essa coisa horrível? — perguntou Henry, olhando para o chá.

— Não é *tão* horrível — argumentei. — Além disso, Gabby amava chá, ela é a razão pela qual comecei a beber chá.

Ele baixou o olhar.

— Você pode me contar mais sobre Gabby?

Meus lábios se curvaram para baixo e senti os batimentos cardíacos acelerarem com a ideia de compartilhar as coisas maravilhosas da minha melhor amiga com o cara que já deveria conhecê-la.

— O que você quer saber?

Sua voz saiu num sussurro, quase sem som:

— Tudo.

≈

Depois de passar horas conversando com Henry sobre Gabby, me vi na banheira falando com Daniel pelo celular. Eram três horas da manhã e ele parecia não ter planos de desligar.

— Foi mal ligar tão tarde — suspirei.

— Não tem problema. Só estava deitado aqui, abraçando meu travesseiro, pensando em você.

Ri de seu comentário.

— Vou ver minha mãe amanhã...

— Vai? Que notícia boa!

— Estou nervosa... E se eu não me sair bem? E se ela não quiser me ver? E se eu chegar lá e ainda estiver com raiva dela? Porque... ainda estou zangada.

Ouvi sua respiração pelo telefone, e só esse som já me acalmou.

— Coisas terríveis aconteceram na minha vida. E eu venho percebendo que se não dizemos o que precisamos dizer quando temos chance, acabamos nos arrependendo depois. Mesmo se estiver zangada, diga. Grite para o mundo, enquanto ainda tem uma chance. Porque uma vez que a vida passa, essa oportunidade não volta. E as palavras não ditas também se perdem para sempre.

Apertei os olhos e senti meu coração batendo forte no peito. Dizer o que eu precisava dizer. Essa ideia me assustava muito.

— Estou com sono...

— Vá dormir, Ash. Você vai ter um grande dia amanhã.
Assenti, como se ele pudesse me ver.
— Você pode ficar na linha comigo? Até eu dormir?
— Claro.
Levantei-me da banheira e voltei para meu quarto.
— Feliz Natal, Daniel.
— Feliz Natal, meu anjo.
Deitei com o telefone no ouvido, e ele tocou violão na linha até que meus olhos pesaram e os sonhos tomaram conta de mim.

≈

Embarquei no trem com o baú do tesouro de Gabby no colo. Imaginei que abrir algumas cartas com mamãe poderia ser bom para ela. Para nós. Mandei uma mensagem para Daniel, agradecendo por ontem à noite. Ele respondeu com apenas uma palavra: Sempre.

Estar sentada do lado da janela no trem para Chicago trouxe de volta as lembranças da minha primeira viagem para Wisconsin. Quando Daniel e eu nos vimos pela primeira vez. Tanta coisa tinha mudado desde então, mas algumas permaneciam iguais. Aqueles olhos azuis, por exemplo.

Coloquei o baú do tesouro no banco ao lado. Dobrei as pernas junto ao peito e suspirei. Sentia tanta falta dos dois, Ryan e Gabby. Algumas lágrimas começaram a rolar dos meus olhos enquanto eu descansava minha cabeça no vidro da janela e o trem começava a se mover. Fechando os olhos, respirei profundamente algumas vezes. *Estou bem.* Repeti para mim mesma, e, mesmo assim, as lágrimas continuavam a cair.

Deveria haver uma lei universal que decretasse que jovens não podem morrer. Porque eles não tiveram realmente uma chance de viver.

Abri os olhos quando ouvi passos se aproximando de mim e olhei para cima.

Lindos.
De tirar o fôlego.
Brilhantes.
Olhos azuis.

Chorei ainda mais quando Daniel pegou a caixa e sentou-se no banco ao meu lado.

— O que ele tinha de melhor? — perguntou, me puxando para perto e beijando minhas lágrimas.

Fechei os olhos, à medida que mais emoção continuava a cair pelo meu rosto, e ele não parava com os beijos, pegando cada lágrima com seus lábios.

— Seu coração. A maneira como ele amava tão intensamente e tinha tanta sensibilidade — sussurrei sobre Ryan. — Seu amor pela mãe e pela irmã. A falta que sentia do pai... — Abri os olhos e coloquei minhas mãos em sua nuca, puxando-o para mim. — O que sua mãe mais gostava no Natal?

Desta vez, Daniel fechou os olhos. Ele não respondeu de imediato. Quando os abriu novamente, estavam marejados.

— Eu não falo dela...

Assenti.

— Eu sei.

Descansamos nossas testas uma na outra, respirando a existência um do outro.

— Sua mania de fazer tudo em dobro aparecia mais no Natal. Eu sempre ganhava dois suéteres iguais, para o caso de estragar um deles. Ela assava o dobro da quantidade de cookies. E nos fazia assistir ao filme *A felicidade não se compra* duas vezes. Ela... — Ele riu, passando o dedo na testa. — Ela colocava o dobro de vodca no ponche. Mas isso era principalmente para meu pai.

— Qual era a característica mais louca do seu pai? — perguntei, beijando levemente seus lábios.

— Humm, ele era um sonhador que realizava seus sonhos. Comprou o barco antes de ter a casa do lago. Mas tinha certeza de que a casa existiria. Acho que sonhou com ela até se tornar realidade. — Enrolei seu cabelo em meus dedos. E ele beijou a ponta do meu nariz. — Você nunca vai ter de enfrentar esse tipo de problema sozinha, Ashlyn. Nunca.

Capítulo 36
Ashlyn

Quero saber quem você era antes de mim.
Quero ver o mundo que você vê assim.
Romeo's Quest

Fizemos uma rápida parada antes de ir para a casa da mamãe. Quando Daniel parou o carro alugado na calçada, eu sorri. Um dos carros na garagem estava coberto de adesivos de algumas das melhores bandas do mundo.

O carro de Bentley.

Enfiei a mão no baú do tesouro e tirei o anel de compromisso de Gabby e a carta endereçada a Bentley. Sentir o anel em meus dedos me fez suspirar. Eles teriam sido tão felizes juntos.

— Vou esperar aqui — disse Daniel, percebendo meu olhar.

— Por favor, vem comigo — pedi, saindo do carro.

Ele abriu a porta e saiu também, fechando-a sem fazer barulho. Cada passo em direção à casa era doloroso. Cada vez que minhas botas de inverno levantavam, sentia como se estivesse sendo apunhalada no estômago.

Segurando o anel e a carta com uma das mãos e a mão de Daniel com a outra, subi os degraus até a porta da casa. Olhei para o balanço da varanda, que estava coberto de neve. Pisquei rapidamente, e as lembranças começaram a ressurgir.

"Acho que amo o Bentley", sussurrou Gabby no meu ouvido enquanto balançávamos para a frente e para trás na varanda de Bentley em uma noite de verão úmida. Ele tinha entrado para pegar alguns refrigerantes antes de irmos à feira.

Eu sorri para minha irmã.

"Você ama o Bentley."

Ela me deu um sorriso malicioso e assentiu.

"Eu amo."

Balançando a cabeça de um lado para o outro, afastei a lembrança. Apertei a campainha por um segundo. Com o som, porém, tive vontade de recuar.

Nesse momento, Daniel apertou mais a minha mão.

Relaxei.

A porta se abriu, e quando vi Bentley pela porta de tela, prendi a respiração. Primeiro, ele pareceu surpreso e um pouco triste. Eu quis não ser tão parecida com ela. Provavelmente bastou me ver para a dor invadir seu coração.

Bentley deu um passo para a varanda e seus olhos se arregalaram.

— Ashlyn — sussurrou ele.

Comecei a mover os pés. Meus nervos estavam inquietos.

Daniel soltou minha mão, e quando o olhei, ele me deu um pequeno sorriso.

— Oi, Bentley.

Ele sorriu, seus olhos marejados.

— "Oi, Bentley"? Isso é tudo o que recebo? Venha aqui. — Ele me envolveu em um abraço. Senti seu cheiro, abraçando-o mais forte.

— Você está tão bem — sussurrou ele.

— Você também, Bent. — Nos afastamos e ambos enxugamos os olhos, rindo. — Ah, Feliz Natal! — exclamei, coçando minha nuca.

Ele abriu um grande sorriso.

— Então, quem nós temos aqui?

Virei-me para Daniel, que estava ao lado, esperando calmamente. Corei.

— Este é Daniel, meu... — Fiz uma pausa, sem saber o que éramos no momento.

— Namorado. — Daniel sorriu, estendendo a mão para Bentley. — Prazer em conhecer você.

Bentley me deu um olhar tímido.

— Ah, também é um prazer conhecer você. — Ele empurrou a bochecha com a língua. — Ele é bonitão, não é? — Eu ri e empurrei Bentley no braço. — Bem, não fiquem aqui fora. Vamos entrar.

A hesitação tomou conta de mim. Por alguma razão, senti como se não pudesse entrar sem Gabby ao meu lado.

— Nós não podemos demorar. Eu só... — Estendi-lhe a carta e o anel. — Eu queria te dar isso. — Pousei o anel em suas mãos e ele deu um suspiro profundo. — Ela deixou na caixa que você me deu. E pediu que eu te desse essa carta.

Ele segurou o pedaço de papel bem firme em sua mão.

— Isto é de Gabrielle?

Assenti.

Enquanto o observava abrir lentamente a carta, uma sensação estranha de paz tomou conta de mim. Parecia que um livro estava se fechando, o capítulo final da história de amor de Bentley e Gabrielle.

Ele chorou ao ler suas palavras. É claro que chorou. As cartas de Gabby sempre faziam qualquer um chorar.

— Ela era minha favorita. — Sua voz falhou enquanto ele continuava a ler a carta.

— Eu sei.

— Às vezes me pergunto como vou conseguir começar de novo, sabe? Como vou... — Ele tossiu e passou a mão no rosto encharcado de lágrimas. — Como vou ser feliz de novo um dia?

— Você começa devagar. — Daniel avançou, colocando a mão no ombro de Bentley. — Você se permite sentir o que quer que esteja sentindo. E quando começar a se sentir feliz, não se sinta culpado.

— Começar devagar — repetiu Bentley para si mesmo, e inclinou a cabeça. — Nossa! Ele é bonitão e inteligente. Muito melhor do que Billy.

Eu ri com o comentário de Bentley e o puxei para um abraço de despedida.

— Se cuida, tá?

Ele se afastou e beijou minha testa.

— Você também, Ash-Ash. — Virando-se para Daniel, Bentley apertou sua mão. — Daniel... Cuida da minha irmã mais nova, tá?

Daniel segurou a mão de Bentley por um segundo a mais e sorriu. E então enfiou as mãos nos bolsos.

— Vou cuidar.

Ele ia.

Capítulo 37
Ashlyn

Lar — o que isso significa?
São seus olhos olhando para mim.
É só respirar.
Romeo's Quest

— Mãe? — chamei ao virar a maçaneta da porta, entrando no apartamento. Estava tudo exatamente igual. A sala ainda tinha a grande e feia estampa floral nas paredes cor de marfim. A televisão ainda estava ligada em um daqueles ridículos reality shows. O sofá ainda era do mesmo marrom sem graça.

No entanto, tudo parecia diferente.

Daniel entrou depois de mim, fechando a porta.

— Acho que ela não está aqui — sussurrei, mas não sabia por quê. Parecia que eu estava invadindo o lugar, e se fosse pega, o mundo desabaria ao meu redor.

Olhei para o corredor em direção ao que costumava ser meu quarto e de Gabby. Cada fio de cabelo do meu corpo se eriçou. Arrepios cobriram minha pele. Eu não sabia que sentiria tanto medo e ao mesmo tempo tanta raiva só de estar no apartamento. Queria gritar, mas minha garganta estava apertada. Queria chorar, mas as lágrimas não vinham.

Caminhando para meu quarto, descobri que a porta estava fechada. Segurei a maçaneta e a empurrei.

Assim como o restante do apartamento, tudo estava igual, mas de alguma forma diferente. Eu odiava isso.

Do meu lado da cama ainda havia alguns dos livros que eu tinha deixado na minha cômoda. O armário estava cheio das minhas roupas e de Gabby.

Fui até minha cama, que estava perfeitamente arrumada, e sentei na beirada. Apalpando o espaço ao meu lado, convidei Daniel para se sentar junto a mim.

— Tem seu cheiro — notou ele. — Sei que parece estranho, mas tem.

Voltei os olhos para meu travesseiro e o segurei, inspirando. Ele havia sido pulverizado recentemente com meu perfume favorito.

— Vou contar para ela a quantidade de problemas que ela causou para mim — falei, olhando para o lado de Gabby do quarto. Seus cartazes dos Beatles ainda estavam pendurados na parede. E seu violão estava apoiado na cabeceira de sua cama. Ainda havia fotos dela com Bentley por toda a parede. Fotos dela comigo... — Ela me abandonou quando eu mais precisava dela.

Olhei para Daniel, que me observava cheio de pesar, mas não falou nada.

— Ela... ela me mandou embora! — Levantei-me, sentindo meu sangue começar a ferver. Estar de volta a este lugar mexia com as minhas emoções. Estar de volta me deixava furiosa. — Eu poderia ter ficado ao lado dela! Eu poderia ter cuidado dela! — gritei, andando para lá e para cá.

Ele ficou olhando. Eu estava desmoronando.

— E então ela tem a coragem de perfumar meu travesseiro?! Como se sentisse minha falta?! — bufei, meu rosto cada vez mais quente. Bati a mão no peito. — Gabby era minha irmã gêmea! Se alguém devia ter desabado, deveria ter sido eu!

Estava furiosa e nervosa. Furiosa porque mamãe tinha se voltado para o álcool quando poderia ter se voltado para mim. E nervosa porque estava com medo de vê-la despedaçada.

Indo até a cama da minha irmã, comecei a arrancar seu edredom, jogando os travesseiros para o lado, atirando os lençóis no chão.

— Ela não vai voltar para casa, mãe! — gritei para o ar.

Em seguida, passei para os pôsteres de Gabby, arrancando-os. Estendi a mão para as fotos e comecei a jogá-las no chão também. Daniel me segurou e me puxou para fora da cama.

— Ashlyn, pare — ordenou ele.

Eu não podia. Estava fora de mim, consumida pela tristeza, pelas lembranças. Como minha mãe *se atreveu* a me mandar embora? Como Henry *se atreveu* a cuidar de mim? Como Gabrielle *se atreveu* a ter câncer? Como Ryan *se atreveu* a se matar?

— Eu consegui um lugar para ele ficar. Era para a gente dormir e pensar nas coisas de manhã. Rebecca tinha se acalmado. Ela queria que Ryan voltasse para casa. Hailey precisava dele... Que imbecil. Ele é um idiota por ter se matado!

Não era justo. Eles todos me deixaram quando eu teria feito qualquer coisa para ficar com eles. Teria dado a eles todo o amor de que precisavam.

Por que eu não fui o suficiente?

Daniel estava me segurando pela cintura, mas continuei chutando e gritando.

— *Me larga!* — Ele segurou com mais força. Comecei a chutar o ar, arranhando seus braços, tentando sair de seu abraço. Meus uivos ficaram mais profundos e a dor só se intensificou. — Me larga!

— Não. — Ele continuou firme e me colocou contra a parede para controlar meus chutes. Meu corpo parou contra a parede fria e eu desabei. — Eu nunca vou largar você, Ashlyn. Nunca vou deixar você.

— Você vai! Você vai me largar.

Meu estômago se revirou e senti que ia vomitar. Ele não tinha consciência disso, mas estava mentindo para mim.

Porque todo mundo sempre me deixava.

Minha visão começou a embaçar, e fiquei tonta.

— Você está tendo um ataque de pânico — Daniel sussurrou para mim, quando minha respiração começou a acelerar. Sentia um forte aperto no peito. — Acalme-se por mim, meu amor. Controle sua respiração. — Daniel me virou de frente para ele. Puxei sua camisa, trazendo-o para perto de mim.

Eu perdi o controle.

Perdi completamente o controle.

Mas ele ainda estava lá.

≈

Sentados no sofá, ficamos de frente para a porta de casa. Quando ouvi as chaves tilintando, meu coração bateu mais forte. A porta se abriu lentamente e eu vi minha mãe entrando com Jeremy.

Levantei-me e vi mamãe reagir surpresa. Lágrimas encheram seus olhos e seus ombros caíram.

Era para eu estar zangada.

Era para eu odiá-la.

Mas tudo o que pude fazer foi abraçá-la, puxá-la para junto de mim e chorar em seu ombro. Eu não sabia o que pensar sobre aquela interação.

E talvez amanhã eu fosse estar com raiva novamente.

E talvez quando estivesse de novo em Wisconsin voltaria a odiá-la. Mas agora? Na tarde de Natal?

Neste momento, éramos apenas duas pessoas nascidas para errar, para perder o controle e para aprender coisas novas. Nós éramos perfeitamente imperfeitas.

Capítulo 38
Ashlyn

A neve cai suavemente.
Eu amo você lentamente.
Romeo's Quest

Naqueles poucos dias em Chicago, mamãe e eu não resolvemos nossas questões. Não enfrentamos nossos problemas.

Lamentamos o primeiro Natal sem Gabby. Na véspera do Ano-Novo, limpamos o quarto. Mamãe pegou o violão da minha irmã e sorriu para Daniel.

— Você pode ficar com ele.

Ele franziu a testa.

— Eu não posso.

— Por favor — sussurrou ela, passando os dedos sobre as cordas do instrumento. — Ele merece ser tocado.

Daniel olhou para mim e eu sorri, concordando.

— Obrigado — disse ele, pegando o violão. Enquanto mamãe e eu dobrávamos a última peça de roupa para enviar para o Exército de Salvação, Daniel tocou o violão de Gabby.

— Você sabe alguma dos Beatles? — perguntei a ele.

Mamãe olhou para ele e sorriu, esperando por sua resposta.

Ele tocou "Let It Be", cantando baixinho. Sua voz estava mais doce que de costume. Senti os melhores tipos de arrepio. Do lado de fora, a neve caía, pousando nos galhos das árvores, cobrindo cada centímetro de Chicago.

E quando o relógio bateu meia-noite, todos choraram.

≈

— O que você acha? — perguntei a Daniel quando chegamos de volta à estação de trem em Edgewood. — Acha que ela vai conseguir parar de beber?

— Não sei — respondeu ele. — Mas espero que sim.

— Eu também. — Olhei em volta e sorri para Daniel. Ficamos em um canto escondido perto dos telefones públicos na estação de trem. — Ela quer que eu volte a morar com ela... para melhorarmos a nossa relação.

Ele assentiu lentamente.

— Eu sei.

Minha voz sussurrou com o próximo tópico. Mamãe tinha me dado a carta da faculdade dos meus sonhos em nossa despedida.

— Fui aceita na Universidade do Sul da Califórnia.

— Eu sei — repetiu ele. — É claro que foi. — Ele baixou a cabeça. — Não importa o que aconteça, não importa o quanto a gente tente... por que eu sinto que vou perder você?

Eu sentia isso também. Mas não podia confessar.

— Bem, Henry vai vir me buscar daqui a pouco. Ligo para você mais tarde? Caso contrário, nos vemos na escola esta semana. — Fiquei na ponta dos pés e beijei-o na boca, tentando tranquilizá-lo. Ele mordiscou meu lábio inferior e murmurei em sua boca. — Eu te amo.

— Eu também te amo.

Ao observá-lo caminhar em direção à porta da estação, meu coração se apertou. Depois de nossos exames finais em poucas semanas, haveria um novo semestre inteiro, em que Daniel e eu teríamos de fingir que não estávamos apaixonados. Só que desta vez eu não estaria na sua turma. A ideia de passar por isso de novo era dolorosa. Eu queria ser egoísta. Queria que ele largasse o emprego. Queria que ele fugisse comigo, mas eu sabia que isso não ia acontecer. Ele adorava dar aula. Ele amava sua banda. Sua casa era aqui, em Edgewood.

E o que dizer da faculdade? Eu tinha entrado na Universidade do Sul da Califórnia. A universidade dos meus sonhos. Isso significaria quatro anos longe de Daniel, quatro anos separados.

Tínhamos passado um semestre envolvidos um com o outro, e aquilo quase tinha acabado comigo. Uma verdade cruel estava se acomodando na minha cabeça enquanto eu o observava do lado de fora da estação. Eu tinha me apaixonado pela pessoa certa na hora errada.

— Oi, Ashlyn.

Dando um salto por causa do susto, me virei na direção da voz.

— Jake, você me assustou. O que está fazendo aqui?

— Acabei de voltar da casa dos meus avós... — Ele fez uma careta. — Você estava beijando o Sr. Daniels?

Minha boca ficou seca, e eu tossi.

— O quê?

— Você estava beijando o Sr. Daniels. — Ele disse isso como uma afirmação, mas chegou aos meus ouvidos como uma pergunta.

Analisei-o enquanto ele virava o corpo em direção à saída, apontando para Daniel, que estava do lado de fora esperando um táxi. Eu pude sentir o gosto azedo na minha garganta.

Rindo nervosamente, puxei a alça de minha mala e comecei a arrastá-la para longe dele. Minhas pernas pareciam gelatina. Minha mente parecia mingau.

— Preciso encontrar Henry... — murmurei.

Fizemos besteira.

Tínhamos ficado despreocupados demais. Tínhamos ficado íntimos demais. Tínhamos vacilado.

Ouvi seus passos me seguindo, e fiz uma careta.

— Ashlyn! Escuta aqui, você é uma garota inteligente. Mas ficar com o seu prof... — Jake começou a tagarelar.

Tampei seus lábios com minha mão.

— Cala a boca, Jake! *Cala a boca!* — Eu ia chorar. Corrigindo, eu estava chorando.

— Ai, meu Deus, é verdade — murmurou ele, dando um passo para trás. — Ele é o cara? É ele? Ai, meu Deus, Ashlyn!

Ele andava de um lado para o outro. Olhei em direção à saída e vi a caminhonete de Henry parada na frente da estação. Esfreguei meus olhos com os dedos e tentei me recompor, apesar do pânico.

Meu corpo todo sacudia, minhas mãos estavam trêmulas.

— Não conta pra ninguém... — sussurrei.

Jake me lançou um olhar severo de descrença.

Eu fui embora, sem olhar para trás nem uma vez. Mas podia sentir seus olhos ainda fixos em mim, me julgando. Perdendo todo o respeito por quem ele pensou que algum dia poderia amar.

Capítulo 39

Ashlyn

Não tenho medo de perder você.
Tenho mais medo de me perder.
Só não me faça escolher.
Pois vou escolher você.

Romeo's Quest

O primeiro tempo de química era algo que eu temia na volta às aulas. Não queria ficar frente a frente com Jake. Não queria que ele me encarasse com decepção nos olhos.

Quando entrei na sala de aula, ouvi todos sussurrando. Eu não tinha certeza se era porque Ryan estava morto ou porque eu parecia morta, mas continuaram sussurrando. Jake estava sentado na nossa mesa de laboratório, e quando ele me viu abri um pequeno sorriso.

Seus lábios se curvaram um pouco.

De modo singelo, pequeno, minúsculo, mas o suficiente para mim por enquanto.

— Oi — cumprimentei e me sentei ao lado dele.

— Oi, *Ashlyn*. — Ele riu, dando ênfase ao meu nome. — Eu entrei em pânico... quando eu vi... — Ele pigarreou e chegou mais perto de mim. — O que vi. Mas entendo completamente.

Meu coração batia de forma agressiva.

— Entende?

— É claro, Ash. Você perdeu sua irmã. E depois Ryan. Você era um alvo fácil para aquele canalha.

— Ele não é um canalha! — gritei, vendo que Jake definitivamente não havia entendido.

Ele segurou minha mão. Eu queria arrancá-la de suas garras, mas não o fiz. Jake não sabia da minha história com Daniel. Eu não podia esperar que ele entendesse.

— Mas eu vou fazer ele se arrepender de ter usado você — sussurrou, com convicção na voz. — Ele vai se arrepender de ter feito isso com você.

— Jake! Não, por favor. Você não entende.

Ele não respondeu. Já estava decidido.

E eu vi acontecer. Minha vida mais uma vez estava caindo aos pedaços.

E nem tinha tido a chance ainda de juntar os pedaços.

≈

Andei pelos corredores após a aula de química sentindo o coração pesado. Desejei que tivesse a capa de invisibilidade do Harry Potter, que me faria desaparecer ali mesmo. Hailey ainda não tinha conseguido voltar para a escola, e eu entendia completamente.

Os olhares de pura tristeza direcionados a mim eram intensos e traziam lágrimas aos meus olhos de vez em quando. Quando cheguei ao meu armário, olhei para trás e vi Daniel de pé na porta da sua sala, olhando para mim. Seus olhos revelavam uma quantidade estranha de culpa e mágoa, e me esforcei para abrir um sorriso. Ele deve ter ouvido as pessoas sussurrando também. Avançou em minha direção e balancei a cabeça de um lado para o outro.

A única pessoa que poderia me consolar não podia fazer isso. A única pessoa que eu queria que passasse os dedos pelo meu cabelo e me abraçasse tinha que ficar a distância.

— Eu não ligo — disse ele, articulando os lábios sem emitir som, e meu coração começou a se partir em mil pedaços.

Encolhi os ombros, e as lágrimas começaram a cair dos meus olhos.

— Mas eu ligo! — falei também só mexendo a boca e sem produzir som e baixei a cabeça.

Eu chorei encostada em meu armário e arfei em busca de ar enquanto as lembranças esmagadoras das mortes começaram a vir à tona.

Por que Gabby e Ryan estavam mortos? E por que diabos eu merecia estar viva?

Engasguei com minhas lágrimas quando a realidade me atingiu.

Eu arruinava vidas. Tinha certeza que sim. Eu tinha arruinado a vida de Gabby. Tinha arruinado a de Ryan. Tinha arruinado a de Henry e a de mamãe. E eu estava prestes a arruinar a de Daniel também.

De repente, dois braços me envolveram e me abraçaram. Ergui os olhos e vi Daniel ainda de pé na porta da sua sala, lutando para reprimir as lágrimas, mas eu estava grata por sua decisão de manter distância.

Henry tentava me acalmar e senti as lágrimas dele pingando no meu rosto.

— Está tudo bem, Ash. Você está bem. Estamos bem.

Agarrei a camisa dele, puxando-o para mais perto.

— Pai... — sussurrei, incapaz de fazer outras palavras saírem da minha boca. O poder inegável da dor era devastador. Eu sabia que corações podiam doer, mas eu nunca soube que podiam sangrar.

Henry se agarrou a mim. Alunos passavam e sussurravam, e alguns até pararam e nos encararam. Mas eu soltei a respiração que estava segurando durante os últimos meses.

E inspirei o ar que iluminou minha mente.

E expirei o ar que entupia minha alma.

Inspire, expire. Eu estava desesperadamente precisando realizar essa tarefa repetidas vezes.

Só. Respire. Ashlyn.

≈

Eu estava sentada à mesa do refeitório. Nem sequer tinha pegado uma bandeja para comer. Eu só fiquei ali. Sozinha. Despedaçada.

Avery me olhou como se pretendesse se juntar a mim, mas então desviou o olhar, e seguiu para a mesa do time da escola. Eu me perguntei por quanto tempo ele iria manter sua orientação sexual em segredo. Se ele tinha tentado se convencer de que era hétero apenas para não acabar como mais uma estatística.

Eu esperava que ele fosse ficar bem.

Jake estava na fila pegando sua comida. Ele acenou com a cabeça para mim, como se viesse sentar-se comigo, mas eu não queria ficar perto dele. Levantei num salto da mesa e saí apressada. Passei por Avery. Passei por Jake.

Mas não passei por Ryan.

Porque você não podia passar pelos mortos.

Meus olhos pararam em Daniel, e eu pisquei algumas vezes para indicar que queria que ele me seguisse.

Entrei na área gradeada do porão, e ali fiquei, no escuro, esperando. Para alguns, eu provavelmente ia parecer patética, encostada numa parede ao lado de um balde de água suja e um esfregão, mas não me importava. Ele viria, eu tinha certeza. Se Daniel Daniels me amava como eu sabia que amava, ele iria aparecer.

Então eu esperaria. Mesmo que tivesse de ficar ali até que o sol caísse e levasse o mundo para um abismo. Esperaria pacientemente. Sabendo que, não importasse o quê, ele faria de tudo para me encontrar.

Ouvi seus passos, e quando olhei para cima, vi seu rosto.

— Foi mal pela demora.

Minha vontade de chorar estava voltando, e quando senti suas mãos nas minhas costas, me joguei nos braços dele, unindo nossos corpos.

— Estou triste — falei ofegante.

Ele apoiou o queixo no alto da minha cabeça, me acalmando com suas carícias amorosas.

— Também estou triste. Então, em vez de ficarmos tristes sozinhos, podemos ficar tristes juntos por um tempo. — Ele beijou minha testa, e eu sabia que não havia mais ninguém no mundo que eu quisesse abraçar. Ninguém no mundo que eu gostaria que fosse meu.

Mas eu acabaria magoando Daniel.

Eu sempre feria as pessoas, porque nunca tinha tempo para me curar.

Então eu precisava me afastar dele.

Mas isso parecia tão difícil.

— Eu nunca tinha me apaixonado — sussurrei, colocando minha cabeça em seu peito.

Seus dedos viajaram pelo meu cabelo e acariciaram minha bochecha, encontrando meus lábios.

— Eu achava que já tinha me apaixonado, mas estava errado — respondeu ele, contornando minha boca com a ponta do polegar. O ar quente dos meus lábios encontrou seu dedo enquanto ele continuava o movimento simples, mas que estava me deixando louca. — Antes de você, eu nunca tinha amado de verdade. Nunca acreditei na eternidade, até encontrar você, meu amor. Ashlyn Jennings, você é o meu para sempre, sempre.

— Não — sussurrei, prestes a chorar. — Daniel, tem alguém que sabe sobre nós.

Seus olhos fitaram os meus e senti sua preocupação. Ou talvez fosse a minha própria preocupação. Às vezes nossos sentimentos tinham tanta sincronia que era difícil distingui-los.

— Como?

— Na estação de trem ontem. Fomos vistos.

Ele passou as mãos no rosto e assentiu, absorvendo aquela informação.

— Tudo bem. — Foi tudo o que ele disse.

Apertei os olhos.

— Daniel, ele quer contar! Ele quer causar problemas para você!

Seus ombros caíram e seus doces olhos azuis encararam os meus.

— Estive pensando em pedir demissão, Ashlyn. Posso viver só da minha música. Meus pais tinham um pouco de dinheiro guardado. Vou vender a casa. Posso arrumar outro emprego. Assim eu vou poder dar a você tudo de que precisa. Nós podemos fazer isso dar certo. Posso abraçar você quando precisar ser abraçada. Posso te beijar e não me preocupar com quem está vendo. Eu vou para a Califórnia para ficar com você.

— Daniel — falei, nervosa. — Você não pode vender a casa... É sua casa. E você gosta de dar aula.

— Não, *eu te amo*. Você é tudo o que importa.

Ele ia desistir de tudo pelo que tinha trabalhado, tudo o que ele era, para ficar comigo.

Foi quando eu soube o que tinha de fazer.

Minha voz falhou.

— Eu estou arruinando a sua vida.

As paredes pareciam estar se fechando. Senti como se meu coração estivesse preso por correntes, enquanto eu lentamente começava a arrancar Daniel de dentro de mim.

— Não... — sua voz saiu sufocada. Senti seu nervosismo. Ele sabia para onde isso estava indo.

— Minha mãe está melhor. Mas está sozinha. Eu devo voltar para casa.

Ele pegou minha mão e a levou até meu peito.

— Esta é sua casa, Ashlyn. Estamos em casa.

— Eu sinto muito.

— Eu não... — Sua voz tremia. — Não entendo. Sei que as coisas estão uma bagunça, mas... — Lágrimas rolavam pelo seu rosto, e ele se afastou.

— Eu não sei quem sou agora, Daniel. — Minha voz estava trêmula, entrecortada. — Perdi minha irmã gêmea, e encontrei você, e não tive tempo para entender o que significa estar sozinha. E eu preciso tentar. Preciso tentar ficar sozinha por um tempo para provar a mim mesma que posso cuidar de mim.

— Eu entendo, de verdade... mas... — Ele enxugou os olhos e se afastou de mim. Colocou as mãos na cintura, e observei-o inspirar e expirar profunda e pesadamente. — Como posso mudar isso? Como posso fazer você ficar? — Ele me olhou de novo. — Eu vou dar meu mundo para você, Ash. Eu vou desistir de tudo.

— Daniel, e se eu desistir de ir para a faculdade na Califórnia? — sussurrei.

Ele disse que não, argumentando que a Califórnia era tudo que eu sempre quis, que era o meu sonho. Fui até ele e passei meus dedos em seu rosto. Minhas mãos envolveram seu pescoço e puxei sua boca para a minha, beijando-o intensamente, sentindo suas lágrimas caindo em meus lábios.

— Eu sei. — Eu engoli em seco. — Então não me peça para ser a razão de você desistir de tudo.

— E como eu vou continuar a viver? Sem ver você todos os dias? Sem você?

Minhas mãos pousaram em seu peito.

— Comece devagar — falei. — Talvez nós estivéssemos destinados só a ajudar um ao outro a sair da escuridão.

— Eu não acredito nisso — argumentou.

Franzi o cenho.

— Foi Jake Kenn. Você vai ter de falar com ele. Eu não posso ser a razão de você perder tudo que trabalhou tanto para conseguir.

Ele riu nervosamente.

— Eu já perdi coisas piores.

Meus passos para longe de Daniel foram os mais dolorosos que dei na vida. As paredes sussurravam para mim, zombando de mim com as verdades debilitantes de Daniel e de meu destino. Houve momentos em que tive vontade de voltar até ele e retirar o que eu disse. Mas eu sabia que tinha tomado a decisão certa.

Porque se tivesse sido a decisão errada, meu coração não estaria doendo tanto.

Capítulo 40
Ashlyn

Não diga adeus.
Romeo's Quest

Caminhando de volta para o refeitório, fiquei surpresa ao ver Hailey sentada com Jake na nossa mesa conversando. Corri e abracei Hailey com força.

— Pensei que você não ia voltar esta semana!

Ela sorriu.

— Tinha que voltar algum dia.

Daniel voltou para o refeitório e caminhou até a nossa mesa.

— Jake, posso falar com você por um minuto na minha sala?

Jake estreitou os olhos para o Sr. Daniels e bufou:

— Não, obrigado.

Encolhi-me com a reação dele e me aproximei de Jake. Coloquei a boca perto de sua orelha e suspirei:

— Por favor, Jake? Por mim?

Ele franziu a testa e meneou a cabeça em negativa. Ele não disse uma palavra. Apenas se levantou e seguiu Daniel para fora do refeitório.

Hailey e eu sentamos de novo à mesa.

— Lembra que no início do ano eu disse que nunca tinha visto duas pessoas se amarem tão silenciosamente? Sobre Ryan e Avery?

— perguntou Hailey. Assenti. Os olhos dela se moveram em direção a Daniel, que estava indo embora. — Eu errei.

Inclinei-me para ela.

— Jake contou a você? — Ela assentiu com a cabeça. Comecei a explicar a situação toda, mas ela me cortou.

— Você não tem que me explicar nada, Ashlyn. — Seus olhos lacrimejaram e ela deu de ombros. — Amigas ficam juntas, não importa o que houver. E eu disse a Jake para calar aquela boca grande e ficar na dele.

Fiz uma careta.

— Não acho que ele tenha planos de fazer isso.

— Se ele se importa com você do jeito que o Sr. Daniels se importa, então vai ficar de bico fechado.

Parecia que Daniel e Jake tinham deixado o refeitório há uma eternidade. E eles não voltaram antes de o almoço acabar. Corri em direção à sala de Daniel, meu coração explodindo no peito, o medo quase me devorando. A porta estava fechada, então fiquei esperando na frente dela enquanto outros estudantes passavam por mim, seguindo em frente com suas vidas. Mas eu fiquei ali.

A porta se abriu e Jake saiu primeiro. Eu dei um pulo quando o vi e corri até o seu lado. Ele parecia confuso, caminhando em passos lentos.

— Jake? Diz alguma coisa, por favor. O que aconteceu?

Ele olhou para mim, os olhos pesados de emoção, e deu de ombros.

— Acho que acabei de me apaixonar pelo Sr. Daniels.

Eu ri quando o vi sorrir.

— Ele faz isso com as pessoas.

Suas sobrancelhas baixaram.

— Você vai mesmo embora? Vai voltar para Chicago?

Confirmei com a cabeça.

— Não é porque eu falei que ia dedurar, é? Porque eu não sabia... — Ele fez uma pausa. — Eu não sabia que um ser humano podia se preocupar tanto com outro quanto ele se preocupa com você.

— Não é por causa de você, Jake. É por causa da vida. A vida está acontecendo, e eu estou me permitindo seguir com ela.

— Eu vou cuidar da Hailey — prometeu ele. — Vou sentar com ela todos os dias. Ela não vai almoçar sozinha.

— Obrigada, Jake. — Eu beijei seu rosto.

— De nada, *Ashlyn*. — Ele deu ênfase mais uma vez ao meu nome. E eu beijei seu rosto de novo.

Capítulo 41
Daniel

Nós queimamos juntos.
Nós queimamos por diversão.
Nós queimamos na frente de todo mundo.
Nós éramos as estrelas.
Romeo's Quest

Era a noite anterior à volta da Ashlyn para Chicago. No dia seguinte, depois da escola, ela estaria em um trem deixando a cidade. Eu estava em pé perto do píer com o violão de Gabby, olhando para a água congelada, com as mãos nos bolsos da calça jeans. Randy tinha vindo ver como eu estava algumas vezes, mas garanti a ele que eu ficaria bem. Eu tinha que ficar. Ela odiaria se eu não ficasse bem.

A melancolia se intensificava no inverno. Podia senti-la em cada respiração. A música e a magia do lago foram silenciadas pelo gelo. Mas a música de sua voz delicada cantou para mim.

— Oi — sussurrou Ashlyn, andando atrás de mim. Henry tinha lhe emprestado o carro para ela se despedir de algumas pessoas. Ela disse que o estava usando só para vir me ver. Suas pálpebras estavam pesadas. Ela também não tinha pregado os olhos à noite.

— Oi — sorri, virando-me. Ela carregava uma caixa nas mãos. Meus olhos se voltaram para a pequena fogueira que eu tinha acendido a pedido dela. Eu ri. — Cara, você está péssima. *Horrível*.

Ela abriu um enorme sorriso.

— Tão romântico. Você está indo pelo caminho certo.

— Isso é foda — suspirei, esfregando a nuca.

— Eu sei... — Caminhamos até a fogueira e ela abriu a caixa. — Você está pronto?

Eu não estava. Mas peguei o violão e comecei a tocar, cantando baixinho.

Que os ventos sejam amigos, nos levando para casa.
Que o amanhã seja a beleza para a qual vai cada alma.

— A caixa de cigarros falsos de Ryan — disse ela, segurando-a. Ashlyn atirou-a nas chamas e vimos a fumaça subir.

Que a jornada valha a morte no fim.
Que nossas doces lembranças nunca descansem...

Quando ela exibiu as cartas de Gabby, me encolhi.

— Ashlyn, tem certeza?

Uma lágrima rolou por seu rosto e ela assentiu, colocando-as no fogo.

Limites tênues entre lá e cá.
Chamas crepitantes inflamavam o ar.
Inspire, expire.
Todos os anjos, ouçam atentamente.

Terminei de dedilhar o violão de Gabby e ficamos ali, olhando a fumaça subindo em meio ao vento frio. Ashlyn enfiou a mão na caixa e retirou duas folhas de papel e duas canetas.

— E agora? — perguntei, me aproximando dela. Ela me entregou uma folha e uma caneta.

— Em cinco anos, onde você se vê? — Ela olhou para a folha em branco. — Escreva. E depois que eu for para a faculdade, depois de você começar a recuperar este lugar... vamos ler o que o outro escreveu. Bem onde começamos.

— Você é tão dramática. — Eu ri e franzi a testa ao mesmo tempo. Mas escrevi a resposta e coloquei-a no bolso. Ela fez o mesmo.

— É melhor eu ir. A gente se vê na escola amanhã?

— Com certeza. Até amanhã.

Ela ficou parada, olhando para mim. A força da minha alma me levou até ela e eu a abracei. Olhei para o céu se estendendo até o horizonte, e fiz o possível para não deixá-la ir.

— Eu entendo por que você está indo embora. Entendo que queira se encontrar, você merece isso. Não há ninguém neste mundo que mereça se encontrar mais do que você. Mas se você não se importar, eu gostaria de dizer tudo o que vem passando pela minha cabeça, pelos próximos quarenta e cinco segundos. E quando eu terminar, quero que se afaste de mim e vá para o seu carro.

— Daniel... — hesitou ela.

— Por favor? Por favor, Ashlyn. — Seu olhar mirou o chão e quando ela olhou de novo para mim, assentiu. Aproximei meus lábios de sua orelha esquerda e sussurrei: — Eu achei que tinha inventado você. Achei que estava vivendo em um mundo de trevas e imaginei você até que passou a existir. Achei que de alguma forma minha mente criou você, colocando-a no trem meses atrás. Mas então percebi que eu nunca poderia ter criado algo tão bonito. Você é a razão pela qual as pessoas acreditam no futuro. Você é a voz que afasta as sombras. Você é o amor que me faz respirar. Assim, pelos próximos segundos, eu vou ser egoísta. Vou dizer coisas que não quero que você leve em conta. — Minhas mãos corriam para cima e para baixo por suas costas, enquanto a puxava para mais perto, sentindo seu corpo tremer de nervoso. Beijei a ponta da sua orelha. — Não vá. Fique comigo para sempre. Por favor, Ashlyn. Deixe que eu seja o seu tudo. Faça de mim o seu ouro. *Não. Vá.*

Eu me afastei dela, e me senti culpado por suas lágrimas. Ela abriu um sorriso e assentiu. Seus passos em direção ao carro foram lentos, e ela se virou para me encarar.

— Você vai estar aqui? Quando eu me encontrar?

— Prometo, prometo.

≈

Entrei no prédio da escola e vi Ashlyn rindo de seu armário, acompanhada de Jake e Hailey. Passando por ele, vi que estava coberto com fotos de melancias. Eu ri também enquanto observava Jake e Hailey zombando dela com as fotos que, era óbvio, eles tinham colado ali.

Os olhos verdes de Ashlyn cruzaram os meus, e senti meu coração bater mais forte. Ela sorriu e franziu a testa, tudo em dois segundos, antes de eu desviar o olhar.

— Esse foi o olhar mais romântico que eu já vi na minha vida — Hailey murmurou para Ashlyn. Eu continuei andando.

— Sem brincadeira — sussurrou Jake. — Acho que acabei de ficar excitado só de ver vocês dois.

Eu ri ao ouvir aquilo, mas não virei para trás. Porque sabia que se olhasse, não seria capaz de deixar isso acontecer. Eu daria um abraço nela e diria: "Por favor, não vá."

— Dan. — Henry se aproximou de mim, com um olhar triste no rosto. — Você pode vir à minha sala um instante?

Ele estava sofrendo com a volta de Ashlyn para Chicago. Dava para ver em seus olhos. Eu conhecia bem aquela sensação.

Entramos em sua sala e ele fechou a porta. Antes que eu pudesse me sentar à mesa, senti um punho socar meu olho.

— Puta merda, Henry! Que diabos foi isso?!

— Seu filho da puta! Você usou minha filha! — Ele me socou novamente, atingindo meu abdômen. Gemi de dor quando o fôlego me escapou. Inclinei o corpo para a frente, tentando lutar contra a dor. — Ela é minha filha!

Outro soco no estômago e eu caí no chão.

— Minha ex-mulher me ligou para saber se estava tudo bem. Querendo saber se Ashlyn estava indo bem. Mas ela estava muito preocupada. — Ele tentou me golpear de novo, mas desta vez o bloqueei. — Ela estava muito preocupada por Ashlyn ter de deixar seu namorado. E pensei comigo mesmo: Que namorado? Ashlyn não tinha uma porra de namorado.

— Henry, eu posso explicar...

Ele não queria me ouvir.

— E de repente, Kim se lembra do nome dele. E me diz o nome da banda dele. Adivinha qual era?

A porta da sala abriu quando eu ainda estava no chão e vi o rosto de Ashlyn. Ela ficou boquiaberta e entrou rapidamente, fechando a porta. Ela encarou o pai e ficou na minha frente enquanto eu me levantava.

— Henry, olha para mim — disse ela, colocando as mãos no ar.

— Ashlyn, ele usou você! — gritou Henry.

Eu limpei o pouco de sangue que escorria de minha boca.

— Não. Não, ele não me usou.

— Você está confusa. Você passou por muita coisa. — Henry suspirou, passando as mãos pelos cabelos.

— Pai, olha para mim — sussurrou ela, pegando as mãos dele.

— Ele me salvou. Se você me ama, vai me deixar explicar. Você vai me ouvir, e *não vai* colocar Daniel em nenhum apuro.

Ele ficou parado, pensando nas palavras da filha. Então ele se virou para mim.

— Eu nunca mais quero ver você perto dela.

— Henry — comecei.

Ashlyn me cortou:

— Eu estou indo embora! Estou indo embora, eu juro. Acabou.

Aquilo foi como uma faca sendo enfiada no meu coração. Eu passei a mão na minha sobrancelha ferida e concordei com Ashlyn.

— Acabou.

Capítulo 42
Daniel

Não existem segundas chances,
Só primeiras chances que nunca têm fim.
Romeo's Quest

Ela tinha ido embora. Eu não sabia o que pensar. Eu não sabia o que sentir.

Randy sentou-se comigo à mesa da cozinha e bebeu uma cerveja. Ele não sabia o que dizer para me fazer sentir melhor, e não tentou me fazer sentir melhor.

— Sinto muito, cara. — Ele abaixou a cabeça e a balançou de um lado para o outro.

— É. Eu também.

A porta dos fundos da casa foi aberta e Jace entrou. Seus olhos estavam vermelhos de tanto chorar quando ele enfiou as mãos nos bolsos do jeans. O hematoma deixava claro que ele tinha levado um soco no olho, e me senti mal só de olhar para ele. Seu lábio estava cortado, e sua aparência era quase a mesma de quando o vi no dia que mamãe morreu.

— Pedi a Red para me deixar sair. — Seu corpo tremia de nervoso e ele riu, dando de ombros. — Eles nunca iam me dizer quem matou a mamãe, iam?

Minha cabeça caiu e estudei minhas mãos, pousadas sobre a mesa.

— Não. Eles não iam. — Fiquei ouvindo Jace chorar e então me levantei.

Saindo da cozinha, voltei com um pano. Enchi-o de gelo e o coloquei em seu olho roxo. Ele se encolheu quando o gelo encostou em sua pele, mas não reclamou.

Eu não queria mais brigar com ele. Não queria mais dizer a ele o quanto suas escolhas afetavam sua vida e as dos outros. Eu só queria meu irmão de volta. Já tinha testemunhado muitas pessoas perderem seus irmãos, e estava cansado de brigar.

Eu abracei meu irmão e ele chorou no meu ombro.

— Eu sinto tanta falta deles, Danny. — Seu coração estava despedaçado e ele foi finalmente se permitindo sentir a tristeza pela morte dos nossos pais, e deixando de lado o desejo de vingança. — Não sei o que fazer agora. Eu não sei o que fazer...

Eu não tinha uma resposta para ele. Eu mal sabia o que estava fazendo com a minha vida. Puxei uma cadeira da mesa e Jace e eu sentamos ao lado de Randy. O ambiente ficou em silêncio por um tempo.

— Bem. — Randy sorriu, indo até a geladeira e tirando dela três cervejas. — Nós temos uma vaga na Romeo's Quest.

Os olhos de Jace se arregalaram e ele balançou a cabeça, sem acreditar.

— Vocês me aceitariam de volta? Depois de tudo que eu fiz? Especialmente com Ashlyn...

Eu me encolhi quando o ouvi dizer o nome dela.

— Jace... apenas diga sim — sugeri.

Seus olhos azuis sorriram quando ele ergueu o olhar para encontrar o meu.

— Sim.

Capítulo 43
Ashlyn

Isso não é algo que eu quero que desapareça.
Prometa que depois dessa chuva o sol surgirá.
Romeo's Quest

Depois que deixei Edgewood, fui para casa e terminei o último ano do ensino médio na minha antiga escola. Meus antigos amigos tentaram se reaproximar, mas eu não era a garota que eles conheciam. Mamãe ainda lutava todos os dias para aceitar a morte de Gabby, mas ela jurava que estava melhor com minha presença ali.

Ela ria muito mais, também.

Toda noite eu me sentava no sofá com ela; ela assistia à televisão, enquanto eu lia. Nossa rotina funcionava para nós, até o dia em que fui para a faculdade para me encontrar. Para começar de novo. Fiz novos amigos. Eu me adaptei bem a viver por conta própria, que era algo que eu nunca tinha feito em toda a minha vida. Tinha saído da vida como irmã gêmea, tendo sempre alguém perto de mim, e entrado no relacionamento com Daniel.

Eu não me arrependia de nenhuma das duas coisas, pois elas me fizeram ser quem eu sou hoje. Elas me tornaram mais forte.

Minha imaginação me permitia fingir que estávamos juntos depois que seguimos nossos caminhos separadamente. Eu rolava na cama todas as manhãs sonhando que ele estava me beijando, me abraçando e me aquecendo com seu corpo, seu amor enchendo de vida todo o meu ser. Eu o imaginava me fazendo uma xícara de chá enquanto eu preparava ovos no seu estilo favorito e seu café extraforte. Então, nós fazíamos amor antes de o sol nascer completamente e sorríamos, porque sabíamos que nossos corpos tinham sido criados um para o outro.

Nossos corações sempre bateriam um pelo outro. Nossas almas estavam destinadas a queimar juntas em uma chama mistificadora que iluminava o universo de esperança e paixão.

A maioria das pessoas não entendia. Meus amigos me incentivavam a seguir em frente, a encontrar alguém. Mas como eu poderia permitir que alguém se entregasse para mim quando eu sabia que não poderia retribuir na mesma medida? Não seria justo.

Eu sabia que nunca iria me apaixonar novamente. Não estava em meus planos. Acreditava que era porque desde que comecei a me apaixonar por ele, nunca mais parei de me apaixonar.

Qualquer pessoa no planeta teria sorte se tivesse a chance de amar o Sr. Daniels.

Mas eu era a mais sortuda. Porque por um tempo ele me amou também.

≈

Eu escrevia todo dia, sempre que não estava fazendo dever de casa. Criei uma história que eu nem sabia que vivia dentro de mim. Não havia uma palavra ali que não tivesse sido escrita ao som do CD da Romeo's Quest. Era como se ele estivesse ali comigo, torcendo por mim.

No fim do segundo ano de faculdade, finalmente escrevi a palavra na última página.

"Fim."

Eu tinha conseguido. Eu era oficialmente uma escritora.

Depois que terminei de escrever meu primeiro livro, eu mesma o publiquei. Vendi fantásticas sete cópias. Duas das quais eu mesma comprei.

E então voltei a Edgewood.

Dois anos antes do previsto.

Eu não podia mais lutar contra isso; tinha que ver se ele ainda pensava em mim.

Porque eu nunca tinha parado nem por um segundo de pensar nele.

≈

Fiquei parada em frente ao prédio da escola por um bom tempo, olhando pela janela para a sala de aula dele. Daniel sorria para seus alunos, sentado no canto da mesa, provavelmente implorando que participassem da aula. Ele gesticulava, e levantou-se da mesa para escrever no quadro. Ele tinha cortado o cabelo e estava de barba. Parecia tão... adulto.

Minhas bochechas esquentaram como na primeira vez que meus olhos o viram. Ele riu de algo que um aluno disse enquanto escrevia no quadro e meneou a cabeça. Quando a campainha tocou, assisti aos alunos arrumando as mochilas e começando a sair da sala. A brisa da primavera ficou mais forte, e cruzei os braços de frio. Quando dei um passo para trás, vi o corpo de Daniel voltar-se para a janela, e, quando ele ergueu o olhar, nossos olhos se encontraram. Tudo dentro de mim congelou, e meus lábios se abriram.

Seus olhos azuis ficaram confusos no início, mas depois ele levantou a mão para mim e seus lábios articularam um:

— Oi.

Meu coração ficou apertado com aquela simples palavra e com aquele pequeno gesto. Mordi o lábio inferior para não chorar, e levantei minha mão para ele.

— Oi — falei.

Ele passou a mão na boca e, em seguida, esfregou a nuca. Dei um passo para a frente, e ele também, até que ficamos cara a cara, só uma janela de vidro nos separando. Ele pôs a mão no vidro, e eu coloquei a minha em frente à dele. Meus olhos voltaram-se para as pontas de seus dedos, que encobriam as minhas, e sorri.

Quando olhei para ele, vi lágrimas em seus olhos e ele sorriu também.

— Chá? — perguntou. Assenti, com uma lágrima escorrendo pelo meu rosto. Ele pôs as mãos nos bolsos. — Não chore.

Dei de ombros. Eu não podia evitar. Ele me disse para esperar por ele, e eu não pude deixar de rir, porque sempre esperaria por ele.

Não demorou muito até ele juntar suas coisas e me encontrar fora do prédio da escola. Ficamos frente a frente por um bom tempo, apenas sorrindo como crianças. Fui abraçá-lo, e ele teve a mesma ideia ao mesmo tempo, então pisamos no pé um do outro. Demos um riso nervoso e eu me senti a adolescente que era quando o vi pela primeira vez na estação de trem.

Quando finalmente me abraçou, respirei seu cheiro, puxando com força sua jaqueta.

— Você está tão adulto — sussurrei em seu ouvido e ele riu, passando a mão nas minhas costas.

— Você também. — Ele se afastou e olhou para mim. — Está de franja.

— Seu rosto está mais peludo. — Eu ri.

— É. — Ele franziu a testa, coçando o queixo. — Preciso fazer a barba.

— Não. Eu adorei. — Mudando de assunto, cocei meu nariz vermelho. — Passei na sua casa ontem à noite, mas...

— Eu me mudei. — Ele fez um gesto indicando que começássemos a andar pela calçada e segui sua deixa. — Passei algum tempo fazendo uns reparos nela com Jace, e então a vendi.

— Mas era...

— O sonho dos meus pais. Não o meu. Agora eu moro num lugar não muito longe daqui. Num apartamento de gente grande — brincou.

Ficamos em silêncio, mas isso não nos deixou desconfortáveis.

— Como está Jace?

Ele sorriu.

— Sóbrio. Pela primeira vez em um bom tempo. Ele está morando com Randy. Voltou para a banda.

— Bom para ele. Bom para os dois. — Daniel apenas sorriu. — Você vai ter que me mostrar esse apartamento de gente grande um dia desses.

— Eu tenho chá lá agora. Quer dizer, se você quiser — ofereceu ele.

É claro que concordei. Caminhamos até o apartamento dele e conversamos sobre tudo.

Sabe aquelas pessoas que você passa anos sem ver e quando vocês finalmente se reencontram parece que não ficaram longe nem um minuto? Cole com essas pessoas.

Quando ele colocou a chave na fechadura, virou-se para dizer algo para mim, mas nada saiu de sua boca. Porque eu coloquei meus lábios nos dele. Agi num impulso, mas eu tinha que sentir seu gosto de novo, eu tinha que beijá-lo.

Ele recebeu meu beijo de bom grado. Sua mão envolveu a parte inferior das minhas costas, e suspirei, bêbada de Daniel.

Eu me afastei e olhei em seus olhos azuis.

— Ah, meu Deus, foi mal. — Corei e recuei. — Eu nem sei se você está saindo com alguém! E aqui estou eu beijando você como se fosse algum tipo de...

Ele me calou, encostando sua boca na minha de novo. Ele separou meus lábios com sua língua e, lentamente, aprofundou o nosso beijo.

Suspirei de novo, os olhos fechados.

— Você não tem namorada, tem?

Ele riu.

— Não. E você não tem namorado?

Senti seu corpo junto ao meu e fiquei um pouco surpresa com o quanto ainda me sentia à vontade.

— Ashlyn? — perguntou ele, me tirando da minha viagem.

— Ah! Não. Sem namorado. — Balancei o corpo de leve para a frente e para trás. — Mas você pode me contar, sabe. Se houver outra pessoa em sua vida. Eu não namorei porque... bem... como poderia depois disto? Mas, quer dizer, três anos é muito tempo para esperar e eu entendo perfeitamente se você tiver seguido em frente. Quer dizer...

Seus dedos pousaram em meus lábios.

— Você não está dizendo coisa com coisa.

Balancei a cabeça.

— Estou nervosa.

Ele chegou mais perto, nossos narizes se tocando. Ele acariciou meu cabelo e me olhou nos olhos.

— Nunca houve outra mulher, Ashlyn. Nunca poderia haver outra mulher. — *Tum. Tum.* Palpitações. Palpitações. Ele sorriu com os olhos. — Entre.

Quando entrei no apartamento, sorri. O apartamento era a cara de Daniel. Havia instrumentos musicais na sala de estar e estantes repletas de livros.

Fui até a estante, passando os dedos por ela, sentindo as capas dos livros. Tantas peças de Shakespeare. Tanta história.

— Eu tenho chá verde e chai. E este estranho aqui que a mãe de uma das minhas alunas me deu de Natal ano passado. Qual deles você quer? — Ele perguntou, indo para a cozinha.

Não consegui pensar em nada. Porque bem entre *Hamlet* e *Muito barulho por nada* estava o meu livro.

Para encontrar Julieta.

E não tinha só uma cópia, mas duas.

— Daniel — sussurrei.

Ele se aproximou de mim.

— É genial — disse, cruzando os braços. — Quer dizer, o protagonista era um pouco idiota às vezes, mas tudo é perfeito. Eu adorei.

— Ele pigarreou e pegou ambas as cópias. — Eu gostei tanto que comprei dois. Se acontecer alguma coisa com um, tenho o outro.

Uma lágrima caiu pelo meu rosto e assenti, perguntando:

— É aquela mania de tudo em dobro?

Ele se aproximou e beijou minhas lágrimas.

— Precisamos fazer uma sessão de autógrafos para eles.

Ele foi até a mesa de centro da sala e jogou tudo no chão. Agarrando meu braço, ele me levou para o sofá. Eu ri quando colocou uma caneta na minha mão e caminhou até a mesa como se fosse meu maior fã.

Que devia ser mesmo.

Ele colocou o primeiro livro em cima da mesa. Abri e fiquei surpresa.

— Daniel...

No verso da capa do livro havia o anel de compromisso que Bentley tinha dado a Gabby. E já tinha algo escrito no livro:

"Quer casar comigo, Srta. Jennings?"

Assinado pelo próprio Sr. Daniels.

As lágrimas rolaram pelo meu rosto e sorri para ele. Ele me cutucou gentilmente.

— Você tem que escrever sua resposta e assinar seu nome.

É claro que escrevi a palavra "sim".

E então o autografei da forma como seria conhecida pelo resto da minha vida.

Sra. Daniels.

Daniel

Nós amamos.
Romeo's Quest

Ashlyn voltou para a faculdade, para cursar os dois últimos anos e se formar. Nos visitamos o máximo de vezes possível, e quando ela voltou para Edgewood, se mudou para meu apartamento de gente grande. Passamos o ano seguinte nos apaixonando ainda mais, descobrindo mais coisas um sobre o outro. Ela continuou a escrever, ficando cada vez melhor no que fazia, e decidiu que queria ingressar no mestrado, mas achou um lugar muito mais perto de casa.

Casa.

Isso é o que éramos... Éramos nossa casa.

E hoje eu não estava nervoso. Minhas mãos só estavam suadas e a maldita gravata-borboleta não ficava no lugar.

— Respire, Daniel... — Onde meu padrinho tinha se metido? Não era ele o encarregado das malditas gravatas-borboleta que não ficavam no lugar? Claro que não. Jace não saberia como dar o nó também.

Esfreguei as mãos na nuca antes de desistir da gravata e passar para os punhos da minha camisa.

— Como você está?

Levantei o olhar e vi Henry de pé na porta, seu smoking impecável, sua gravata perfeitamente arrumada.

Senti uma ligeira hesitação quando olhei para ele, meus dedos tremendo por causa de algum estranho sentimento; mas não era de nervoso!

Bem, talvez fosse de nervoso.

— Essa maldita gravata-borboleta está me matando e não faço ideia de onde Jace esteja.

— Deixa comigo — disse ele, dirigindo-se para mim. Ele começou a ajudar e suspirei. Agora eu estava extremamente nervoso. Henry sempre me fazia sentir desse jeito. — Ela é demais, não é?

— Ela é.

Suas mãos se moviam como se ele tivesse sido um especialista em gravatas-borboleta numa vida passada.

— Se fizer a Ashlyn sofrer, vou matar você e fazer com que pareça um acidente.

Eu ri alto até encarar seus olhos assustadores, severos, sobre mim. Engolindo em seco, senti a gravata-borboleta mais apertada.

— Henry — tossi.

— Dan.

— Você está me sufocando.

Um sorriso malicioso surgiu em seus lábios e ele afrouxou a gravata. Ele deu um passo para trás e assentiu para mim, antes de me estender um envelope.

— Seja bom para ela, filho.

A palavra "filho" atingiu meus ouvidos e balancei a cabeça, pegando a carta dele. Ele se virou para ir embora e o chamei. Quando ele olhou para trás, sorri.

— Obrigado pela ajuda.

— Eu só amarrei uma gravata-borboleta. Não é grande coisa.

Mas nós dois sabíamos que ele tinha feito muito mais do que isso.

Ele me deixou sozinho com o envelope e o abri, encontrando duas cartas dentro. Retirei a primeira e comecei a ler as palavras de Ashlyn.

Sr. Daniels,
A resposta para onde quero estar em cinco anos? Simples.
Com você.
P.S.: Poupei uma carta do fogo.
Para sempre, para sempre,
Ashlyn.

Eu nunca soube que era possível amar alguém tanto assim. Enfiei a mão no envelope de novo e tirei a segunda carta, e então levei meu punho aos lábios, absorvendo tudo.

A quem possa interessar,

Oi. Não tenho certeza se já nos conhecemos, mas como hoje é o dia em que você vai se casar com a minha irmã, pensei em dizer oi. Como não posso ficar de pé na frente de todo mundo para fazer o meu discurso de dama de honra, vou fazer isso só para você.

Quando Ashlyn e eu tínhamos sete anos, ela encontrou uma aranha no quarto, e, em vez de matar a aranha, ela a levou para fora para que ela pudesse levar uma boa vida de aranha. Mais tarde a aranha voltou para cima dela e ela a matou sem querer. Ashlyn chorou três dias seguidos.

Quando tínhamos quinze anos, ela namorou um idiota completo, e quando ele terminou o namoro, ela chorou quatro dias seguidos.

Quando ela descobriu que eu estava doente, chorou mais dias do que consegui contar.

Ela tem o maior coração do mundo, e sei que você já conheceu todos os seus lados. É preciso um homem forte para amar a minha irmã. E você é um homem forte. Então, aqui estão algumas dicas de irmã gêmea:

Leia Shakespeare para ela quando ela chorar.

Passeiem na chuva e pule nas poças com ela.

Não ligue quando ela te chamar de idiota durante "aquela época do mês"; ela pode ser muito escrota nesses dias.

Compre flores para ela porque é terça-feira.

Faça com que ela enfrente as coisas que a assustam.

Não seja chato; não gostamos disso.

Não seja um idiota; nós odiamos isso.

Sorria para ela quando você estiver com raiva.

Dance com ela no meio do dia.

Dê um beijo nela só por beijar.

Ame-a para sempre.

Obrigada por amar minha melhor amiga, irmão.

Continue o bom trabalho.

Sua nova mana, Gabby

Olhei para aquelas palavras por um bom tempo, com lágrimas rolando pelo rosto. A porta do quarto se abriu e Jace espreitou a cabeça para dentro. Minhas mãos roçaram meus olhos e me virei para ele.

— Você está pronto, Danny? O fotógrafo quer tirar algumas fotos dos padrinhos antes da cerimônia — disse, sorrindo para mim.

Fui até ele e coloquei meu braço em seu ombro.

— Estou pronto.

Ele sorriu de novo.

— Você sabe dar nó em gravata-borboleta?

Eu ri e revirei os olhos.

— Claro. Você não?

≈

Ashlyn

— Que Deus me ajude, se você se mexer, vou acabar com você. Não. Respire — murmurou Hailey atrás de mim.

Eu estava com as mãos na cintura, tão imóvel quanto possível, olhando pela janela para a bela paisagem. O sol brilhava suave e dourado sobre as colinas.

Hailey puxou a fita do meu espartilho com força, interrompendo meu suprimento de ar por um momento.

— Vamos lá, no três, expire... Um... dois... três!

Eu expirei, inclinada para a frente tanto quanto o vestido me permitia. Um tordo-americano voou diante da janela, e o segui com meu dedo, vendo-o voar cada vez mais alto para as nuvens inexistentes do dia. O céu estava completamente azul em todas as direções.

Virando para ver Hailey e mamãe, as ouvi inalar profundamente, mas elas não soltaram o ar.

— Eu estou muito gorda?! — gritei, passando as mãos pelo tecido rendado.

Os olhos de mamãe ficaram cheios d'água quando ela caminhou para perto de mim e colocou as mãos nas minhas.

— Você é a noiva mais bonita que já existiu.

Meus lábios se abriram num sorriso.

— É um bom dia para casar, não é?

Hailey bateu palmas e serviu champanhe.

— É um dia perfeito para casar!

Houve uma batida na porta, e tirei um cacho de cabelo do meu rosto.

— Entre. Mas, se for Daniel, fique do lado de fora.

A maçaneta da porta girou e duas pessoas entraram segurando caixas. Jace e Bentley. Estavam de terno e pareciam extremamente alegres. Quando se viraram para mim, corei pela forma como seus queixos caíram. Eu me mexi em silêncio, implorando que falassem.

— Ashlyn, você está... — Bentley sorriu, mostrando suas covinhas profundas.

— Perfeita — terminou Jace, seus olhos azuis mais vívidos do que o do dia lá fora. — Humm, desculpe. Vamos deixar você terminar de se aprontar. Só tínhamos algumas coisas para te dar.

Bentley se aproximou de mim e abriu a primeira caixa.

— Algo velho e algo novo. A palheta favorita de Gabby pendurada em um novo colar de diamantes.

Meus olhos ficaram cheios d'água quando Hailey levantou meu cabelo e Bentley colocou o colar no meu pescoço. Agradeci o presente com um beijo em sua bochecha.

Jace deu um passo ao lado com uma caixa menor.

— E algo emprestado e algo azul. — A caixa se abriu e arfei. — Era o par preferido de brincos de diamantes azuis da nossa mãe. Você não precisa usar os brincos. Eu só pensei...

Sua hesitação terminou quando tirei os brincos que estava usando e rapidamente os substituí pelo belo par de sua mãe.

Jace me deu um abraço e me segurou firme.

— Ele é um cara de sorte.

— Ele está nervoso?

Jace me deu um sorriso malicioso e enfiou a mão no bolso de trás. Tirou um envelope e colocou-o em minhas mãos.

— Ele me disse para te entregar isso.

Meus dedos traçaram o envelope e sorri, sabendo que era a carta que ele havia escrito sobre onde queria estar em cinco anos. Eu já tinha pedido que Henry entregasse a minha carta para Daniel.

Mamãe sorriu para todos.

— Que tal dar à futura noiva alguns minutos para ler? — Todos concordaram e saíram do cômodo.

Sentei-me em uma cadeira, abrindo a carta.

> *Meu amor,*
> *Você me perguntou onde eu me via em cinco anos, e a única resposta que posso dar é com você. Estaremos tão perdidamente apaixonados que o mundo nos invejará. Vamos ser tão absurdamente felizes que as flores vão crescer alimentadas pelo nosso riso. Em cinco anos, a partir de agora, você vai ser minha, e eu serei seu.*
> *Se as coisas correrem da maneira como meu coração está implorando para que corram, você vai ser minha esposa. Eu não sei se teremos filhos logo, mas haverá crianças em nosso futuro. Vou acordar todas as manhãs com seu sorriso doce e seus olhos de esmeralda em mim. Vou adormecer*

com seu toque, seu calor. Assim, no dia em que dissermos "sim", quero que saiba o quanto eu te amo. Não há dúvida quanto à verdade das palavras, nenhuma dúvida quanto ao que sinto. Deste dia em diante, a única coisa que eu quero fazer é te amar.
Para sempre, para sempre,
Sr. Daniels

Suas palavras foram gravadas em minha alma. Daniel Daniels era agora uma parte de mim. Mas, verdade seja dita, acho que ele já estava lá antes mesmo de eu nascer.

Depois de um tempo, mamãe e Henry voltaram para me buscar. A música doce e romântica começou a tocar. As portas da igreja se abriram lentamente. Henry enlaçou seu braço no meu. Todos os nossos entes queridos se levantaram, olhando para mim.

Mas eu não os via.

Meus olhos estavam grudados no belo homem em pé no altar. Ele estava sorrindo, o sorriso mais carinhoso do universo, e eu não pude deixar de sorrir também enquanto olhava para aqueles olhos.

Lindos.

De tirar o fôlego.

Brilhantes.

Olhos azuis.

E, pela primeira vez em muito tempo, eu soube que, não importava o que acontecesse, não importava quais fossem os obstáculos da vida, não importavam os desafios, nós daríamos certo. Ele era o meu ouro, e eu era o dele.

Para sempre e sempre e sempre e sempre.

Nós estávamos mais do que bem.

Fim

Cena extra
Daniel

Dois anos depois

Eu estava nervoso. Não tinha como evitar. Era de esperar que depois do primeiro show ao vivo meu nervosismo não fosse mais entrar em cena, mas a sensação era de que antes de cada show eu tinha uma crise de ansiedade.

E se eu não fosse bom o suficiente para tocar ao vivo? E se eu fizesse merda? E se...

— Danny, tem vinte mil pessoas na plateia esperando a gente começar. Eu sei que você precisa de um tempo antes do show para se preparar psicologicamente, mas... — Jace olhou para o relógio no pulso e deu uma batidinha no visor. — O tempo meio que acabou. Está pronto?

De pé no meio de um camarim enorme, eu me olhei no espelho. Lembrei de quando, há muito tempo, eu e os meninos nos arrumávamos em uma pequena van antes de tocar em espaços pequenos. Agora estávamos no Madison Square Garden, prestes a fazer o show de abertura de uma das minhas bandas favoritas, The Crooks.

Ainda sentia como se estivesse em um sonho.

Quando Brooks Griffin entrou em contato com nossa equipe depois de ouvir algumas das nossas faixas nas redes sociais, achei que era uma pegadinha. O fato de uma banda tão grande quanto The

Crooks estar interessada em ter Romeo's Quest abrindo para eles em sua turnê nacional era um sonho realizado.

— Sim, estou pronto. Já vou sair. Dois minutos, no máximo — falei para o meu irmão.

Jace parecia mais saudável a cada ano que passava. Ele era a prova viva de que uma pessoa pode se curar, que pode se recuperar da dependência química, que o seu passado não define o seu futuro. O fato de ele estar sóbrio há mais de cinco anos era algo que comemorávamos todos os dias. A turnê e a música faziam bem para a alma dele também. Dava para ver a alegria que isso trazia de volta aos seus olhos. Por muito tempo, tive medo de nunca mais ver esse nível de felicidade no meu irmão. Por muito tempo, temi que ele não fosse chegar aos 30 anos.

— Tudo bem. Te vemos nos bastidores. — Ele se virou para sair, mas antes disse que me amava.

Eu repeti as palavras no automático. Foi algo que aprendemos a fazer sempre que saíamos de perto um do outro. Eu percebi a importância de comunicar isso o tempo todo àqueles que amamos, porque a vida é curta. Não queria deixar as coisas de um jeito que as pessoas com as quais eu mais me importava não soubessem que existia amor entre nós.

Depois que ele saiu, houve outra batida na porta. Meus olhos se iluminaram assim que ouvi "Papai!" sendo entoado. Minha pequena veio correndo até mim e me deu um abraço forte.

— Oi, Gab — falei, apertando-a enquanto a girava.

Gabrielle Ryan Daniels, por motivos óbvios. Ela tinha o nome de duas das pessoas mais importantes de nossas vidas. Das quais sentíamos falta todos os dias, mas que víamos sempre que nossa pequena sorria. Ela tinha a inteligência de Gabby e o coração de Ryan. Não conseguia pensar em um nome melhor para o nosso raio de sol.

Gabrielle fez 3 anos alguns meses atrás, e era a primeira vez que via seu pai tocando ao vivo. Ashlyn estava apenas alguns passos atrás de nossa filha. Não demorou muito para que ela se juntasse ao nosso abraço. Nossa família era minha maior conquista. Ser pai de Gabrielle foi o momento mais marcante da minha vida e poder chamar Ashlyn de minha esposa era o maior presente. Amar as duas era fácil. Ainda não conseguia acreditar que elas me amavam tanto quanto eu a elas.

Eu não merecia o seu amor, mas, ainda assim, elas me amavam.

Gabrielle se soltou do abraço em grupo e foi atrás das balas na mesa de centro do camarim.

— Só duas! — Ashlyn avisou à nossa filha. Olhou para mim e sorriu. — Ela já comeu um algodão-doce enorme. Vai ficar ligadona a noite toda.

— Vale a pena. — Puxei Ashlyn para mim e dei um selinho nela. — Pelo gosto você também comeu algodão-doce.

— Você me pegou. — Ela sorriu. — Afinal de contas, estou comendo por dois — sussurrou ela com a boca encostada na minha.

Eu ri, e então parei. Levei um segundo para entender o que ela tinha dito. Dei um passo atrás.

— Peraí... como é que é?

Ela deu de ombros.

— Eu estava atrasada uma semana. Não quis te contar até ter certeza e, bem... fiz testes nos últimos três dias. Todos positivos.

Senti uma onda de emoção me invadir quando a ficha caiu.

— Estamos grávidos — sussurrei, colocando as mãos em seu rosto.

Ela fez que sim com a cabeça enquanto lágrimas de alegria corriam por suas bochechas.

— Estamos grávidos.

Beijei seus lábios macios, fazendo questão de que ela sentisse meu amor antes de girá-la. Vínhamos tentando nos últimos meses, e agora estávamos prestes a transformar nossa família de três numa família de quatro.

A cada dia, nosso amor crescia mais. A cada dia, eu me sentia grato.

— Cara! Você disse dois minutos! Acabou o tempo! — disse Jace, colocando a cabeça para dentro do camarim de novo. Então viu Gabrielle e suas ordens foram por água abaixo. — Gabby! — exclamou, correndo para abraçar a sobrinha.

Os dois eram melhores amigos. Alguns dias, eu sentia que ela o amava mais do que a mim. As vantagens de ser tio, acho. Ele não precisava educá-la. Era só o cara legal que a levava para a Disney.

— Está na sua hora. Vamos comemorar depois do show — disse Ashlyn, me beijando delicadamente. — Estou tão orgulhosa de você, Sr. Daniels — sussurrou na minha boca. Ela tinha gosto de algodão-doce e de sonhos se realizando. — Eu te amo, eu te amo — falou em dobro.

— Eu te amo, eu te amo — respondi.

Ao entrar para fazer um show que mudou a minha vida, olhei de cima do palco e vi a mulher que salvou a minha vida. Ela me tirou da escuridão e me lembrou de como era a luz. Ashlyn Daniels me salvou.

E ela sempre seria meu ouro.

A melhor das melhores.

Para sempre e sempre e sempre e sempre.

Fim.

Agradecimentos

Antes de tudo, gostaria de agradecer aos meus queridos leitores brasileiros por darem uma chance ao *Sr. Daniels*! Sem vocês, meus livros são só palavras na tela do meu computador. Um muito obrigada à Editora Record por realizar meu sonho e por trabalhar com tanto afinco neste livro! Um agradecimento especial a minha fantástica editora, Renata Pettengill, por seu talento e por ter contribuído para tornar o *Sr. Daniels* ainda mais belo.

Foram tantos autores, blogueiros e leitores que me ajudaram com este livro. Seja lendo, compartilhando, ou dando um simples "like" num post, eu me sinto tão honrada por contar com um grupo de pessoas tão maravilhosas me apoiando. Palavras não são suficientes para agradecer por todo esse amor.

Aos meus amigos: obrigada por ainda me amarem mesmo quando fico ausente vários meses seguidos. Espero que vocês saibam que sua amizade é muito importante para mim!

Não há a menor dúvida de que tenho a família mais espetacular do mundo ao meu lado em todos os momentos. Eles me lembram da minha força quando fraquejo, e me fazem rir quando estou à beira das lágrimas. No quesito família, saio vitoriosa.

Por fim, mas não menos importante, um muito obrigada às minhas agentes, Flávia Viotti e Meire Dias, por serem mulheres batalhadoras e fortes que acreditam em mim e nas histórias que conto. Eu nunca teria chegado aonde cheguei sem vocês, e me sinto grata além do que as palavras conseguem expressar. Sou muito abençoada por ter as melhores agentes literárias do mundo!

Este livro foi composto na tipografia ITC Berkeley
Oldstyle Std, em corpo 11,5/16, e impresso em
papel off-white no Sistema Cameron da
Divisão Gráfica da Distribuidora Record.